प्रतिनिधि कहानियाँ

खुशवंत सिंह

संपादन एवं अनुवाद
उषा महाजन

राजकमल पेपरबैक्स

पहला पुस्तकालय संस्करण
राजकमल प्रकाशन प्राइवेट लिमिटेड द्वारा
1988 में प्रकाशित

राजकमल पेपरबैक्स में
पहला संस्करण : 1994
बारहवाँ संस्करण : 2025

राजकमल पेपरबैक्स : उत्कृष्ट साहित्य के जनसुलभ संस्करण

राजकमल प्रकाशन प्रा.लि.
1-बी, नेताजी सुभाष मार्ग, दरियागंज
नई दिल्ली-110 002
द्वारा प्रकाशित

शाखाएँ : अशोक राजपथ, साइंस कॉलेज के सामने, पटना-800 006
पहली मंजिल, दरबारी बिल्डिंग, महात्मा गांधी मार्ग, प्रयागराज-211 001
1, अनमोल सोराबजी सन्तुक लेन, धोबी तलाव, मरीन लाइंस, मुम्बई-400 002
वेबसाइट : www.rajkamalprakashan.com
ई-मेल : info@rajkamalprakashan.com

बी.के. ऑफसेट
नवीन शाहदरा, दिल्ली-110 032
द्वारा मुद्रित

मूल्य : ₹199

PRATINIDHI KAHANIYAN
Representative Stories of Khushwant Singh
Translated & Edited by Usha Mahajan

ISBN : 978-81-267-0250-3

खुशवंत सिंह

खुशवंत सिंह का जन्म 15 अगस्त, 1915 को हडाली (अब पाकिस्तान में) में हुआ। उन्होंने लाहौर से स्नातक किया तथा किंग्स कॉलेज, लंदन से एल.एल.बी. की उपाधि ली।

उन्होंने 1939 से 1947 तक लाहौर हाईकोर्ट में वकालत की। विभाजन के बाद भारत की 'राजनायिक सेवा' के अन्तर्गत कनाडा में 'इन्फ़ॉर्मेशन अफ़सर' तथा इंग्लैंड में भारतीय उच्चायुक्त के 'प्रेस अटैची' रहे। कुछ वर्षों तक प्रिंस्टन तथा स्वर्थमोर विश्वविद्यालय में अध्यापन भी किया। भारत लौटकर नौ वर्षों तक 'द इलस्ट्रेटेड वीकली ऑफ़ इंडिया' तथा तीन वर्षों तक 'हिन्दुस्तान टाइम्स' का सम्पादन किया। 1980 में राज्यसभा के सदस्य मनोनीत हुए। 1974 में 'पद्मभूषण' की उपाधि मिली, जिसे 'ऑपरेशन ब्लू स्टार' से विरोध जताते हुए लौटा दिया। 2007 में उन्हें 'पद्मविभूषण' से अलंकृत किया गया।

उनकी प्रमुख कृतियाँ हैं–'पाकिस्तान मेल', 'मेरा लहुलूहान पंजाब', 'सच प्यार और थोड़ी सी शरारत', 'मृत्यु मेरे द्वार पर', 'प्रतिनिधि कहानियाँ', 'हिस्ट्री ऑफ सिख्स' के दो खंड तथा 'रंजीत सिंह'। अनेक लेखमालाओं के अतिरिक्त उन्होंने उर्दू और पंजाबी में कई अनुवाद भी किए।

'हिन्दुस्तान टाइम्स' तथा 'संडे' के लिए नियमित रूप से क्रमश: 'विद मैलिस टुवर्ड्स वन एंड ऑल' एवं 'गॉसिप, स्वीट एंड सावर' लिखते रहे तथा 'पेंगुइन इंडिया' में सलाहकार सम्पादक के पद पर भी कार्यरत रहे।

निधन : 20 मार्च, 2014

स्नेहमयी कवलजी के लिए

अनुक्रम

खुशवंतसिंह : एक और पहलू

खुशवंतसिंह को देश का कौन-सा पढ़ा-लिखा व्यक्ति नहीं जानता। अंग्रेजी, हिंदी तथा विभिन्न प्रादेशिक भाषाओं की लगभग पचास पत्र-पत्रिकाओं में उनके साप्ताहिक स्तंभ नियमित रूप से छपते हैं। देश में ही नहीं, विदेशों की भी प्रमुख पत्र-पत्रिकाओं में छपे उनके सामयिक लेखों को विशेष उत्सुकता और चाव के साथ पढ़ा जाता है।

विषयों की विविधता और शैली की रोचकता उनकी लेखनी की विशेषता है। अपने देश और अपने लोगों को तहेदिल से प्यार करते हुए भी वे उनकी कमियों, त्रुटियों और दकियानूसी विचारधाराओं पर प्रहार करने से तनिक भी नहीं कतराते। सामयिक घटनाओं की विस्तृत व सही जानकारी, इतिहास का विषद ज्ञान, देश-विदेश का व्यापक भ्रमण और अपने आपको नास्तिक कहते हुए भी विश्व के प्रमुख धर्मों और धर्मावलंबियों के बारे में गहन अध्ययन जैसे गुण उनकी रचनाओं को रोचकता के साथ-ही-साथ प्रामाणिकता भी प्रदान करते हैं।

पाठक वर्ग में खुशवंतसिंह की अपनी एक अलग ही पहचान है, इमेज़ है। संभवत: अंग्रेजी लेखन-जगत के वे सर्वाधिक चर्चित व विवादास्पद व्यक्तित्व हैं। लेकिन उनके व्यक्तित्व का एक और भी पहलू है, जिसे मैंने उनके घर के ही एक सदस्य की तरह, सहज-स्वाभाविक परिस्थितियों में देखा, जाना और समझा।

अपनी हाल ही में प्रकाशित पुस्तक 'मैलीशियश गॉसिप' में वे अपने बारे में लिखते हैं, "आई एम नॉट ए नाइस मैन टु नो!" (बेशक मज़ाक में ही)। लेकिन

यह कहते हुए मुझे तनिक भी संकोच नहीं होता कि मैंने अपने जीवन में उनके जैसे सहृदय, साफ़दिल, संवेदनशील और भावुक व्यक्ति कम ही देखे हैं। अंग्रेजी में कहें तो वे सही मायनों में एक 'थॉरो जेंटलमैन' हैं।

हाँ, यह अवश्य है कि उनका व्यक्तित्व अनेक विरोधाभासों से भरा है। वे पल-भर में ही गुस्सा भी हो सकते हैं और अगर चाहें तो कठिन-से-कठिन परिस्थितियों में भी अपना संतुलन बनाए रख सकते हैं। जो चीज उन्हें अच्छी नहीं लगती, उसकी जमकर निंदा करते हैं, लेकिन अगर दूसरे की बात में सार है तो वे उसे मानने से भी नहीं हिचकते। दूसरों के दृष्टिकोण को जानने और समझने की उनमें इच्छा भी है और धैर्य भी। अपने पाठकों के साथ इतना सहज तारतम्य संभवतः वे इसी कारण बैठा पाते हैं, क्योंकि वास्तविक जीवन में भी वे लोगों के साथ बिलकुल सहज होकर पेश आते हैं। जितना नैसर्गिक प्यार उन्हें फूलों, पौधों, पक्षियों और पहाड़ों से है, उतना ही इंसानों से भी है।

न तो उन्हें अपनी रईसी का गरूर है, न ही बड़े लेखक होने का मिथ्याभिमान। कोई भी व्यक्ति टेलीफोन पर समय लेकर उनसे मिलने जा सकता है। अपनी व्यस्तता के बावजूद वे लोगों से खुशी-खुशी मिलते हैं और उनकी परेशानियों को ध्यानपूर्वक सुनते हैं। पाठकों की अनगिनत चिट्ठियाँ प्रतिदिन आती हैं। वे यथासंभव सबको जवाब देते हैं। किसी का दिल दुखाते हुए मैंने उन्हें आज तक नहीं देखा। लेकिन जहाँ वे दूसरों की सुविधा और सहूलियत को मद्देनज़र रखने की कोशिश करते हैं, वहीं अपनी दिनचर्या में दखलंदाज़ी करने की छूट भी किसी को नहीं देते। समय से पाँच मिनट पहले या बाद में पहुँचकर आप उन्हें नाराज़ करने का जोखिम उठा रहे होते हैं।

वे वक्त के पक्के पाबंद हैं। ठीक चार बजे उठते हैं। समय पर लंच, समय पर डिनर, टेनिस और स्विमिंग नियमित रूप से, रोजाना। शेष सारा समय पढ़ना या लिखना। दिन में एक पूरी किताब पढ़ जाते हैं। 'हिंदुस्तान टाइम्स' और संडे के नियमित स्तंभों के अलावा अनेक प्रमुख विदेशी पत्र-पत्रिकाओं की ओर से उनके लेखों की निरंतर माँग होती रहती है। साथ-ही-साथ विभिन्न संस्थाओं के निमंत्रण पर देश-विदेश के दौरे भी करते रहते हैं। इन तमाम व्यस्तताओं और श्रम के बावजूद वे हमेशा स्वस्थ और प्रसन्नचित्त दिखते हैं। वास्तव में यह सब उनकी कर्मठता और अनुशासन का ही परिणाम है। पर

शायद बहुत कम लोग जानते होंगे कि उनके जीवन तथा साफ़-सुथरे, सादे-सौम्य घर में इस अनुशासन और व्यवस्था की धुरी हैं उनकी पत्नी श्रीमती कवलसिंह ।

ये अनूदित कहानियाँ इन्हीं स्नेही दंपति के प्रति संचित मेरी श्रद्धा का प्रतीक हैं ।

उषा महाजन

30 सितंबर, 1987

ई-5 सी, डी.डी.ए. फ्लैट्स,
मुनीरका,
नई दिल्ली-110067

कर्म

बात आजादी से पहले की है।

रेलवे स्टेशन का पहले दर्जे का वेटिंग-रूम। सर मोहनलाल ने सामने लगे आईने में अपने आपको निहारा। उन्हें पूरा यकीन था कि आईना हिंदुस्तान में ही बना हुआ होगा, क्योंकि उसके पिछले हिस्से का लाल-ऑक्साइड जगह-जगह से उखड़ा हुआ था, जिसके फलस्वरूप वह कई लंबी-लंबी लकीरों में पारदर्शी बना हुआ था। उस बदरंग आईने पर संरक्षक की-सी दयादृष्टि डालते हुए सर मोहनलाल बड़बड़ाए–

''तुम भी इस मुल्क की तमाम दूसरी चीज़ों की तरह किसी काम के नहीं हो; गंदे, निठल्ले और लापरवाह!''

आईने ने मुस्कराकर जवाब दिया, ''लेकिन साहब, आप फिकर न करें, आप बिलकुल दुरुस्त लग रहे हैं। प्रतिष्ठित और रोब-दाबवाले। इतना ही नहीं, आप खूबसूरत भी लग रहे हैं। ये करीने से छँटी आपकी मूँछें, लंदन की 'सैविल रो' में सिला आपका यह शानदार सूट, कोट के काज में टँका कॉर्नेशन का गुलाबी फूल, आपके शरीर से निकलती यू डी कोलन, टेलकम पाउडर और सुगंधित साबुन की मिली-जुली भीनी-भीनी गंध। कुल मिलाकर आप बहुत जँच रहे हैं, बिलकुल टिप-टॉप।''

सर मोहनलाल का सीना गर्व से फैल गया। अपनी विदेशी 'बेलियल'[1] नेकटाई को ठीक करते हुए उन्होंने कई बार शीशे में अपना मुआयना किया। आश्वस्त होकर आईने को अलविदा की और अपनी कलाई घड़ी पर नज़र

---

1. एक स्थान का नाम।

डाली। ट्रेन आने में अभी वक्त था। वे सोच रहे थे कि एक पेग आसानी से लिया जा सकता है।

"कोई है?"

वेटिंग-रूम के जालीदार दरवाज़ों में से सफ़ेद वर्दी पहने एक बैरा तुरंत हाजिर हुआ।

"एक छोटा," बैरे को आदेश देकर सर लाल पीने की तैयारी में जुट गए। करीब ही बेंत की एक लंबी-चौड़ी कुर्सी पर पसरकर पीते-पीते वे खयालों की दुनिया में खोने लगे।

उनका सामान-असबाब प्रतीक्षालय की बाहरी दीवार के साथ सटाकर लगा दिया गया था। लक्ष्मी—यानी लेडी मोहनलाल सामान के बीचोबीच स्टील के एक स्लेटी बक्से पर बैठी पान चबाते-चबाते अपने आपको अखबार से पंखा कर रही थी। लक्ष्मी देखने में नाटी और जरा भारी-भरकम थी। उम्र होगी यही कोई पैंतालीस-छियालीस के आस-पास। उसने लाल पाड़ की मैली-सी सफेद साड़ी पहन रखी थी। कलाइयाँ सोने की चूड़ियों से लदी थीं और नाक के एक तरफ हीरे की लौंग चमक रही थी। वह बैरे से बतियाने में मशगूल थी। तभी सर लाल ने बैरे को भीतर बुला लिया। बैरे के भीतर जाने की देर थी कि लक्ष्मी ने बगल से गुजरते कुली को आवाज देकर रोका, "भैया, सुनो ज़रा, बताना तो जनाना डिब्बा कहाँ लगेगा?"

अपनी पगड़ी को सिर पर सहारते हुए कुली ने स्टील का बक्सा उठाकर सिर पर रख लिया और प्लेटफार्म के आखिरी छोर की तरफ़ बढ़ने लगा, जहाँ पर आकर जनाना डब्बा लगनेवाला था। अपने पीतल के टिफिन कैरियर को उठाकर लेडी लाल भी उसके पीछे-पीछे चलने लगीं।

रास्ते में अपने पानदान को भरने के लिए वह थोड़ा रुकी और फिर से कुली के साथ जा मिली। कुली ने बक्सा उतारकर नीचे रखा। लक्ष्मी फिर उस पर आसीन हो गई और कुली के साथ गपशप करने लगी—

"इन लाइनों पर क्या ट्रेनों में ज़्यादा भीड़-भाड़ होती है?"

"अरे बीबी जी, भीड़-भाड़ तो सगरी ट्रेनों में होत है। बाकिर आप को जनाना डब्बा में जगह जरूरे मिल जाई।"

"तब तो हमको खाए-पिए के झंझट से अबहिन निबट जाना चाहिए।"

लेडी लाल ने पीतल का टिफिन कैरियर खोला और गुड़ी-मुड़ी रोटियाँ

निकालकर हाथ में ले लीं। आम के अचार की कुछ फाँकें भी निकाल लीं और खाने में जुट गई। उसके सामने कूल्हों के बल बैठा कुली नीचे बिछी बजरी को उँगलियों से कुरेदता ट्रेन के आने का इंतज़ार करने लगा।

"बीबी जी, अकेल्ला ही सफर कर रही हो का ?"

"अरे नाहीं भैया, हमारे साथ हमारे मालिक (पति) भी हैं। वेटिंग रूम में बैठे हैं। वो बहुत बड़े आदमी हैं। वजीर हैं वजीर। बैरिस्टर भी हैं। वो तो सिर्फ फर्स्ट किलास में ही सफ़र करते हैं। उनकी तो ट्रेनों में बड़े-बड़े अंग्रेज अफसरों से भेंट होती रहती है। हमारा क्या ? हम तो मूढ़-गँवई जनाना हैं। इसलिए भैया, हम तो अपना इहै जनाना इंटर-क्लास में ठीक रहत हैं," लक्ष्मी कुली के साथ बड़ी बेतकल्लुफ़ी से बतियाने लगी। गपशप करने का उसे शौक भी था। और होता भी क्यों न ? घर में बातें करने को और था ही कौन ? उसके मालिक के पास उसके लिए वक्त ही कहाँ था ? लक्ष्मी घर की ऊपरी मंज़िल पर रहती थी और पति रहते थे निचले तल्ले पर। जैसी अनपढ़-गँवार वह खुद थी, वैसे ही उसके रिश्तेदार भी थे। सर मोहनलाल को कभी उनका अपने घर आना-जाना नहीं जँचा। इसलिए रिश्तेदार कभी लक्ष्मी से मिलने आते भी नहीं थे। हुआ तो कभी वे खुद ही रात गए ऊपर पहुँच जाते। वह भी चंद मिनटों के लिए। अपनी इंगलिस्तानी हिंदी में वे उसको हुक्म देते, वह चुपचाप आज्ञाकारिणी की तरह हुक्म बजा देती। मकसद पूरा होते ही वे अपने कमरे में लौट जाते। दुर्भाग्य तो यह था कि इन रात्रिकालीन क्षणिक मुलाकातों का कोई नतीजा भी न निकला था। बाँझ की बाँझ ही रह गई थीं ये मुलाकातें भी।

सिगनल गिर चुका था और ट्रेन के पहुँचने की सूचना देती घंटी बजने लगी थी। लेडी लाल ने जल्दी-जल्दी अपना खाना खत्म किया। अचार की गुठली को चाटते-चाटते वह उठ खड़ी हुई और हाथ-मुँह धोने को सार्वजनिक नल की ओर बढ़ चली। चलते-चलते उसने एक लंबा डकार छोड़ा। हाथ-मुँह धोकर साड़ी के छोर से पोंछते हुए वह फिर से अपने स्टील के ट्रंक पर बैठ गई। डकारते-डकारते वह मन-ही-मन पेट-भर खाना नसीब होने के बदले ईश्वर को धन्यवाद देती जा रही थी।

गाड़ी धुआँ उड़ाती हुई आ पहुँची। गाड़ी के आखिरी छोर पर गार्ड की वैन से जुड़ा जनाना डिब्बा ठीक लक्ष्मी के सामने आकर लगा। डिब्बा लगभग खाली नज़र आ रहा था। बाकी की सारी ट्रेन ठसाठस भरी हुई थी। अपना

भारी-भरकम शरीर सँभालती लक्ष्मी किसी तरह डिब्बे के अंदर दाखिल हो गई और खिड़की के पासवाली सीट पर पसरकर बैठ गई। साड़ी के पल्लू में बँधी गाँठ से दुअन्नी निकालकर उसने कुली को थमाई और उसे विदा किया। पानदान खोलकर उसने पत्तों पर चूना, कत्था, कटी हुई सुपारी और इलायची डालकर अपने लिए पान के दो बीड़े तैयार किए। पान ठूँसने से उसके दोनों गाल इस कदर फूल गए, जैसे दोनों तरफ दो रसगुल्ले रखे हों। फिर ठुड्डी को हथेली पर टिकाकर वह आराम से प्लेटफार्म पर आती-जाती भीड़ का नज़ारा देखने में जुट गई।

लेकिन ट्रेन के आगमन से सर मोहनलाल को किसी भी प्रकार की उत्तेजना नहीं हुई। वे उसी तरह निर्लिप्त भाव से स्कॉच की चुस्कियाँ लेते हुए आत्मचिंतन में खोए बैठे रहे। उन्होंने बैरे को आदेश दिया कि उनका सामान पहले दर्जे के डिब्बे में लगवाकर उन्हें खबर कर दी जाए। उत्तेजना, हड़बड़ी–जल्दीबाजी–यह सब निम्न कोटि के रहन-सहन की निशानियाँ हैं, जबकि सर लाल का पालन-पोषण बड़े संभ्रांत ढंग से हुआ था। इसलिए वे सभी काम करीने से, नियमपूर्वक करने के आदी थे। उन्होंने जीवन के पाँच वर्ष विदेश में बिताए थे। इन पाँच सालों में उन्होंने वहाँ की ऊँची सोसाइटी के तौर-तरीकों और आचार-व्यवहार को अच्छी तरह आत्मसात कर लिया था। वे शायद ही कभी हिंदुस्तानी में बात करते। अगर कभी करते भी तो लहज़ा अंग्रेजी का ही होता–ठीक जैसे अंग्रेज बोला करते थे– यानी कि कुछेक हिंदी के शब्द और वे भी अंग्रेजी उच्चारण के साथ। लेकिन उन्हें अपनी अंग्रेजी पर नाज़ था। होता भी क्यों नहीं ? आखिर ऑक्सफोर्ड-जैसी ऊँची शिक्षा-संस्था में वह (उनकी अंग्रेजी) परिमार्जित और परिष्कृत हुई थी। बातचीत करने का उन्हें शौक था। एक सुसंस्कृत अंग्रेज की भाँति वे लगभग हर एक विषय पर फर्राटे के साथ बोल सकते थे, विषय चाहे राजनीति हो, किताबें हों अथवा कोई व्यक्ति विशेष। लोग अक्सर तारीफ करते थे कि वे बिलकुल अंग्रेजों की तरह अंग्रेजी बोलते हैं। यह सुनकर वे फूले न समाते।

सर मोहनलाल को फिक्र हुई कि कहीं उन्हें अकेले ही सफ़र न करना पड़े। फिर ख़याल आया कि यह तो सैनिक छावनी थी। कोई-न-कोई अंग्रेज अफसर तो रेलगाड़ी में ज़रूर ही मिल जाएगा। उन्हें तसल्ली हुई कि चलो सफ़र में कुछ-न-कुछ बातचीत तो होती रहेगी। उन्हें पूरा यकीन था कि बातचीत के

दौरान वे अपने सहयात्रियों को प्रभावित कर लेंगे। बातचीत के मामले में वे अन्य हिंदुस्तानियों से बिलकुल भिन्न थे। वे अंग्रेजों से बात शुरू करने की बेताबी कभी नहीं दिखाते थे। न तो वे कभी उनके साथ जोर-जोर से बोलते थे। बातचीत के दौरान दूसरों पर अपना मत थोपने की चेष्टा में लड़ने-झगड़ने पर भी कभी उतारू न होते। वे हमेशा तटस्थ होकर वास्तविकता के धरातल पर ही अविचल भाव से बातचीत करते थे।

वे जब भी ट्रेन में सफर करते, खिड़की के पासवाले कोने में बैठ 'टाइम्स' की प्रति निकाल 'क्रॉसवर्ड पज़ल' पढ़ने लगते। या फिर अखबार को इस तरह मोड़ते कि देखनेवाले को पता चल जाए कि वह 'टाइम्स' अखबार है। दरअसल 'टाइम्स' के कारण लोग उनकी तरफ आकर्षित भी होते थे। उसे पढ़कर समाप्त करने का उपक्रम कर वे जब भी 'टाइम्स' को तहाकर वापस रखते, तो कोई-न-कोई उसे पढ़ने के लिए अवश्य माँग लेता।

सफर के दौरान वे एक और काम करते। हमेशा अपनी 'बेलियल' नेकटाई ही पहनते। कोई-न-कोई अंग्रेज सहयात्री तो देखेगा ही और फिर शुरू हो जाएगा बातों का सिलसिला, जो पहुँचेगा ऑक्सफोर्ड कालेज में बिताए सुनहरे दिनों की यादों तक। कितने ही मसले मिल जाएँगे बातचीत करने को—ऑक्सफोर्ड कालेज के मास्टरों, डॉनों (शिक्षक) और ट्यूटरों से लेकर बोट-रेसों और रगर-मैचों तक। अगर कभी 'टाइम्स' और 'नेकटाई' दोनों ही लोगों को आकर्षित करने में असमर्थ रहते, तो सर मोहनलाल बैरे को अंग्रेजी अंदाज में आवाज लगाते, "कोई है ?" और उसे अपने सामान में से स्कॉच की बोतल निकालने का आदेश देते। व्हिस्की को देख, कोई भी अंग्रेज उनकी ओर आकर्षित हुए बगैर न रह पाता। इतना ही नहीं, वे उन्हें अपने सोने के खूबसूरत सिगरेट केस में भरे अंग्रेजी सिगरेट भी पेश करने में कतराते नहीं। उनके अंग्रेज सहयात्री हैरान होकर सोचते, 'हिंदुस्तान में अंग्रेजी सिगरेट भला इन्हें कहाँ से मिले ?' कोई-कोई हिम्मत करके विनम्रतापूर्वक पूछते कि 'क्या वे एक सिगरेट ले सकते हैं ?' उन्हें कोई एतराज तो नहीं ? सर लाल को भला क्या एतराज़ होता ? वे आत्मगौरव में भरकर मुस्कराकर इज़ाजत दे देते।

यह सब करने का मकसद सिर्फ एक ही था कि उन्हें अंग्रेजों के साथ अपने प्यारे इंगलैंड के बारे में बातें करने का मौका मिल सके। हाय, वे पाँच साल कितने प्यारे थे जिनसे जुड़ी थीं अनगिनत यादें—स्लेटी बैगों और गाउनों की,

स्पोर्ट्स ब्लेजरों और कोट-पतलूनों की, 'इंस ऑफ कोर्ट' में किए गए भोजनों की और पिकाडिली की वेश्याओं के साथ बिताई रातों की। इंगलैंड में बिताए वे पाँच साल, हिंदुस्तान के गंदे, भद्दे लोगों में बिताए तमाम पैंतालीस सालों से कहीं ज्यादा कीमती थे। आखिर इन पैंतालीस सालों में याद करने लायक था ही क्या ? सफलता की सीढ़ी पर चढ़ने के लिए किए गए कितने ही कलुषित प्रयास ? अथवा अपने मकान की ऊपरी मंज़िल पर स्थूलकाय, अनपढ़-गँवार, कच्चे प्याज और पसीने की गंध से बसाती लक्ष्मी से हुई रात्रिकालीन मुलाकातें और संभोग के वे चंद क्षण ?

बैरे ने सूचना दी कि उनका सामान इंजन के बराबरवाले पहले दर्जे के कूपे में रखा जा चुका था। सर लाल की तंद्रा टूटी। वे सधी हुई चाल से चलते हुए अपने कूपे तक पहुँचे। डिब्बे को खाली देख कुछ परेशान हुए। एक लंबे निश्वास के साथ एक क़ोने में बैठकर बार-बार पढ़ी 'टाइम्स' की प्रति को वे फिर से निकाल ले बैठे।

उन्होंने खिड़की से बाहर प्लेटफार्म पर नज़र दौड़ाई। देखा कि दो अंग्रेज फौजी डिब्बों में झाँक-झाँककर खाली सीटें ढूँढ़ रहे थे। उनके चेहरे पर अकस्मात् ही खुशी की एक लहर दौड़ गई। फौजियों ने पीठ पर अपने हैवरसैक (झोले) लटकाए हुए थे और वे लड़खड़ाते हुए चल रहे थे। वे फौजी निश्चय ही सैकंड क्लास में सफर करनेवाले मुसाफिर हैं, सर लाल समझ गए थे, फिंर भी उन्होंने मन-ही-मन तय कर लिया कि वे उन्हें अपने पास जगह दे देंगे और गार्ड को कहकर उन्हें अपने डिब्बे में बैठने की इजाजत भी दिला देंगे।

उन दोनों में से एक सैनिक ने उस आखिरी डिब्बे की खिड़की में झाँककर देखा। उसने कंपार्टमेंट में चारों तरफ नज़र दौड़ाई और देखा कि सीटें खाली पड़ी थीं। उसने अपने साथी को आवाज़ लगाई, "हे बिल, कम हियर, यहाँ आओ, यहाँ।"

उसका साथी भी आ पहुँचा। भीतर झाँकते हुए उसकी नज़र सर लाल पर पड़ी। "इस हब्शी को बाहर निकालो।" वह धीरे-से अपने साथी से फुसफुसाया।

डिब्बे का दरवाज़ा खोल वे दोनों भीतर दाखिल हो गए और सर लाल को बाहर निकलने को कहने लगे। सर मोहनलाल स्तब्ध से हो गए। मुस्कराने की चेष्टा करते हुए वे उन्हें समझाने लगे कि उनकी सीट रिजर्व्ड है।

"रिजर्व्ड ?" बिल जोर से चिल्लाया, "जानता रिजर्व्ड ! हम आर्मी, फौज !" अपनी खाकी कमीज दिखाते हुए वह उन्हें धमकाने लगा, "एकदम जाओ ! गेट आउट !"

सर मोहनलाल ने अपने ऑक्सफोर्डी लहजे में उनका विरोध करने की कोशिश की, "आई से, आई से, श्योरली, माई सीट इज़ रिजर्व्ड। हमारा सीट रिजर्व्ड है।"

फौजी कुछ देर तो भौंचक्के-से हुए देखते रहे। उन्हें लगा कि इस आदमी की बोली तो बिलकुल अंग्रेजों से मिलती है। लेकिन उस वक्त उन दोनों फौजियों को होश ही कहाँ था ? दोनों ने खूब जमकर पी रखी थी। गाड़ी छूटने में थोड़ी ही देर थी। इंजन ने सीटी भी मार दी थी और गार्ड हरी झंडी दिखा रहा था।

उन्होंने आव देखा न ताव। सर मोहनलाल का सूटकेस उठाया और प्लेटफॉर्म पर पटक दिया। उसके बाद थर्मस फ्लास्क, दूसरा सूटकेस, बिस्तरबंद, और उनका 'टाइम्स' अखबार—सब का वही हश्र हुआ ! सभी प्लेटफार्म पर एक के ऊपर एक जा पड़े। सर लाल गुस्से में थरथराने लगे, "यह क्या बेवकूफी है ? मैं तुम दोनों को अंदर न करा दूँ तो कहना। गार्ड, गार्ड !"

जिम और बिल को झटका लगा। यह तो सचमुच अंग्रेजों की तरह बोलता है। लेकिन कहाँ वे गँवार सैनिक और कहाँ 'किंग्स कालेज' की अंग्रेजी ?

जिम ने सर लाल के मुँह पर एक करारा थप्पड़ मारा और कहा, "कीप योर रडी माउथ शट। बकवास बंद कड़ो।"

इंजन ने एक और सीटी मारी और ट्रेन ने गति पकड़नी शुरू कर दी। फौजियों ने सर मोहनलाल को बाँह पकड़कर खींचा और ट्रेन के बाहर उछाल दिया। पीछे की ओर लुढ़कते हुए वे अपने बिस्तरबंद से टकराकर सूटकेस के ऊपर धड़ाम से गिरे।

उन्हें इतना सदमा लगा कि उनकी बोलती बंद हो गई और उनके पैर जैसे जमीन से ही चिपक गए। तेजी से गुजरती हुई ट्रेन की प्रकाशित खिड़कियों को वे एकटक घूरने लगे। गाड़ी का आखिरी डिब्बा अब उनके सामने से होकर गुजर रहा था। उसमें लाल बत्ती जल रही थी और खुले दरवाजे में गार्ड हाथ में झंडी थामे खड़ा था।

गार्ड के बगलवाले दूसरे दर्जे के जनाने डिब्बे में उनकी गोरी मोटी लक्ष्मी

मज़े से बैठी थी। उसके नाक की हीरे की लौंग स्टेशन की बत्तियों की जगमगाहट में और भी चमक रही थी। अपने फूले हुए मुँह में वह देर से पान की पीक जमा करती जा रही थी, ताकि गाड़ी के स्टेशन पार करते ही थूक दे। जैसे ही ट्रेन प्लेटफ़ार्म के प्रकाशित हिस्से को पार कर अँधेरे में खड़े सर लाल के पास से गुज़री, जनाने डिब्बे की खिड़की से पान की पीक की लाल रंग की पिचकारी ही छूट पड़ी !

दादी माँ

सभी की दादियों की तरह मेरी दादी माँ भी बूढ़ी थीं। पिछले बीस साल से मैंने उन्हें बूढ़ी ही देखा, झुर्रियों से भरे चेहरेवाली। लोगों से ही सुनता रहा कि वे कभी जवान थीं और खूबसूरत थीं। यहाँ तक कि उनका एक पति भी था। पर मेरे लिए तो यकीन करना भी नामुमकिन था। मेरे दादा जी की तस्वीर बैठक में मेंटल-पीस के ऊपर टँगी रहती थी। उन्होंने बड़ी-सी पगड़ी पहनी हुई थी और ढीले-ढाले कपड़े। उनकी सफेद लंबी दाढ़ी इतनी लंबी थी कि छाती तक पहुँचती। सौ साल के करीब तो वे लगते ही थे। ऐसा नहीं लगता था कि उनके बीबी-बच्चे भी होंगे। वे तो ऐसे दिखते थे जैसे बस हजारों-हजार नातियों-पोतियों के दादा जी हों। मेरी दादी माँ का खूबसूरत और जवान होने का तो खयाल ही भड़कानेवाला लगता था।

दादी अक्सर हमें बतातीं कि बचपन में वे कौन-कौन से खेल खेला करती थीं। सुनने में बिलकुल बेतुका-सा लगता। उनके जैसी बूढ़ी महिला के लिए अशोभनीय भी। हमें तो यह सब पैगंबरों-नबियों की कहानियों की तरह काल्पनिक ही प्रतीत होता।

हमने उन्हें हमेशा ऐसा ही देखा—नाटी-सी, मोटी-सी और तनिक झुकी हुई-सी। चेहरा झुर्रियों की आड़ी-तिरछी लकीरों से पटा हुआ। बल्कि हमें तो पूरा विश्वास था कि वे हमेशा-हमेशा से ऐसी ही रही होंगी। बूढ़ी, बिलकुल बूढ़ी, इतनी बूढ़ी कि अब और बुढ़ाना उनके बस में नहीं था। बीस साल से ऐसी ही तो देख रहे थे हम उन्हें। खूबसूरत ? हँह, कभी नहीं। हाँ, प्यारी वे जरूर लगती थीं।

कपड़े वे हमेशा सफेद ही पहनतीं। कूबड़ के कारण एक हाथ कमर पर

टिकाए और दूसरे से रामनामी माला के मनके फेरतीं वे सारे घर में घूमा करतीं। चाँदी-सी चमकीली लटें उनके पीले झुर्राए चेहरे पर बेतरतीब बिखरी रहतीं। प्रार्थना के न जाने किन शब्दों को दोहराते उनके होंठ निरंतर फड़कते रहते।

दादी माँ के साथ मेरी खासी दोस्ती थी। मेरे माता-पिता ने जब शहर में बसने के लिए कूच किया तो वे मुझे मेरी दादी माँ के पास छोड़ गए। वे मुझे तड़के ही जगा देतीं और स्कूल के लिए तैयार करतीं। मुझे नहलाकर तैयार करते हुए वे अपनी प्रातः कालीन प्रार्थना मुझे गा-गाकर सुनाती रहतीं, ताकि मैं भी इसे सुन-सुनकर ज़ुबानी रट लूँ। सुनता तो मैं जरूर था, क्योंकि मुझे उनकी आवाज प्यारी लगती थी, पर उसे सीखने की तरफ तो कभी मेरा ध्यान ही न गया।

लकड़ी की मेरी तख्ती को गाचनी मिट्टी से लीपकर वे पहले से ही तैयार रखतीं। साथ में मिट्टी की बनी दवात और सरकडे की कलम भी एक झोले में डाल मुझे थमा देतीं। एक मोटी-सी बासी रोटी पर मक्खन और चीनी थोप मुझे खिलातीं और स्कूल ले जातीं। अपने साथ ढेर-की-ढेर बासी रोटियाँ वे गाँव के कुत्तों को डालने के लिए भी ले जातीं।

वे मुझे हमेशा स्कूल तक छोड़ने जातीं। एक वजह यह भी थी कि स्कूल गुरुद्वारे के साथ ही लगा हुआ था। गुरुद्वारे का भाई (पुजारी) ही हमें वर्णमाला सिखाता था और सबेरे की प्रार्थना करवाता। बच्चे बरामदे के दोनों ओर पंक्तियों में बैठ ककहरा (वर्णमाला) गाते रहते या एक सुर में प्रार्थना करते। मेरी दादी माँ उसी बीच गुरुद्वारे के भीतर बैठी धर्मग्रंथ को बाँचा करतीं। जब हम दोनों अपने-अपने कामों से निबट जाते तो एक साथ ही घर लौटते।

लौटते हुए हमें गुरुद्वारे के करीब ही गाँव के कुत्ते दिखाई दे जाते। रोटियों के लिए लड़ते-झगड़ते, भौंकते-गुर्राते वे हमारे पीछे-पीछे घर तक चले आते।

जब मेरे माता-पिता शहर में पूरी तरह बस-बसा गए तो उन्होंने हमें भी अपने पास बुला लिया। दादी माँ और मेरी दोस्ती के लिए यह एक नया मोड़ था। रहते तो यहाँ भी हम दोनों एक ही कमरे में थे, पर अब वे मुझे स्कूल छोड़ने नहीं जाती थीं। अब मैं मोटरबस में बैठकर एक अंग्रेजी माध्यम के स्कूल में जाने लगा था। यहाँ सड़कों पर कुत्ते नहीं होते थे, शायद इसीलिए उन्होंने आँगन में अब गौरय्यों को दाने चुगाने का नया शौक पाल लिया था।

जैसे-जैसे वक्त गुजरता गया, हमारा एक-दूसरे के साथ संपर्क कम से

कमतर होता गया। कुछ अरसे तक तो वे मुझे सबेरे उठाती रहीं और स्कूल के लिए तैयार भी करती रहीं। मेरे स्कूल से लौटकर आने पर पूछा करतीं कि वहाँ मैंने क्या-क्या पढ़ा। मैं उन्हें अंग्रेजी के नए-नए शब्द बताता। पश्चिमी ज्ञान-विज्ञान से संबंधित छोटी-छोटी बातें सुनाता। गुरुत्वाकर्षण के नियमों, आर्किमिडीज़ के सिद्धांतों और धरती के गोलाकार होने के बारे में समझाता। ये सब बातें सुनकर वे खिन्न हो उठतीं। ऐसी पढ़ाई में वे मेरी क्या मदद कर सकती थीं। अंग्रेजी स्कूलों में पढ़ाई जानेवाली बातों में उनकी कोई आस्था नहीं थी और वे खासी दुखी हुईं यह जानकर कि रब्ब (ईश्वर) और धर्मग्रंथों के बारे में यहाँ कुछ भी पढ़ाया नहीं जाता। एक दिन मैंने उन्हें आकर बताया कि हमारे पाठ्यक्रम में संगीत का विषय भी शामिल है। वे बहुत चिंतित हो उठीं। उनके ख्याल में संगीत का संबंध व्यभिचार से था। संगीत तो भिखारियों और वेश्याओं की मिल्कियत है। अच्छे-खासे संभ्रांत लोगों का इससे क्या लेना-देना? उन्होंने मुझे सीधे से तो कुछ नहीं कहा, पर उनकी चुप्पी ही उनकी नाराजगी जाहिर कर रही थी। इसके बाद तो उन्होंने मुझसे बोलना-चालना बहुत कम कर दिया।

जब मैं यूनीवर्सिटी में पहुँचा तो मुझे अपना एक अलग कमरा मिल गया। दोस्ती की सांझी कड़ी टूट गई। मेरी दादी माँ ने निरासक्त भाव से अपना अलगाव स्वीकार कर लिया। वे दिन-भर अपने चरखे पर बैठी रहतीं और कभी-कदा ही किसी से बोलतीं-चालतीं। सबेरे से शाम तक सूत कातती रहतीं और अपनी प्रार्थना दोहराती जातीं। दोपहर को थोड़ा-सा आराम करतीं और गौरय्यों को दाना डालतीं।

बरामदे में बैठी-बैठी वे रोटियों के नन्हें-नन्हें टुकड़े करके फेंकतीं तो सैकड़ों की संख्या में चिड़ियों के झुंड-के-झुंड वहाँ इकट्ठे हो जाते और वे उन्हें घेरकर चहचहाने लगतीं। कुछ उनकी टाँगों पर तो कुछ उनके कंधों पर बैठ जातीं। वे सिर्फ हँसती रहतीं। उन्हें झटककर कभी नहीं उड़ातीं। उनके वास्ते तो यही दिन का सबसे सुखकर क्षण होता था। उनका यह कार्यक्रम लगभग आधे घंटे तक चलता।

जब मैंने उच्च शिक्षा के लिए विदेश जाना तय किया तो मुझे पक्का पता था कि दादी माँ इसका जरूर विरोध करेंगी। मुझे पाँच वर्षों के लिए विदेश में रहना होगा और दादी माँ का ⋯ हाँ, इस उम्र में किसी का क्या भरोसा? पर दादी माँ, तनिक भी विचलित या भावुक नहीं हुईं। वे मुझे रेलवे स्टेशन तक छोड़ने आईं,

पर बोलीं कुछ नहीं। न ही किसी प्रकार की भावुकता का प्रदर्शन उन्होंने किया। बस उनके होंठ प्रार्थना में फड़फड़ाते रहे। मन प्रार्थना में ही लीन रहा। अँगुलियाँ माला के मनके फेरती रहीं। चुपचाप उन्होंने मेरा माथा चूमा। बिदा होते हुए उस गीले-गीले प्रतिरूप को ही मैंने अपने बीच देह-स्पर्श की आखिरी निशानी मान लिया था।

लेकिन ऐसा होना नहीं था। पाँच बरस के बाद मैं घर लौटा था और दादी माँ मुझे स्टेशन पर लेने आई हुई थीं। वे बिलकुल वैसी ही लग रही थीं, जैसा मैं उन्हें छोड़ गया था। अब भी शब्दों के लिए उनके पास वक्त नहीं था। उन्होंने मुझे बाँहों में भींच लिया। होंठों पर वही चिर-परिचित प्रार्थना के शब्द। मेरे लौटने का यह पहला दिन था। पर दादी माँ के लिए दिन का सर्वाधिक सुखी क्षण अब भी गौरय्यों को दाना चुगाना ही रहा। आज उन्होंने गौरय्यों को अधिक देर तक दाना चुगाया और अतिरिक्त उत्साह के साथ।

शाम को सहसा ही उनमें एक परिवर्तन आया। उन्होंने प्रार्थना नहीं की। आस-पड़ोस की औरतों को बुलाकर इकट्ठा कर लिया और एक पुरानी ढोलकी की ताल पर गाना शुरू कर दिया। वे लगातार घंटों ढोलकी की खाल पर थापें देती रहीं और योद्धाओं के घर लौटने पर गाये जानेवाले विजय-गीत गाती रहीं। हमने बहुत समझा-बुझाकर उनका गाना-बजाना बंद करवाया कि कहीं वे ज्यादा थक-थका न जाएँ।

वही बस पहला मौका था जब मैंने उन्हें प्रार्थना से विमुख हुआ देखा था। दूसरे दिन ही वे बीमार पड़ गईं। बुखार बिलकुल हल्का था। डाक्टर ने बताया कि जल्द ही उतर जाएगा। पर दादी माँ का कुछ और ही सोचना था। उन्होंने हमें बता दिया कि अब उनका अंत समय आनेवाला है। उन्होंने कहा कि जीवन के अंतिम अध्याय के शेष होने के पहले वे प्रार्थना से विमुख हुई हैं। अब तो उन्हें हमारे साथ बातें करके एक क्षण भी गँवाना नागवार लग रहा है।

हमने विरोध किया। पर हमारे सारे विरोधों को नकारकर वे बिस्तर में लेटे-लेटे ही माला के मनके फेरते हुए प्रार्थना में लीन हो गईं।

हमें अहसास भी नहीं हुआ कि प्रार्थना करते उनके होंठ सहसा ही निस्पंद हो गए। माला उनकी निर्जीव उँगलियों से लुढ़ककर नीचे आ पड़ी। एक शांत-सी छाया उनकी मुखाकृति पर फैल गई और हम भली-भाँति समझ गए कि अब वे इस दुनिया में नहीं रहीं।

हमने उन्हें बिस्तर से नीचे उतारा और जैसा कि नियम है, भूमि पर लिटा दिया। उनके मृत शरीर को लाल कफ़न में ढक दिया गया। कुछ घंटे उनके शव के पास बैठकर शोक मनाने के बाद हम वहाँ से उठकर उनकी अंत्येष्टि की व्यवस्था में जुट गए।

शाम को लकड़ी की एक अनगढ़-सी काठी लेकर हम उनके कमरे में जा रहे थे, ताकि उसमें उन्हें अंतिम संस्कार के लिए ले जाएँ।

सूरज डूब रहा था। अस्त होते सूर्य की सुनहरी आभा उनके कमरे और सामने के बरामदे को आप्लावित कर रही थी। आँगन में पहुँचकर हम बीच में ही थम गए। बरामदे से लेकर कमरे तक, जहाँ उनका पार्थिव शरीर लाल कपड़े में लिपटा निस्पंद पड़ा था, एक अजब ही दृश्य नज़र आया। हजारों की संख्या में गौरय्याँ फर्श पर बिखरी बैठी थीं। कहीं कोई चहचहाहट नहीं। बिलकुल शांत निस्तब्ध। चिड़ियों के प्रति हमारा दिल भर आया। मेरी माँ कुछ रोटियाँ लेकर आईं। दादी माँ की ही तरह उन्होंने रोटियों के छोटे-छोटे टुकड़े किए और चिड़ियों की ओर फेंके। चिड़ियों ने रोटियों की तरफ देखा तक नहीं। जब हम दादी माँ के शव को उठाकर चल पड़े तो चिड़ियाँ धीरे-से निःशब्द-सी उड़ गईं। दूसरे दिन जमादार ने रोटी के टुकड़ों को बुहारकर कूड़ेदान में डाल दिया।

विष्णु का प्रतीक

''यह काले नाग के लिए है,'' तश्तरी में दूध उँडेलते हुए गंगाराम बोला, ''मैं हर रात इसे दीवारवाले उस बिल के पास छोड़ आता हूँ और सुबह उठते ही यह सफाचट मिलता है।''

''हो सकता है बिल्ली पी जाती हो,'' हम बच्चों ने सुझाया।

''बिल्ली,'' गंगाराम ने विरक्ति में मुँह सकोड़ा, ''कोई बिल्ली उस बिल के करीब फटकती तक नहीं। वहाँ काला नाग रहता है। जब तक मैं उसे दूध देता रहूँगा, वह इस घर के किसी व्यक्ति को नहीं डँसेगा। तुम सब जहाँ चाहो, नंगे पैर घूमते रहो और जहाँ मर्जी आए, खेलते रहो।''

हमें गंगाराम के संरक्षण की कोई जरूरत नहीं थी।

''तुम एक बेवकूफ बुढ़ऊ ब्राह्मण हो,'' मैंने कहा, ''तुम्हें इतना भी नहीं मालूम कि साँप दूध नहीं पीते? कम-से-कम तश्तरी-भर दूध तो हर दिन वह पी ही नहीं सकता। हमारे अध्यापक ने हमें बताया था कि साँप कई-कई दिनों में सिर्फ एक बार ही खाता है। हमने एक घासवाला साँप देखा था, जिसने एक मेंढक को निगल लिया था। मेंढक कई दिनों तक उसके गले में गोली की तरह अटका रहा। तब जाकर वह किसी तरह घुल-घुलकर उसके पेट में पहुँचा। हमारी प्रयोगशाला में दर्जनों साँप मेथिलवाली स्पिरिट में डूबे रखे हैं। क्यों, पिछले महीने ही तो अध्यापक जी ने सपेरे से एक साँप खरीदा था जो दोनों तरफ रेंग सकता था। इसका दूसरा सिर पूँछ की तरफ था। एक जोड़ी आँखें भी थीं उसमें। तुम मज़ा देखते जब उसको शीशे के जार में रखा गया था। प्रयोगशाला में कोई खाली जार था ही नहीं, सो अध्यापक ने उसे एक धारीदार विषैले नागवाले जार में ही डाल दिया। चिमटों के साथ उसके दोनों मुँहों को

पकड़कर टीचर ने उसे जार में छोड़ा था और तुरंत ही ढक्कन बंद कर दिया था। जार में तो उसने मानो तूफान ही ला दिया था। चक्कर मार-मारकर पहलेवाले साँप को नोच-फाड़कर टुकड़े-टुकड़े ही कर दिया।"

पवित्र मन के गंगाराम ने जुगुप्सा और संत्रास से आँखें बंद कर लीं।

"तुम्हें किसी दिन इसका बदला चुकाना पड़ेगा, हाँ, जरूर चुकाना पड़ेगा।"

गंगाराम के साथ बहस करने का कोई फायदा नहीं था। अन्य हिंदुओं की भाँति वह भी ब्रह्मा, विष्णु और महेश की त्रिमूर्ति में विश्वास करता था। ब्रह्मा—संसार के जन्मदाता, विष्णु—उसके रक्षक और महेश—उसके संहारक। इन तीनों में विष्णु में उसकी सर्वाधिक आस्था थी। प्रतिदिन तड़के ही वह अपने अभीष्ट विष्णु की प्रतिष्ठा में माथे पर 'V' के आकार में चंदन का तिलक लगाया करता था। वह ब्राह्मण था, लेकिन था निरा अनपढ़ और अंधविश्वासी। उसके लिए तो हरेक प्राणी मात्र ही पवित्र था, भले वह साँप हो, बिच्छू हो या फिर कानखजूरा। जब कभी उसकी नज़र इनमें से किसी पर भी पड़ती वह तपाक से उन्हें सरका देता कि कहीं हम उन्हें मार ही न डालें। हमारे बैडमिंटन रैकटों की चोट से प्रताड़ित ततैयों को भी उठाकर वह उनके भग्न परों को सहलाने लगता। कभी-कभी उसे डंक भी लग जाते। पर उसका विश्वास फिर भी न डिग पाता। जंतु जितना ज्यादा भयानक होता, गंगाराम की उसके अस्तित्व में उतनी ही अधिक आस्था होती। इसीलिए उसे सर्पों के प्रति श्रद्धा थी और सबसे बढ़कर तो अजगर के लिए, जो उसका काला नाग था।

"अगर कहीं तुम्हारा काला नाग दिखाई दिया तो हम उसे जरूर मार देंगे।"

"मैं तुम्हें हरगिज ऐसा नहीं करने दूँगा। इसने सौ अंडे दिए हुए हैं। अगर तुमने इसे मारा तो सारे अंडों से अजगर बन जाएँगे। पूरा घर अजगरों से भर जाएगा। तब तुम क्या करोगे?"

"हम उन्हें जिंदा पकड़ लेंगे और बंबई भेज देंगे। वहाँ इन साँपों को दुहकर जहर काटनेवाला सीरम बनाया जाता है। जिंदा अजगर का वे दो रुपया देते हैं। दो सौ रुपए तो हमारे यों ही बन जाएँगे।"

तुम्हारे डाक्टरों के जरूर थन होते होंगे। पर साँपों के तो मैंने कभी नहीं देखे। लेकिन, खबरदार जो तुमने इनको छुआ तक। यह फनियर नाग है,

समझे, फनवाला। मैंने इसे देखा है। पूरे तीन हाथ लंबा है। और जहाँ तक इसके फन की बात है," गंगाराम ने अपनी हथेलियों को खोला और सिर को डुलाते हुए बोला, "तुम खुद ही इसे कभी लॉन में बैठ धूप सेंकते हुए देखना, तभी जान पाओगे।"

"तुम कितने झूठे हो, तुमने खुद ही साबित कर दिया। फनियर तो नर होता है, मादा नहीं। फिर इसके सौ अंडे देने का सवाल ही नहीं उठता। अंडे फिर तुमने ही दिए होंगे!"

बच्चों की टोली कहकहे लगाकर हँसने लगी, "गंगाराम के ही अंडे होंगे। अब तो जल्दी ही हमें सौ गंगाराम देखने को मिलेंगे!"

गंगाराम के पास कोई जवाब नहीं बचा था। नौकर की तो नियति में ही होता है, निरंतर मुँह बंद कर दिया जाना। लेकिन घर के बच्चों द्वारा दिन-रात मज़ाक का पात्र बनाया जाना गंगाराम के लिए भी अब असहनीय हो गया था। वे आए दिन उसे नीचा दिखाने की नई-नई विषैली युक्तियाँ ढूँढ़ा करते। वे कभी अपने धर्मग्रंथों को नहीं पढ़ा करते थे। महात्मा गाँधी जो अहिंसा के विषय में कहते, उसकी भी उन्हें परवाह नहीं थी। बंदूकें लेकर चिड़ियों को मारते फिरना या फिर मेथिल-स्पिरिट के मर्तबानों में साँपों को डुबाना, बस यही आता था उन्हें तो। जीवन की पवित्रता में गंगाराम का विश्वास भी अडिग रहा। वह साँपों को खिलाता-पिलाता था और उनकी रक्षा करता था, क्योंकि उसकी नज़र में ईश्वर के बनाए तमाम जीवों में ये ही सर्वाधिक जघन्य प्राणी थे। अगर हम इन्हें मारने के बदले इन्हें प्यार कर सकें, तभी ईश्वर में हमारी सच्ची आस्था होगी।

गंगाराम कौन-सी विचारधारा को सिद्ध करना चाहता था, यह तो उसके लिए भी अस्पष्ट था। अपनी आस्था सिद्ध करने को उसके लिए इतना ही काफी था कि रोज रात को दूध-भरी तश्तरी बिल के पास रख दे और सुबह होते ही इसे सफाचट हुआ देख ले।

एक दिन हमने काले नाग को देख लिया। बरसात अपने जोरों पर थी। रात-भर बारिश होती रही थी। ग्रीष्म ऋतु के झुलसाते सूरज की गर्मी में तपी सूखी झुलसी धरती में मानो एक नया ही जीवन उमड़ आया था। छोटे तालाबों में मेंढक टर्राने लगे थे। कीचड़ भरी जमीन पर कीड़े-मकौड़े, कन-खजूरे और मखमली सोन-पंखियाँ रेंगने लगी थीं। घास उगनी शुरू हो गई थी। केलों के

चिकने पात हरे-भरे होकर चमकने लगे थे। काले नाग की बिल में पानी भर आया था। उसका चमकीला काला फन सूरज की धूप में और भी चमक रहा था। नाग काफी बड़ा था—कोई 6 फीट लंबा रहा होगा। गोलाकार और मांसल—मेरी कलाई की तरह।

"लगता है यह अजगर नागराज ही है। चलो इसे पकड़ें।"

काले नाग को हमने ज्यादा मौका नहीं दिया। जमीन फिसलन भरी थी। सारे बिल और गटर पानी से भरे पड़े थे। मदद के लिए गंगाराम भी घर पर नहीं था।

उसे खतरे की भनक भी लग पाती, इसके पहले ही बाँस के डंडे हाथों में लिए हमने उसे घेर लिया। जब उसने हमें देखा, उसकी आँखों से मानो अँगारे फूट रहे थे। वह फुफकारते हुए चारों ओर थूक उगलने लगा। तभी मानो बिजली की-सी फुर्ती से काला नाग केले के कुंजों की ओर लपका।

जमीन कीचड़ भरी थी। वह रुकते-पड़ते सरक रहा था। अभी वह पाँच गज भी आगे नहीं बढ़ पाया था कि एक लाठी उसके बीचोबीच आकर पड़ी और बेचारे की पीठ टूट गई। चारों ओर से इस कदर प्रहारों की बौछार हुई कि वह काले-सफेद रंग की पिचपिची लुगदी में ही परिणत होकर रह गया। खून और मिट्टी से वह लथपथ हो गया था, लेकिन उसका सिर अभी भी सलामत था।

"इसके सिर को मत कुचलना," हम में से एक चिल्लाया, "हम इस काले नाग को स्कूल ले जाएँगे।"

सो हमने कोबरे के पेट के नीचे बाँस का डंडा डाला और उसे डंडे के सिरे पर टाँग लिया। बिस्कुट के एक बड़े-से खाली कनस्तर में उसे डाला और कनस्तर को रस्सी से अच्छी तरह बाँध दिया। फिर टिन के उस डिब्बे को हमने एक चारपाई के नीचे छिपा दिया।

रात को मैं गंगाराम के आसपास मँडराता रहा कि कब वह दूध से भरी तश्तरी लेकर आए। आखिर मुझसे न रहा गया, मैंने उसे पूछ ही लिया, "आज तुम काले नाग के लिए दूध नहीं ले आओगे क्या?"

"हाँ, ले जाऊँगा," गंगाराम ने चिड़चिड़ाते हुए जवाब दिया, "तुम जाओ न सोने!"

वह इस विषय पर और अधिक तर्क-वितर्क करना नहीं चाहता था।

"उसे अब और इस दूध की जरूरत नहीं पड़ेगी।"

गंगाराम ठिठका, ''क्यों ?''

''ओह ! नहीं, कुछ नहीं । इतने मेंढक हैं चारों ओर । उसे तुम्हारे दूध से उनका स्वाद कहीं ज्यादा भाता होगा । तुम दूध में चीनी भी तो नहीं मिलाकर देते ।''

दूसरे दिन गंगाराम दूध की भरी-भराई तश्तरी लेकर वापस लौट आया । वह काफी खिन्न और उदास दिख रहा था । लगता था, उसे हम पर शक हो गया है ।

''मैंने तुम्हें पहले ही कहा था कि साँपों को दूध से ज्यादा मेंढक पसंद होते हैं ।''

हम लोग कपड़े बदलकर नाश्ता करने में जुटे थे । गंगाराम पूरे वक्त हमारे आसपास ही मँडराता रहा । स्कूल बस आई और कनस्तर को लेकर थोड़ी कठिनाई के साथ हम बस में चढ़ गए । जैसे ही बस चालू हुई, हमने गंगाराम को कनस्तर उठाकर दिखा दिया ।

''यहाँ है तुम्हारा काला नाग, इस बक्से में । बिलकुल सुरक्षित है । अब हम इसे स्पिरिट में डालने जा रहे हैं ।''

हमने देखा उसकी बोलती बंद हो गई है और छूटती बस को वह दीदे फाड़-फाड़कर देख रहा है ।

स्कूल में काफी उत्तेजना फैली हुई थी । हम चार भाइयों की टोली अपनी उद्दंडता के लिए मशहूर है, हमने एक बार फिर यह साबित कर दिखाया था ।

''कोबरा नागराज है !''

''छः फीट लंबा !''

''फणियर !''

कनस्तर हमने विज्ञान के अध्यापक के हवाले कर दिया । डिब्बा अध्यापक की मेज पर स्थापित था और हम इसी इंतजार में थे कि कब वे इसे खोलें और हमारे शिकार की सराहना करें ।

अध्यापक ऐसे अभिनय कर रहे थे मानो उन्हें इसकी कोई परवाह ही न हो । उन्होंने हमें कुछ सवाल देकर बैठा दिया । फिर सधे-सधाए हाथों से वे एक चिमटा और एक जार ले आए । जार में एक धारीदार करैत मटमैली मिथाइल स्पिरिट में डूबा पड़ा था । गुनगुनाते हुए उन्होंने कनस्तर की डोरी खोलनी शुरू की ।

जैसे ही डोरी ढीली पड़ी, डिब्बे का ढक्कन उछलकर खुल गया। गनीमत हुई कि वह अध्यापक जी की नाक पर नहीं पड़ा। वही काला नाग था। उसकी आँखें शोलों-सी दहक रही थीं। उसका फन तना हुआ था। बिलकुल अक्षत। जोर से फुफकारते हुए वह अध्यापक जी के मुख की ओर बढ़ा। अध्यापक जी हड़बड़ाकर अपनी कुर्सी पर पीछे की ओर उचके और लड़खड़ाकर गिर पड़े। वे फर्श पर पड़े थे और भय से पथराए हुए-से टकटकी लगाकर कोबरे को देख रहे थे। लड़के अपने डेस्कों पर चढ़कर जोर-जोर से रोने-चिल्लाने लगे।

काले नाग ने अपनी लाल-लाल आँखों से कमरे के नज़ारे का मुआयना किया। उत्तेजित होकर वह अपनी चिमटे-सी दोधारी जीभ लपलपाने लगा। क्रोधोन्मत्त नाग फुफकारते हुए स्वतंत्र होने की कोशिश करने लगा और कनस्तर से बाहर निकल वह गड़प्प की आवाज के साथ फर्श पर आ गिरा। उसकी पीठ कई जगह से टूटी हुई थी। बड़ी वेदना से उसने किसी तरह अपने आपको दरवाजे तक घसीटा। कमरे की चौखट पर पहुँच, एक नए मुकाबले के लिए अपने आप को तैयार करते हुए उसने अपना फन फैला लिया।

कक्षा के बाहर गंगाराम हाथ में तश्तरी और दूध का बर्तन लिए खड़ा था। जैसे ही उसने काले नाग को आते देखा, वह घुटनों के बल बैठ गया और तश्तरी में दूध उँडेलने लगा। दूध भरी तश्तरी को उसने दहलीज के पास रख दिया और प्रार्थना में हाथ जोड़, क्षमा-याचना करते हुए उसने अपना सिर नाग देवता के सामने भूमि पर झुका दिया। हताशा-मिश्रित क्रोध में फुफुकारते और थूक उगलते हुए फणियर ने गंगाराम के मस्तक पर जहाँ-तहाँ डंक मार दिए। फिर बड़ी कठिनाई से, घिसटता हुआ-सा वह किसी गटर में जा घुसा और दृष्टि से ओझल हो गया।

दोनों हाथों से चेहरा थामे गंगाराम निढाल-सा हुआ जमीन पर गिर पड़ा। वह असह्य वेदना से तड़पता कराह रहा था। जहर तुरंत ही उसकी आँखों पर चढ़ गया था। चंद मिनटों में ही वह नीला-पीला पड़ गया और उसके मुँह से झाग आने लगा। उसके मस्तक पर रक्त की नन्हीं बूँदें चमक रही थीं। अध्यापक जी ने उन्हें अपने रूमाल से पोंछा। नीचे चंदन से अंकित द्विभुजाकार तिलक उभर आया, जहाँ काले नाग ने अपने डंक मारे हुए थे।

नास्तिक

हमेशा की तरह बहस का रुख फिर उसी तरफ मुड़ने लगा, "तो तुम नहीं मानते कि खुदा है ? ये सब सिर्फ बहस के वास्ते ही कहते हो कि तुम्हें खुदा की हस्ती पर सचमुच यकीन नहीं है ?" मेज़बान ने पूछा और लंबी साँस छोड़ते हुए कहा, "रब्ब तुम्हारा भला करे।"

"नहीं," मेहमान ने जवाब दिया, "मैं सचमुच ही खुदा को नहीं मानता। मेरा भला तो शैतान ही करेगा।"

मेज़बान ने तनिक उत्तेजित होते हुए अपनी बाँहें फैलाकर पूछा, "तो यह सब कहाँ से आता है ? ये पेड़, ये पौधे, ये इंसान, ये जानवर, ये दुनिया और इस दुनिया में ये तमाम सारी चीज़ें ? बोलो ?" राजनीतिज्ञ था, इसलिए वाकपटुता तो उसे आती ही थी, उसके बीवी-बच्चों की तरफदारी भी उसे प्राप्त थी।

"यह तो मैं नहीं जानता," मेहमान ने जवाब दिया। वे उसका मज़ाक बना पाते इससे पहले ही वह फिर बोला, "और न ही तुम जानते हो ! यह तो कोई पैगंबर, पीर, मसीहा या अवतार भी नहीं जान सका। दुनिया में कोई भी नहीं जानता। और तुम्हारे ये मज़हब, धर्म–ये सब तो बच्चों की परीकथाओं जैसे…"

इतने में ही मेज़बान का दस साल का बेटा अपनी आदत के मुताबिक बहस में हिस्सा लेते हुए बोला, "मैं जानता हूँ। सभी कुछ खुदा से आता है। अब बोलिए !" मेहमान की खिल्ली उड़ाते हुए उसके मुँह के सामने चुटकी बजाते हुए वह कहने लगा, "सब कुछ खुदा ही है ! खुदा, खुदा, खुदा। और अगर आप शैतान को मानते हैं तो खुदा को भी आपको मानना ही पड़ेगा।"

"किसने कहा कि मैं शैतान को मानता हूँ ? शैतान भी तो इंसानों के फितूरी दिमागों की ही उपज है, जैसे कि खुदा !" बच्चे को समझाने के लिहाज से उसने

मिसाल दी, ''तुम्हारा खुदा महज एक गैस के गुब्बारे की तरह है या फिर उस लाल रबर की गेंद की तरह, जिसे तुम बगीचे में अपने पैरों की ठोकर से लुढ़काते रहते हो।''

परिवार में सबके मुँह उतर गए। मेज़बान की बेगम साहिबा ने टोका, ''ओह, प्लीज, खुदा के वास्ते ऐसी कुफ्र की बातें करके बच्चों का विश्वास मत तोड़ो। मैं पैसे देकर मौलबी साहेब को बुलवाती हूँ कि इनको कुरान पढ़ाएँ, नमाज़ अदा करना सिखाएँ और तुम ? तुम तो मेरे सारे किए-कराए पर पानी फेर रहे हो!''

बच्चों की ओर रुख करके वे बोलीं, ''तुम लोग इनकी बातों पर ज़रा भी गौर मत करना। अब जाओ, अपना होमवर्क ख़त्म करो। चलो! जाओ!''

बच्चों का जाने का ज़रा भी जी नहीं कर रहा था। बड़ों की बहस में उन्हें बड़ा मज़ा आ रहा था। पर अम्मी के प्यार से समझाने और रिश्वत देकर फुसलाने पर वे अपने कमरे में रुखसत हो गए। छोटावाला जाने से पहले हँसते हुए बोला, ''गॉड इज़ ए रेड रबर बॉल'' (खुदा लाल रबर का गेंद है।)

बेगम साहिबा ने शिकायत भरे लहजे में कहा, ''देखिए, आपने क्या किया ? अब यह अपने स्कूल में जाकर भी यही बोलेगा। कैथोलिक स्कूल है। निकाल बाहर करेंगे वे बच्चे को! अब ये बच्चे रमजान पर रोज़ा नहीं करेंगे। नमाज पढ़ने से भी मना करेंगे। अब इनका विश्वास खुदा से हट जाएगा। दुख-तकलीफ में फिर भला किसके सहारे को झुकेंगे ये लोग ? आप क्या चाहते हैं कि ये दुनिया में रहने लायक न रहें ? मिस्फ़िट और सबसे अलग-थलग रह जाएँ ?''

मेहमान अब भी उन्हें भड़काता रहा, ''तब तो तुम्हें अपने बच्चों को मुझ-जैसे लोगों से मिलने नहीं देना चाहिए। अपने घर अब मुझे कभी मत बुलाना। बस, अपने मौलवी साहेब को बुलाओ। स्कूल के कैथोलिक फादरों को बुलाओ और दकियानूसी अंकल-आंटियों को बुलाओ, ताकि वे इनके दिमागों में यही सब भरें—ऊपरवाला और आदम-हौवा, कयामत और पुनर्जन्म, निर्वाण और संन्यास... ओ.के.!''

''अच्छा, अच्छा, ज्यादा गर्म होने की जरूरत नहीं,'' मेज़बान ने बात टालने की गरज से कहा, ''चलो, थोड़ा टहल आएँ। तुम दोनों के दिमाग भी ठंडे हो जाएँगे।''

वे बगीचे में टहलने लगे। मेहमान फिर से बेगम साहिबा से सुलह करने की कोशिश में लगा था, ''हमारी बहस हमेशा यही रुख अख्तियार कर लेती है। नहीं ? हमेशा ऐसा ही होता है। देखो, खलील जिब्रान ने क्या कहा :

'जब मैं छोटा था,
उसे (खुदा को) जानने की उत्सुकता में,
संतों के पास गया,
दार्शनिकों के पास गया,
उसके (खुदा के) बारे में,
उनके तर्क-वितर्क सुनता रहा।
पर जितनी भी बार गया,
उसी दरवाजे से वापस लौट आया,
जिससे भीतर गया था।' ''

''हो सकता है,'' वे शिष्टतापूर्वक बोलीं, ''पर मैं अब भी अपनी बात को सही मानती हूँ, 'मैं यह सोच भी नहीं सकता कि यह घड़ी यहाँ है, पर इसको बनानेवाला कोई नहीं है।' किसने कहा था यह ?''

''वाल्टेयर ने। लेकिन तुम्हारी यह तुलना जम नहीं रही। हम सब जानते हैं कि दुनिया है। हाँ, यह बात अलग है कि कुछ हिंदू और सिक्ख इसे 'माया' की भाँति छद्म मानते हैं। लेकिन दुनिया को बनानेवाले के बारे में हम कुछ नहीं जानते, यह तो पक्का है। अगर यह मान भी लें कि दुनिया का कोई सर्जक है, तो भी उसकी इबादत करने की, उसकी पूजा करने की तो कोई तुक नहीं बनती। वैसे भी दुनिया में अच्छाइयों के बजाय खराबियाँ ज्यादा हैं, इसलिए चुप रहना ही ठीक है। यह खुदा के अस्तित्व का मामला ही ऐसा है, जिसकी कुंजी अभी तक किसी के हाथ नहीं लग सकी। यह एक ऐसा पर्दा है जिसको हटाकर उसके पीछे कोई नहीं देख सकता। 'हमें नहीं पता' कहना ज्यादा ईमानदारी की बात होगी, बनिस्बत ऐसी मान्यताओं को सच करार देना जो तर्क और दलीलों के बिलकुल विपरीत पड़ती हों। मैं न तो यह जानता हूँ कि खुदा है और न ही यह कि खुदा नहीं है, इसलिए मैं अपने आप को नास्तिक कहता हूँ।''

''श्योर, श्योर,'' मेज़बान ने नम्रतापूर्वक स्वीकार कर लिया, ''भई, तुम नहीं मानते तो तुम्हारी मर्जी। हमें कोई एतराज नहीं। पर जो मानते हैं, उन्हें तो मानने दो, जब तक कि यह पूरी तरह साबित नहीं हो जाता कि उनकी मान्यताएँ

गलत हैं। क्यों? जिओ और जीने दो। और चलो अब कोई और बात करें।''

लेकिन मेहमान अब भी अड़ा रहा, ''जो मुझसे बर्दाश्त नहीं होती, वह है धर्म की सनक और चमत्कारी संत-साधुओं की अंधी पूजा। आखिर क्या हैं ये साधु-संत? मदारियों की तरह करतब दिखलाकर ईश्वर, आत्मा, प्रेम और पता नहीं किन-किन सिद्धांतों को गढ़ते रहते हैं और हजारों लोग मूर्खों की तरह उनको मान भी लेते हैं।''

''हम लोग खुदा की बात कर रहे थे, चमत्कारी साधुओं की नहीं,'' बेगम साहिबा ने फिर टोका, ''मुझे तो यह हैरानी हो रही है कि जिस इंसान को कुदरती ताकतों—दैवी शक्तियों से इतनी नफरत हो, वह हमेशा खुदा की बातें ही क्यों करता रहता है? तुम्हीं बात छेड़ते हो और बढ़ाते भी हो, जैसे दाँत के दर्द से बेहाल आदमी बार-बार अपने दुखते दाँत को जीभ से छू-छूकर और दुखाता रहे। हो सकता है, तुम्हारे इस विरोध के पीछे तुम्हारी आस्था की भावना ही छुपी हुई हो, जिसे तुम मानना नहीं चाहते। अँधेरे में खौफ खाता हुआ आदमी जैसे चिल्ला-चिल्लाकर अपने आपको ही तसल्ली देता रहे कि डर की कोई बात नहीं है।''

''यह बात दुरुस्त है, भई,'' मेज़बान ने हामी भरी, मुझे फ्रांसिस थाम्प्सन की कुछ लाइनें याद आ रही हैं :

''मैं रात-दिन उससे (खुदा) से दूर भागता रहा,
वक्त के मेहराबों में उससे भागता रहा,
अपने ही मन की भूल-भुलैया में उससे भागता रहा,
अपने आँसुओं में और हँसी में,
उससे छुपता रहा।
पर, उसके (खुदा के) पैर,
आराम से, बिना रुके,
सधी हुई चाल से, कुदरती करीबी के साथ
मेरा पीछा करते रहे।
पैरों की गति से भी तेज
एक आवाज मुझे कहती रही—
'जो मुझे दगा देता है, उसे सभी चीजें दगा दे जाती हैं।''

''इसी तरह एक न एक दिन वह (खुदा) तुम तक पहुँच ही जाएगा, भले ही

तुम उसे लाल रबर की गेंद कहकर उसका निरादर करो।"

रात के खाने का वक्त हो चला था। वे लोग घर लौट आए। बेगम ने ताली बजाकर बच्चों को पुकारा, "बच्चों, मेज पर आओ।" जैसे ही सब लोग अपनी-अपनी जगह बैठ गए, उसने बच्चों की प्लेटें खाने से भर दीं। छोटावाला लड़का फिर खिलखिलाकर हँसने लगा, "गॉड इज़ ए रेड रबर बॉल!"

बेगम साहिबा ने बच्चे का ध्यान बाँटने के लिए विषय बदलने की कोशिश की, "चलो अब कल के बारे में प्रोग्राम बनाएँ।"

"गैसवाला बैलून! नहीं, मेरी रेड रबर बॉल!" बच्चा फिर हँसा।

"अब बस करो," बेगम ने उसे फटकारकर कहा, "एक हरफ़ भी और बोला तो देखना मुझे गुस्सा आ जाएगा।"

उस रात मेज पर खुदा के बारे में और बातें नहीं हुईं। लेकिन दूसरे दिन नाश्ते के वक्त बच्चों का फिर जी कर रहा था कि अम्मी-अब्बा और मेहमान खुदा के बारे में फिर से बहस शुरू करें। नन्हें लड़के ने अपना रबर का लाल गेंद मेहमान की गोद में रखकर अर्थपूर्ण ढंग से कहा, "तुम इसको ले लो।" उसकी अम्मी ने उसकी तरफ आँखें तरेरीं, "याद रखना, अगर फिर वही बातें शुरू कीं तो कल का पिकनिक का प्रोग्राम रद्द कर दूँगी! समझे!"

इतवार का दिन था। आखिरी बारिशों का मौसम। ऊपर तिरते बादलों की काली छायाएँ धरती पर पड़ रही थीं। बादल कभी अचानक ही बरस पड़ते और कभी-कभी बरसते-बरसते में ही सूरज् चमक उठता और आकाश मे इंद्रधनुष के रंगों की छटा बिखर जाती। बेगम साहिबा ने चहककर कहा, "पार्क में पिकनिक मनाने के लिए बड़ा ही प्यारा दिन है।"

उन्होंने मोटरकार पार्क की तरफ बढ़ाई। बच्चे अपने साथ अपना रबरवाला गेंद ले गए थे। वे कभी एक-दूसरे पर गेंद फेंकते और कभी पेड़ों के ऊपर गेंद को उछालकर वापस लोकने की कोशिश करते। मेजबान और बेगम साहिबा मेहमान को नया लगा 'रोज़ गार्डेन' दिखा रहे थे।

चलते-चलते वे पीपल के एक विशाल पेड़ के पास रुके। बड़े लड़के ने गेंद को पेड़ के ऊपर उछाला। गेंद पेड़ के ऊपर उठी और एक डाली से उछलती हुई दूसरी डाली पर उछली। बच्चे गेंद को लोकने के लिए हाथ फैलाए खड़े थे। गेंद सबसे नीची डाली पर आकर फिर उछली, नीचे आई और फिर उछलकर पेड़ की

एक द्विभुजाकार की टहनी में जा फँसी। "ओह, ओह, गेंद तो पेड़ में अटक गई!"

आधे घंटे तक वे डंडियाँ और कंकड़ फेंक-फेंककर गेंद को नीचे लाने की कोशिश करते रहे। मेज़बान अब और बर्दाश्त न कर सका। उसने बच्चों को झिड़का, "अब सारा दिन गेंद को नीचे लाने में तो नहीं लगा देना है न? चलो, चलकर कुछ ठंडा-वंडा पीते हैं।"

बच्चे बेमन-से चल पड़े। कुछ भी अच्छा नहीं लग रहा था, मन तो वहीं गेंद में उलझा था। 'कोल्ड ड्रिंक' के स्टैंड पर गए। ठंडी बोतलें पीं, पर मज़ा नहीं आया। अम्मी ने समझाया भी, "अरे बाबा, सिर्फ रबर की गेंद ही तो थी। ऐसे क्यों दिख रहे हो कि कयामत ही टूट पड़ी है दुनिया पर? और खरीद दूँगी।"

फिर भी बच्चों का मूड नहीं बदला। आलू-चिप्स की प्लेटें और टमाटर की सॉस, आइसक्रीम—सब खिलाया, पर कुछ भी कारगर न हुआ। घंटे-भर बाद वे सब पार्क से होते हुए अपनी मोटरगाड़ी की ओर लौटने लगे।

पीपल के पेड़ के पास पहुँचकर रुके। देखा, लाल गेंद पेड़ की डालियों में अब भी वैसे ही फँसी हुई थी। सबने ऊपर देखा, "अब भी वहीं है।" अबकी बार किसी ने उसे नीचे गिराने की कोशिश नहीं की।

मेहमान उन्हें खुश करना चाहता था। उसने जोर से ऐलान किया, "ऑल राइट, अगर यह रबर की गेंद गिरकर मेरे हाथों में आ पड़े तो मैं मान लूँगा कि खुदा है।"

हवा का एक हल्का-झोंका आया और पेड़ की डालियों को हिला गया। रबर की लाल गेंद सीधे आकर मेहमान के हाथों में गिरी।

वे सब हैरत में आँखें फाड़े एक-दूसरे को देखने लगे।

"चलो, तुम्हें अच्छा सबक मिला," बेगम साहिबा ने व्यंग्य भरी चुटकी कसी।

"डैम!" नास्तिक और क्या कहता?

साहब की बीवी

''हाँ तो, कहिए, मैं आप लोगों की क्या सेवा कर सकता हूँ ?'' पाइप की नली में क्लीनर घुसाकर उसे साफ़ करते हुए मिस्टर सेन ने नज़रें मिलाए बगैर ही आगंतुकों से पूछा। कुरेदे हुए कूड़े को फूँक मारकर उड़ाने लगे तो लोगों के हाथों में लटकती गेंदे और गुलाब की फूलमालाओं पर पड़ी। अच्छा तो इन्हें पता चल गया था कि आज सुबह ही वे विवाह-बंधन में बँधे थे। अपनी ओर से तो उन्होंने इसे पूर्ण रूप से गुप्त रखने की कोशिश की थी, पर अपने इस मुल्क में भला किसी भी रहस्य को कभी छुपाया जा सकता है ?

पाइप की नली को पाइप के 'बाउल' से जोड़कर उन्होंने उसमें फिर फूँक मारी और नीची नज़रों से ही देखा कि आगंतुक ज़रा व्यग्र-से होने लगे हैं। प्लास्टिक की छोटी-सी तंबाकू की थैली खोलकर वे अपना पाइप भरने में लगे रहे। आगंतुकों में कुछ देर फुसफुसाहट होती रही। फिर उनमें से एक ने कुछ कहने के लिए अपना गला साफ़ किया।

''हाँ तो, मिस्टर बैनर्जी, क्या परेशानी है आपको ? सेन साहब ने उसी नीरस लहजे में पूछा।

''सॉर,'' बाबू तबके के सुपरिंटेंडेंट ने जवाब दिया, '' भी केम टु भिश योर गुडशेल्फ लांग लाइफ़ एंड हैपीनेश !'' (सर, हम सब आपको चिरायु और सदा सुखी रहने की मंगल-कामनाएँ देने आए हैं)। उसने चपरासियों को आदेश दिया कि साहब के गले में फूलमालाएँ डाल दी जाएँ।

चपरासी फूलमालाएँ लेकर आगे बढ़े ही थे कि साहब ने उन्हें विनम्रतापूर्वक रोकते हुए आदेश दिया, ''मेज़ पर रख दो, ऑन द टेबल।'' चपरासियों के हाथ जहाँ के तहाँ थम गए। मुस्कराना भूलकर वे खीसें निपोरते

हुए फूलमालाओं को मेज़ पर रख बाबुओं की पंक्ति के पीछे जा खड़े हुए।

"बस यही बात थी?" मिस्टर सेन उठकर खड़े हो गए, "तब काम पर वापस चला जाए। और हाँ, आप सबकी शुभकामनाओं के लिए मेरा बहुत-बहुत धन्यवाद!" लोग समझ गए कि साहब का इशारा रुखसत लेने का है।

"बैनर्जी, तुम ज़रा थोड़ी देर बाद फिर आना। मैं बाहर जा रहा हूँ, कुछ दिनों के लिए। काम के रिडिस्ट्रीब्यूशन (पुनर्वितरण) के लिए तुमसे कुछ मशविरा करना था।"

"शर्टेनी, सॉर!"

हाथ जोड़कर, नमस्ते करके वे सब धीरे-धीरे बाहर निकल गए।

पाइप से निकलते हुए धुएँ को छल्लों में छत की तरफ उठते हुए देखते-देखते सेन फिर खयालों में खोने लगे। उनके जीवन का नया अध्याय शुरू हुआ था। हिंदुओं के लिए विवाह का यही अर्थ है—वेदों के अनुसार जीवन की चार अवस्थाओं में से तीसरी अवस्था। उन्हें खुद ही हैरानी हुई कि वे सोचते-सोचते कहाँ से कहाँ पहुँच गए हैं। वे सोच रहे थे कि हिंदुओं के जीवन का कोई भी क्षेत्र धर्म के स्पर्श से अछूता क्यों नहीं है। लेकिन उनके पिता विचारों से कोई विशेष रूढ़िवादी नहीं थे। हिंदू होते हुए भी उन्होंने उन्हें एंग्लो-ईंडियन स्कूल में दाखिला कराया था जहाँ लड़कों ने उनका नाम संतोष से बदलकर 'सनी' रख दिया था। उसके बाद वे 'बैलियल' चले गए। स्वतंत्रता से पूर्व ही भारतीय प्रशासनिक सेवा में ले लिए गए थे। यह तो बाद में स्वतंत्र हिंदुस्तान की सरकार ने राष्ट्रीय भावनाओं के अंतर्गत हिंदी और एक मातृभाषा को पढ़ना अनिवार्य कर दिया था। लेकिन हिंदुस्तानी भाषाओं के प्रति उनका अज्ञान उनके लिए किसी प्रकार भी बाधा नहीं बना। बल्कि यों कहें कि वे इसकी आड़ लेकर दूसरों को प्रभावित ही करते थे। अपने लहजे और चाल-ढाल के कारण वे लोगों में आसानी से घुल-मिल नहीं पाते थे। पर एक तरह से अच्छा ही था—वे उन लोगों की तरह ईर्ष्या-जलन और चुगली आदि की प्रवृत्तियों से बचे रहे थे। फिर भी लोग उनका साथ पसंद करते थे, क्योंकि वे हिंदुस्तानी होते हुए भी हिंदुस्तानियों की तरह नहीं थे। वे थे एक ब्राउन ब्रिटिश जेंटलमैन!

अपने देश से सेन को अगर किसी कारण कोई लगाव था तो वह था अपनी माँ के कारण। बेचारी विधवा थी। परंपरा के अनुसार उसने अपने सिर के बाल

मुँड़वा दिए थे। सिर्फ सफेद धोती पहनती और नंगे पैर चलती। वे उसकी एकमात्र संतान थे। जो भी बन पाता, दोनों माँ-बेटे एक-दूसरे के लिए करते थे। माँ ही उनका घर सँभालती थी। ज़्यादातर तो वे बैरे के बनाए 'लैम्ब चॉप्स' और 'शेफर्ड्स पाइ' ही खाते थे, पर कभी-कभी माँ का मन रखने के लिए उसके हाथ का पकाया भात, माछ और मिष्टी भी खा लेते। घर के एक कमरे को माँ ने मंदिर में परिवर्तित कर रखा था, जहाँ वह धूप-अगरबत्ती जलाकर घंटियों की मधुर ध्वनि के बीच काली माँ की पूजा किया करती थी। पर उसने उन्हें कभी पूजा करने के लिए बाध्य नहीं किया। इसी तरह वे खुद हिंदुस्तानी फिल्में देखना बिलकुल पसंद नहीं करते थे, पर माँ को महीने में एक फिल्म ज़रूर दिखा लाते थे। माँ भी शाम को उनके स्कॉच पीने का या अपनी उपस्थिति में सिगरेट पीने का बुरा न मानती थी। न ही कभी पूछती कि वे कहाँ आते-जाते थे, क्या करते थे। जब तक माँ ने उनकी शादी की बात नहीं छेड़ी थी, उन दोनों की खासी निभ रही थी।

पहले तो वे मज़ाक में बात टालते रहे। पर धीरे-धीरे माँ का आग्रह बढ़ता ही गया। वह चाहती थी कि अब उन्हें अपने जीवन में सुचारू रूप से व्यवस्थित हो जाना चाहिए। आँखों में आँसू भरकर उसने उनसे कहा कि मरने के पहले वह अपने पोते को गोद में खेलाना चाहती है। आखिरकार उन्हें हार माननी ही पड़ी। शादी के मुतल्लिक उनकी कोई विशेष धारणा नहीं थी। लड़की कैसी हो, यह भी उन्होंने नहीं बताया। मुल्क में लौट आने के बाद इससे बुरा और क्या हो सकता था कि अपनी जात-बिरादरी में शादी करनी पड़े। उन्होंने माँ से कहा, "ठीक है माँ, तुम मेरे लिए बहू ढूँढ़ो। जो भी लड़की तुम्हें पसंद होगी, मैं उससे शादी कर लूँगा।"

माँ ने कई दिनों तक बात नहीं छेड़ी। फिर एक दिन उसने देहरादून से अपने भाई को बुलाया। दोनों ने मिलकर एक वैवाहिक विज्ञापन तैयार किया और 'हिंदुस्तान टाइम्स' के दो क्रमागत रविवारीय अंकों में छपने के लिए दिया। हिंदी में अनुवाद करें तो विज्ञापन इस प्रकार था—

'ऑक्सफोर्ड शिक्षित, फर्स्टक्लास गजेटेड सरकारी अफसर, मासिक आय 1000/-, बंगाली, उम्र 25 वर्ष के लिए उच्चवर्गीय संभ्रांत परिवार की गोरी, सुंदर कन्या चाहिए। जाति और दहेज का बंधन नहीं। जन्मकुंडली के साथ पत्र-व्यवहार करें। पो. आ. बा. न. 4200'

पहले हफ्ते के विज्ञापन के जवाब में तकरीबन पचास खत आए। लड़कियो की तस्वीरों के साथ-साथ जन्मकुंडलियाँ भी संलग्न थीं। दूसरे हफ्ते के विज्ञापन के बाद पत्रों को छाँटा गया और बड़े उत्साह से 'सनी' की माँ और मामा ने तकरीबन सौ फोटोग्राफ खाने की लंबी-चौड़ी मेज़ पर फैला दिए। लड़कियाँ कुँवारी थीं और गृहकार्य में दक्ष थीं, माँ-बाप ने लिखा था तो मानना ही पड़ रहा था। पर जाति और दहेज का बंधन न मानने के बावजूद वैही लड़कियाँ पसंद की गईं, जो उनकी जाति की थीं और जिनके पिताओं ने लंबा-चौड़ा दहेज देने का वादा किया था। अब निर्णय 'सनी' के हाथ में था।

'सनी' को पहली बार पता चला कि उसके विवाह के लिए अखबार में विज्ञापन दिया गया था। वे बहुत क्षुब्ध हुए। उनकी शर्मिंदगी का ठिकाना न रहा, जब कलकत्ता-जैसी दूर-दराज की जगहों से चलकर लड़कीवाले अखबार के दफ्तर से उनका पता लेकर दफ्तर में ही उन्हें देखने चले आए। उन्होंने माँ से साफ-साफ कह दिया कि अगर यह सब तमाशा बंद न हुआ तो वे कोई शादी-वादी नहीं करेंगे। सो माँ और मामा ने जल्दी-जल्दी सारा मामला निपटा दिया। लड़की वह पसंद की गई जिसके पिता ने सबसे भारी-भरकम दहेज देने का वादा किया। सगाई में ही लड़की के पिता ने शादी में दी जानेवाली रकम का एक बड़ा हिस्सा उन्हें थमा दिया। दोनों पक्ष लड़का-लड़की की जन्मकुंडली लेकर पंडित के पास गए। हथेली गर्म होते ही उसने घोषित कर दिया कि लड़का-लड़की एक-दूसरे के सर्वथा योग्य हैं। दोनों पक्षों के लिए सुविधाजनक शुभ तिथि भी पंडित ने निकाल दी।

इससे ज्यादा सहन करना अब 'सनी' की बर्दाश्त से बाहर था। उन्होंने मुँहफट होकर कह दिया कि वे शादी करेंगे तो कोर्ट में रजिस्ट्री से, वरना नहीं। माँ और मामा के पास हथियार डालने के सिवा अब और कोई चारा नहीं था। लड़कीवालों ने थोड़ा-बहुत विरोध किया। रीति-रिवाज़ के मुताबिक शादी हो तो बारात की खातिरदारी होती है, दावतें-जश्न होते हैं। भेंट-उपहार दिए-लिए जाते हैं, पंडित बैठता है। हजारों रुपयों का लेन-देन होता है। यह भी कोई शादी हुई भला? रजिस्ट्रार की फीस—पाँच रुपए!

पर ऐसी ही थी श्रीयुत् संतोष सेन और कुमारी कल्याणी दास की यह शादी। कल्याणी श्रीयुत प्रोफुल्लो और प्रोतिमा दास की पाँच कन्याओं में से एक थी। श्री दास भी अपने जामाता संतोष सेन की तरह ही एक फर्स्ट क्लास गजेटेड

सरकारी अफसर थे।

हनीमून के नाम पर भी कठिनाइयाँ आईं। माँ तो शर्म से ऐसी लाल हुई जा रही थी, जैसे 'सनी' ने कुछ अनुचित कह दिया हो। दास महाशय और उनके घरवाले भी परेशान थे कि लड़की अकेली ही, लड़के के साथ पंद्रह दिनों तक बाहर कैसे रहेगी! पर हारकर उन्होंने उसे उसकी किस्मत के सहारे छोड़ दिया। उसका पति साहबों की तरह पला-बढ़ा था, सो उसे भी उसके पदचिन्हों पर चलना चाहिए।

सेन की तंद्रा टूटी, जब उसके सहकर्मी संतासिंह ने कमरे में प्रवेश किया। अपनी बिरादरी की साख के अनुसार यह सरदार जी भी ऊँचा बोलनेवाला और ज़रा धाकड़ किस्म का था। "अरे भई, तुम क्या सोचते हो कि बिना पार्टी-वार्टी लिए हम तुम्हें छोड़ेंगे? अपनी भाभी के स्वागत में पार्टी लेकर ही रहेंगे!" घुसते ही वह चिल्लाया।

सेन उठा और सरदार जी को दूर ही रखने की चेष्टा में मेज पर हाथ टिकाकर खड़ा हो गया। संतासिंह ने उसके प्रयत्नों को अनदेखा कर मेज के पार जाकर दोस्त को गले लगा लिया और उसके गालों को अपने मूँछोंवाले होंठों से चूम लिया, "बधाई हो भाई, बधाई हो, भाभी से कब मिला रहे हो, यार?"

"बहुत जल्दी," सेन ने अपने आपको उसके बंधन से मुक्त करके अपने गालों को पोंछते हुए कहा। पर जल्दी ही उसे अपनी गलती का एहसास हो गया, "जैसे ही हनीमून से लौटकर आते हैं न, मिलाएँगे तुम्हें उससे।"

"हनीमून!" संतासिंह ने कटाक्ष करते हुए कहा और सेन का हाथ अपने हाथ में लेकर विषयासक्ति से दबाया, "अरे भई, चमेली के तेल से मालिश-वालिश करवाई है कि नहीं? और ज़रा दूध में बादाम वगैरह डालकर पीना। और सबसे बड़ी बात कि भाभी को ज्यादा..." सरदार जी की बिन माँगी सलाहों और हिदायतों का ओर-छोर ही नहीं था कि किस प्रकार नई दुलहिन के पास जाना चाहिए और कामोत्तेजक चीजों का प्रयोग कैसे करना चाहिए। बिना कोई टिप्पणी किए सेन चुपचाप विनम्रतापूर्वक सुनते रहे। जब हद हो गई तो उन्हें हाथ बढ़ाकर रोकना ही पड़ा, "बड़ी मेहरबानी, आपने दर्शन दिए। हनीमून से लौटते ही हम दोनों आपको और मिसेज सिंह को मिलने आएँगे।"

संतासिंह का मुँह लटक गया। सेन के बढ़े हुए हाथ से हाथ मिलाकर बोला, "गुड बाय! हैव ए नाइस टाइम!"

सेन ने चैन की साँस ली। वे जानते थे कि उन्होंने किसी प्रकार की भी अशिष्टता नहीं की थी। सिर्फ वही किया था जो उनकी परिस्थिति में कोई भी सभ्य अंग्रेज करता।

एक मिनट बाद ही विभाग के डायरेक्टर श्री स्वामी को भीतर आने के लिए चपरासी ने पर्दा हटाया। सेन ने पुनः आगंतुक को दूर रखने के प्रयास में मेज से ही अपना हाथ बढ़ा दिया। गले-वले का खयाल ही उन्हें विरक्त कर जाता था।

''गुड मार्निंग, सर!''

डायरेक्टर ने मुँह से जवाब दिए बिना ही अपना हाथ सेन के हाथ से छुआ दिया। मुँह में पान की पीक भरी हुई थी। मुँह ऊपर करके पीक सँभाली और चपरासी को आवाज दी, ''ए, पीकदान लाओ!''

सेन ने चपरासी से कहकर पीकदान अपने कमरे से हटवाया हुआ था। अतः बाहर से पीकदान लाकर चपरासी ने उनके मुँह के नीचे लगा दिया। श्री स्वामी ने पिच्च से थूका तो सेन मेज का दराज खोलकर माचिस ढूँढ़ने का उपक्रम करने लगे, मानो उसका थूकना उन्होंने देखा ही न हो। डायरेक्टर साहब आराम से सामनेवाली कुर्सी में जम गए, ''एह, यू सेन, यू आर ए डार्क हार्स (हॉर्स)। बाई गाड, ए पिच ब्लैक हार्स, इफ आई मे से सो।'' श्री स्वामी को अपने अंग्रेजी मुहावरों पर बड़ा नाज़ था, ''तो भाई, तुम चुपचाप जाकर शादी बना लिया? हैं? अरे मेरा स्टेनो आज सुबेरे में आकर बोला जे 'हम लोगों को साहिब का मैरिज का खुशी में छुट्टी मनाना माँगता।' हम पूछा–'मैन, कौन मैरिज? किसका शादी?' तो ओ बोला–'साब, सेन साब आज सुबेरा में शादी बनाया।' 'बाई गाड,' हम बोला, 'पता लगाने को है कि सच्चा बात क्या है? आई मस्ट गेट द टूथ, द होल टूथ एंड नथिंग बट द टूथ, राइट फ्राम द हार्सेस माउथ।'''

डायरेक्टर साहब ने फिर मेज के पार अपना हाथ बढ़ाया, ''तुम बहुत होशियार आदमी है अह?'' खीसें निपोरते हुए वह हँसा। सेन ने अपने बॉस का हाथ अँगुलियों के पोरों से छुआ और कहा, ''थैंक यू, सर!''

''अरे, थैंक यू कैसा? शादीवाला दिन भी तुम दफ्तर चला आया, दुनिया खतम हो जाएगा, न क्या, अगर जे तुम थोड़ा दिन वास्ते छुट्टी ले लेगा तो? हम तुमको बॉस का रूप में आर्डर देता है जे अभी घर चला जाओ अपना वाइफ का पास। हम अभी एक डेमी-ऑफिशियल मीमों काटता है। देखें तुम क्या करता है तब?'' डायरेक्टर ने अपने आप से संतुष्ट होकर हाथ सेन की ओर बढ़ाया।

सेन ने बॉस के विवेक की सराहना करते हुए अपना हाथ भी पुनः बढ़ा दिया, "थैंक यू सर, मैं सोचता हूँ, मैं घर चला ही जाऊँ।"

"माई गाड, तुम तो पूरा साहिब है ! तुम्हारा वाइफ भी तुम्हारा माफिक मेमसाहिब तो नहीं है न ? नहीं तो पूरा जोक हो जाएगा।"

डायरेक्टर चला गया, लेकिन उसकी आखिरी बात सेन के मस्तिष्क में हथौड़ों की तरह बजती रही, "तुम्हारी वाइफ भी तुम्हारी तरह मेमसाहिब तो नहीं है न ? आई होप योर वाइफ इज़ नाट ए मेमसाहिब, नॉट ए मेमसाहिब, नॉट ए मेम⋯"

'मेम साहिब ? उनकी पत्नी ?' लंच खाने के लिए घर की ओर बढ़ते हुए वे सोचने लगे। ऐसी कोई संभावना नहीं थी। कहने को तो वह अंग्रेजी साहित्य में एम. ए. थी। पर वे अपने मुल्क में ऐसे अनेक लोगों से मिल चुके थे, जो डिग्रियों की लंबी लाइनों के बावजूद अंग्रेजी ठीक से नहीं बोल सकते थे। ज्यादा दूर क्या जाना था ? डायरेक्टर साहब को ही देख लें ?

विदाई के समय काफी रोना-धोना होता रहा था। दुलहिन तो कार में बैठी देर तक बिसूरती रही। आँखों तक घूँघट निकाला हुआ था और बाकी चेहरा नाक पोंछने के लिए लगाए रेशमी रूमाल से ढँका था। सेन ने पाइप जलाया तो उसने रूमाल को नाक पर और कस लिया। "तुम्हें धुएँ से तकलीफ तो नहीं ?" यही पहला वाक्य था जो सेन ने अपनी पत्नी से बोला था। उसने नकार में जोरों से सिर हिला दिया था।

लंच खाने के लिए सड़क के किनारे एक आम के बगीचे के पास उन्होंने मोटरगाड़ी रोकी। उनकी माँ ने दोनों के लिए अलग-अलग लंच-पैकेट नाम लिखकर दिए थे। जिस पर 'सनी' लिखा था, उसमें था भुना हुआ मुर्गा और चीज़-सैंडविच। दूसरे में उबला हुआ भात, अचार और एक कटोरे में झोलवाली सब्जी। उनकी पत्नी ने भात पर झोल उँड़ेला और हाथ से खाने लगी।

वे दोनों एक-दूसरे से बोले बिना ही चुपचाप खाते रहे। थोड़ी देर में उनके चारों तरफ गाँव के बच्चे आकर जुटने शुरू हो गए। आते-जाते राहगीर भी रुककर तमाशबीनों की तरह खड़े उन्हें देखने लगे। कुछ वहीं कार के पास

कूल्हों पर बैठ गए। नया ब्याहा जोड़ा देख सब उन्हें उत्सुकतावश घूर रहे थे। सेन जानता था, इन गँवई लोगों से कैसे निबटना चाहिए। उसने व्यंगात्मक स्वर में पूछा–

"क्या तुम लोग भूखे हो?"

आदमी तो चुपचाप सुनते ही सरक गए पर कुछ शैतान छोकरे जहाँ के तहाँ जमे रहे। सेन अपना हाथ उठाकर गरजा, "बगर ऑफ, यू डर्टी बास्टर्ड्स!" छोकरों ने थोड़ी दूरी पर जाकर सेन की नकल उतारनी शुरू कर दी, "बगरॉफ, बगरॉफ! अर्रे-अर्रे, ये तो साहब हँय, बड़का साहब!"

सेन ने उन्हें नजरंदाज करते हुए अपनी बीवी से मुस्कराकर कहा, "अशिष्ट भाषा के लिए माफ़ करना। एक सैंडविच खाकर देखोगी? पता नहीं, तुम मीट खाती हो या नहीं? यह सलाद और पनीरवाला ले लो। बिल्कुल ताजे चेडर-चीज़ का बना है।"

मिसेज सेन ने अपने तरी से सने हाथों से सैंडविच पकड़ लिया। रोटी की तरह सैंडविच में से एक टुकड़ा तोड़कर झोल में डुबाकर मुँह में डाला। एक कौर काटकर ही उसने चबाना बंद कर किया। अपने मोटे चश्मे से सेन की तरफ ऐसे देखा, जैसे उन्होंने उसे ज़हर ही खाने को दे दिया हो। उसके चेहरे का रंग बदलने लगा। कौर भीतर निगला न जा रहा था, सो उसने बाहर थूक दिया और दूसरी तरफ मुँह घुमाकर अपना वही झोल-भात खाने लगी।

सेन ने हकलाते हुए माफ़ी माँगी, "आई एम ड्रेडफुली सॉरी, चेडर-चीज़ तुम्हें अच्छा नहीं लगा, मुझे सोचना चाहिए था पहले ही।"

मिसेज सेन ने अपना मुँह साड़ी के छोर से पोंछा और पानी माँगा। कुल्ला करके पानी के छींटे मुँह पर भी मारे। लंच का सारा मज़ा ही किरकिरा हो गया था। सेन ने खड़े होते हुए पूछा, "अगर तुम्हारी तबियत ठीक हो तो गाड़ी स्टार्ट करूँ?"

मिसेज सेन ने कटोरे को कपड़े में बाँधा और गाड़ी की तरफ बढ़ीं। भीतर बैठकर उसने अपने हैंडबैग से चाँदी की एक डिब्बी निकाली और पान बनाने लगी। एक पत्ते में चूना, कत्था, कटी सुपारी के कुछ टुकड़े और इलायची डाल बीड़ा बनाकर पति की तरफ बढ़ाया।

"माफ़ करना, मैं पान नहीं खाता। अगर तुम्हें एतराज न हो तो मैं अपना पाइप सुलगा लूँ?"

मिसेज सेन को कोई एतराज नहीं था। बीड़ा उसने अपने मुँह में ठूँस लिया और मज़े से चबाने लगी।

वे वक्त पर रेस्ट हाउस पहुँच गए। रेस्ट हाउस के बेयरे ने सामान सँभाला और बिस्तर लगा दिया। उसने मिसेज सेन से खाने के बारे में पूछा। मिसेज सेन ने उसे साहब से पूछने को कहा। साहब ने जवाब दिया, "मेरे लिए कुछ भी बना दो। आमलेट वगैरह चलेगा। मेमसाहब से पूछ लो वे क्या पसंद करेंगी। तब तक मैं ज़रा घूमकर आता हूँ।"

"साहब, ज्यादा दूर मत जाइएगा। यह जंगली जगह है। सावधानी से घूमिएगा। नदी पर जाने के लिए एक पगडंडी है। साहब लोग मछली पकड़ने के लिए उसी पगडंडी के रास्ते से जाते हैं। वह रास्ता साफ़ है।" बैरे ने समझाया।

सेन ने शयनागार में जाकर पत्नी से पूछना चाहा कि क्या वह उनके साथ टहलने जाना चाहती हैं। देखा, वह अपना सामान खोल रही थी, सो उन्होंने अपना इरादा बदल दिया, "मैं ज़रा नदी तक घूमने जा रहा हूँ। बैरे को बोलना बरामदे में सोडा और स्कॉच रख दे। मेरे सूटकेस में एक बोतल रखी है। खाने से पहले पी लेंगे।"

पत्नी ने सिर हिलाकर हामी भरी।

मछुआरों के जानेवाली पगडंडी साल के घने पेड़ों के बीच से होकर निकलती थी। पगडंडी नदी के कंकड़ों-पत्थरों से भरे किनारे पर जाकर ख़त्म होती थी। गंगा का दृश्य बड़ा ही मनोरम था। नदी के चौड़े पाट पर हिम-सा शीतल नीला जल सूर्य की स्वर्णिम आभा में चमक रहा था। मिस्टर सेन सोच रहे थे कि ऐसे शांत सुनसान स्थान पर खड़े होकर गंगा को निहारते साधु-संतों ने ही इसे संसार की समस्त नदियों में सबसे पावन घोषित किया होगा। उन्हें लगा, वे अपने आर्य-पूर्वजों के साथ एकाकार हो गए हैं। उनके पूर्वज प्रकृति के पुजारी थे। वे सूर्य की गरिमा के गीत गाते थे। पूर्ण चंद्र की आराधना में सोमरस पीते थे। वे मांस भी खाते थे और पूर्णयौवना कामिनियों के साथ रास-रंग करते थे। गंगा तब से कितनी लंबी यात्रा कर चुकी होगी। और अब तो हिंदुत्व स्वयं ही नदी-सा बन गया है, गंगा के अंतिम छोर—हुगली नदी-सा, जिसके किनारे बसे कलकत्ता नगर में उनका जन्म हुआ था। हरिद्वार, बनारस, इलाहाबाद, पटना और ऐसे ही अनेक तीर्थस्थानों में हजारों-हजार तीर्थयात्रियों तथा अन्य

नगरवासियों द्वारा जले हुए शव आदि फेंकने के कारण प्रदूषित हुई गंगा कलकत्ते तक पहुँचते-पहुँचते तो कीचड़ और गंदगी का एक ठहरा हुआ विस्तार बनकर रह गई है। हिंदुत्व भी अब केवल गौरक्षकों, मद्य-निषेधकों, और पान चबानेवालों की विरासत बन गया था। बनने दो, उनका क्या जाता है ? वे तो सामने चमकती इस स्वच्छ जलधारा, जैसे पुरातन हिंदुत्व के पुजारी थे। बहुमत का हिंदुत्व था बड़ी नदी के समान—सदियों से चली आई रूढ़ियों की गंदगी से कलुषित हुआ। वे पथरीले रास्ते पर बढ़ते हुए नदी तक पहुँचे। ठंडा शीतल जल अंजली में भरा और मुँह पर छिड़क लिया।

जंगल के पेड़ों की छाया नदी पर लंबी होकर पड़ने लगी। शलभों की आवाज़ों से वन गूँज रहा था। सेन पीछे मुड़े और जल्दी-जल्दी अपने रेस्ट हाउॅस की ओर बढ़ने लगे। सूरज डूबने को था। शाम की शराब का वक्त हो चला था।

बरामदे में गिलास लगे थे और सोडे की बोतलें पास पड़ी थीं। बैरा हाथ में चाबियों का गुच्छा लेकर आया, ''साब, आपका बक्सा हम कैसे खोलेगा ? आप व्हिस्की निकाल दीजिए, साब !''

''अरे, तुम मेमसाब को क्यों नहीं बोला निकालने को ?''

बैरे ने गर्दन झुका ली, ''मेम साब बोला कि वो व्हिस्की का बोतल छूने नहीं सकतीं। हमको चाबी दे दिया। पर साब, आपका सामान को हम कैसे··· अगर कोई चीज़ गुम हो···''

''ठीक है, ठीक है, तुम हमारा सूटकेस खोलो। व्हिस्की, ब्रांडी की बोतलें ऊपर ही पड़ी हैं। ले आओ। और मेमसाहब तैयार हो जाएँ तो डिनर सर्व कर दो।''

साफ़ जाहिर था कि बीवी को अपने पास बैठकर साथ देने के लिए कहना बेकार था। उन्होंने अपने लिए स्कॉच का एक लंबा पैग भरा और अपना पाइप सुलगाकर बैठ गए। एक बार वे फिर अपनी जिंदगी के इस अनोखे मोड़ पर सोचने के लिए बाध्य हो गए। अगर यूनिवर्सिटी के दिनों में मिली अंग्रेज लड़कियों में से किसी एक से शादी हुई होती तो बात कुछ और ही होती। शादी के दौरान ही उन्होंने कई बार एक-दूसरे को चूमा होता। शादी की रात की तो बात ही क्या ? हाथों में हाथ डाल जंगल के बीचोंबीच भटकते और नदी के तट पर प्रेम करते। एक-दूसरे की बाँहों में लेटते और स्कॉच की चुस्कियाँ लेते। प्रेम

करते-करते बीच-बीच में कुछ खाते-चबाते रहते। भोर होने तक प्यार करते रहते, तो भी जी न भरता।

व्हिस्की पीने के बाद उनके रक्त का प्रवाह बढ़ने लगा। कल्पना बलवती हो उठी। वे इंगलैंड में वापस पहुँचने लगे। सामने फैलते अँधेरे और घने जंगल की छायाओं नें उनकी उदासी को और भी घनीभूत कर दिया। अपने ही देश में वे अपनी ही नज़रों में अजनबी से बन गए थे।

उनकी बीवी आई और अपने बंगाली लहजे में बोली, "यू वांट टू शिट आउट शाइड?"

उनकी तंद्रा टूटी और उन्होंने रुखाई से पूछा, "वॉट?"

"डू यू वांट टू शिट आउट शाइड ऑर इनशाइड? द डीनर ईज़ ऑन दि टेबिल।"

उनका मन ग्लानि से भर गया। गुड लॉर्ड, अगर इसने उनके किसी अंग्रेज दोस्त के सामने इस कदर बोला होता तो वह क्या सोचता? "ओह, मैं अभी आता हूँ। तुम चलो। आइ विल जॉयन यू इन ए सेकेंड।"

यही पहला मौका था जब मिसेज सेन उनसे कुछ बोली थी।

डायनिग रूम में घुसते ही नारियल के तेल की मीठी महक और गुलाब के फूलों की भीनी गंध उनके नथुनों में घुसी। उनकी पत्नी नें सिर धोकर तेल लगाया था। घुँघराले केश उसकी कमर के नीचे लटक रहे थे। विवाहिता स्त्री का सोहाग-चिह्न सिंदूर माँग में भरा था। शरीर गुलाब के इत्र से महक रहा था। जरूर इसकी माँ ने समझाया होगा। मेज पर वह धैर्य के साथ बैठी रही। हिंदू स्त्री थी। पति जब तक न खाए, वह कैसे खाना आरंभ कर सकती थी।

"सॉरी, तुम्हें इंतज़ार करवाया। तुम्हें खाना शुरू कर देना चाहिए था। तुम्हारा खाना तो ठंडा ही हो गया होगा।"

उसने बस सिर हिला दिया। उन दोनों ने खाना शुरू किया। उन्होंने अपने आमलेट और मक्खन लगी डबलरोटी को काँटे-छुरी से और उसने भात, दाल, तरकारी को अँगुलियों से। बातचीत शुरू करने के लिए सेन ने कई बार खँखारकर अपना गला साफ़ किया। लेकिन हर बार पत्नी के मोटे चश्मे के पीछे फैली शून्य दृष्टि को देखकर उन्हें लगा कि सब बेकार होगा, वह कुछ समझ नहीं पाएगी।

उनके मित्रों को पता चले तो वे उन पर हँसेंगे ही, "ओह, सनी सेन, अरे वह

अपनी बीवी से बात कैसे शुरू करेगा। किसी ने बीवी का उससे विधिवत् परिचय तो कराया ही नहीं। भई, जानते नहीं वह अंग्रेज है।"

डिनर चुप्पी में ही समाप्त हो गया। कल्याणी सेन ने हल्के से डकारा और अपना पानदान निकालकर बैठ गई। एक बीड़ा बनाया, क्षण-भर को कुछ सोचा और बीड़ा मुँह में भर लिया। सनी ने पहले से ही सोचा हुआ था कि हनीमून पर अपने कीमती हवाना सिगार पिएँगे। अपने लंबे सिगारदान में से एक सिगार निकालकर उन्होंने उसकी निचली तरफ से सोने के क्लिप से छेद किया और सुलगा लिया। सिगार के सुगंधित धुएँ से खाने का कमरा भर गया। अबकी बार कल्याणी ने मुँह पर साड़ी का पल्ला नहीं रखा। बस सिर्फ अँगुलियों में अँगुलियाँ फँसाकर मुँह के करीब इस तरह रखीं कि नथुनों में धुएँ की गंध भी न जाए और सेन साहब को बुरा भी न लगे।

वे दोनों मेज पर चुपचाप एक-दूसरे के आमने-सामने बैठे रहे। सेन को लगा कि वह पान चबाती हुई बिलकुल जुगाली करती गाय की तरह लग रही है। वे फिर अपना सिगार पीने में रम गए। बड़ी कठिन परिस्थिति थी, दोनों के बीच का व्यवधान—अलंघनीय। सेन ने घड़ी की ओर देखा और उठ खड़े हुए। "न्यूज," वे तनिक ऊँचे स्वर में बोले, "न्यूज़ मिस नहीं करना चाहिए।" वे शयनकक्ष में जाकर अपना ट्रांज़िस्टर ले आए।

कमरे में दो पलँग लगे थे एक साथ सटे-सटे। तकिए लगभग एक-दूसरे का आलिंगन करते हुए-से। चादरों पर खस की सुगंध छिड़की हुई थी, मानो उन्हें भी सबेरे संपन्न हुए विवाह की पूर्णता को देखने की प्रतीक्षा थी। सेन सोच रहे थे कि उसे वह सब तैयारी करने का खयाल ही क्योंकर आया, जबकि अभी तक उनका आपस में परिचय भी ठीक से नहीं हुआ है! बस दो-चार औपचारिक बातें ही तो हुई थीं। अपना रेडियो उठाकर वे तेजी से खाने के कमरे में चले गए।

दिल्ली स्टेशन लगाया। बैरा मेज साफ करता रहा। वे समाचार सुनते रहे।

"गुड नाइट सर," बैरा सलाम करके चला गया। मिसेज सेन भी उठीं। अपना पानदान उठाया और शयनागार में चली गईं। पंद्रह मिनट के समाचारों के बाद खेलों पर कमेंटरी शुरू हुई। सेन ने आगे-पीछे कभी नहीं सुनी थी। पर उन्हें खुशी थी कि उन्होंने कमेंटरी सुनने का धीरज बनाए रखा था, क्योंकि उसके बाद ही कार्यक्रम में कुछ तब्दीली होने की उद्घोषणा हुई थी। यानी कि

उस्ताद बड़े गुलाम अली खाँ के संगीत-गायन के स्थान पर दिल्ली से 'चेक फिल्हार्मोनिक ऑर्केस्ट्रा' रिले होनेवाला था। भारतीय संगीत में गुलाम अली खाँ सबसे बड़ा नाम था। यहाँ तक कि अंग्रेजीशुदा हिंदुस्तानी भी उनके संगीत की तारीफ करने का दम भरते थे। विदेशी राजनयिक भी उस महान संगीताचार्य की महफिलों में चार-चार घंटे धैर्य के साथ बैठे रहते कि कहीं उनके हिंदुस्तानी मेज़बान बुरा न मान लें या अन्य दूतावासों के राजनयिकों की अपेक्षा उन्हें कम सुसंस्कृत न समझ बैठें। 'चेक फिल्हार्मोनिक' हिंदुस्तान में पहली बार आए थे और दिल्ली की 'यूरोपियन म्यूज़िक सोसाइटी' वालों को उनके साथ पूरी सफलता प्राप्त हुई थी। कितने दुख की बात थी कि ऐसे मौके पर वे दिल्ली में नहीं थे। नहीं तो वे इस मौके पर खास-खास लोगो को रात के खाने पर बुलाते और खाने के बाद संगीत गोष्ठी का कार्यक्रम रखते। वे सोचने लगे कि ऐसी पार्टी में उनकी पत्नी भला किस प्रकार जँचती!

रेडियो पर तालियों की गड़गड़ाहट सुनी, उसके बाद उद्घोषणा कि कार्यक्रम का आरंभ 'स्मेताना' के 'द बार्टर्ड ब्राइड' से होगा। सेन 'कान्वेंट गार्डेन' और 'फेस्टीवल हॉल' में बिताई शानदार शामों की यादों में भटकने लगे। 'स्मेताना' के बाद बारी आई 'बार्तोक' की। बीच-बीच में बजनेवाली तालियाँ ही जादू के सम्मोहन को तोड़ जातीं। इन बेचारे अनाड़ी हिंदुस्तानियों को कौन समझाए कि तालियाँ सिम्फ़नी के अंत में बजाई जाती हैं, बीच-बीच में नहीं।

बीच में छः मिनट का मध्यांतर हुआ। अंत हुआ सेन के मनपसंद 'ड्वॉर्कस सिम्फ़नी' नंबर पाँच से। उन्होंने अपने लिए वी. एस. ओ. पी. ब्रांडी गिलास में उँडेली, एक कुर्सी सामने खींची और पैर पसारकर कुर्सी में लेट-से गए। 'ड्वॉर्क' को इतनी अच्छी तरह तो उन्होंने इंगलैंड में भी नहीं सुना था। मुँह में क्यूबन सिगार, इतनी बढ़िया 'कॉग्नैक' शराब और दुनिया का सबसे बेहतरीन संगीत। आदमी को और क्या चाहिए? उन्होंने अपने सिगार की राख झाड़ी और आराम-कुर्सी में लेटे-लेटे आनंद की स्थिति में आँखें मूँदे पड़े रहे। जलता हुआ सिगार होंठों में दबाए-दबाए ही वे गहरी नींद में सो गए।

न तो संगीत-गोष्ठी की समाप्ति पर हुई करतल-ध्वनि और न ही रेडियो की गड़गड़ाहट उन्हें नींद से जगा सकी। सिगार जब उन्हें ज्यादा गर्म लगा तो उनके होंठ खुले और वह उनकी गोद में गिर पडा। धीरे-धीरे जलते हुए सिगार

से उनकी पतलून जलने लगी। वे घबराकर जागे और उन्होंने सिगार के टुकड़े को उठाकर जल्दी-जल्दी जमीन पर फेंका। वैसे तो पतलून ज्यादा नहीं जली थी। फ्लाई-बटन के पास मात्र एक छेद ही हुआ था, पर सारे कमरे में जले हुए कपड़े की गंध फैली हुई थी। सेन ने सोचा कि बाल-बाल बचे। ट्रांजिस्टर बंद करके उन्होंने घड़ी देखी। आधी रात से अधिक का समय हो गया था। बत्ती बुझाकर वे अपने शयनागार में चले आए।

पलँग के पास मेज पर लैंप अब भी जल रहा था। लगता था उनकी पत्नी उनका इंतजार कर-करके सो गई थी। उसने कपड़े भी नहीं बदले थे, न ही गहने उतारे थे। आँखों में काजल लगा हुआ था। आँसुओं से बहकर काजल गालों तक खिंच आया था। तकिया भी काजल से पुता पड़ा था।

पैजामा बदलकर सेन अपने बिस्तर में घुस गए। पत्नी के उठते-गिरते सीने की ओर देखा, उसके मुँह की तरफ भी। नहीं, नहीं, उनकी तनिक भी इच्छा नहीं हो रही थी। उन्होंने लैंप की बत्ती बुझा दी। बत्ती की पीली लौ नीली हुई, दो-एक बार फड़फड़ाई और सारे कमरे को अँधेरे में डुबोती हुई विलीन हो गई।

सबेरे बैरा चाय की ट्रे के साथ आया और उन्हें जगाने लगा, ''साहब, नौ बज चुके हैं। मेमसाहब को उठे तो चार-पाँच घंटे हो गए। वे नहा चुकी हैं। आपके इंतजार में बैठी हैं।''

सेन ने अपनी आँखें मलीं। सूरज की धूप बरामदे से होती हुई कमरे में फैल रही थी। पत्नी ने अपना बिस्तर गोल करके अपने स्टील के ट्रंक के ऊपर जमा दिया था। उठते हुए वे बोले, ''मेरी चाय बरामदे में ले आना।'' गुसलखाने में जाकर उन्होंने मुँह पर ठंडे पानी के छींटे मारे और बाहर निकल आए।

''सॉरी टु कीप यू वेटिंग। मैं हमेशा तुम्हें इंतज़ार कराता रहता हूँ, माफ़ करना। पर तुम्हें मेरी राह नहीं देखनी चाहिए,'' जम्हाई लेते हुए वे कुर्सी पर पसर गए।

अभी वे छत की ओर ही ताक रहे थे कि उनकी पत्नी उठी और बढ़कर उनके पैर छूने लगी। वे उसके पति थे, स्वामी। घबराकर उन्होंने उसकी तरफ देखा। गालों पर आँसुओं की धार बह रही थी, पलकें उठाकर कुछ प्रश्नात्मक और कुछ भयाक्रांत स्वर में वह बोली, ''मैं आपके योग्य नहीं!'' और उन के जवाब देने के पहले ही साड़ी का पल्ला आँखों पर रखकर वह तेजी से भीतर चली गई।

"ये भी क्या बला है," बड़बड़ाते हुए सेन कुर्सी में धँस गए। समझ तो गए थे कि उसका आशय क्या था। धूप में चमकते लॉन के शून्य में दृष्टि केंद्रित कर वे देर तक सोचते रहे। तब भी मन में इच्छा न हुई कि भीतर जाकर पत्नी को मना लें।

बैरा आया। चाय की ट्रे अनछुई देखकर उसे अच्छा नहीं लगा। खैर, बता गया कि नाश्ता मेज पर लगा चुका है। सेन बेमन-से उठे-जानते थे कि वह खाने नहीं आएगी, जब तक कि वे उसे मनाकर नहीं लाते। और ऐसा करने का उनका कत्तई इरादा नहीं था। लेकिन वे गलत साबित हुए। वह तो पहले से ही मेज के पास बैठी हुई थी। वे उसकी ओर देखने से कतराने लगे।

"चाय?" उन्होंने उसका कप भर दिया, फिर अपना भी। एक बार फिर उन्होंने अपनी-अपनी तरह का नाश्ता अपने-अपने तरीके से बिना एक-दूसरे से एक शब्द भी बोले, चुपचाप निबटा लिया। नाश्ता खत्म होते ही उसने अपना पान लिया और उन्होंने अपना पाइप। वह अपने शयनकक्ष में चली गई और वे अपना ट्रांजिस्टर लेकर सबेरे की खबरें सुनने बरामदे में।

दोपहर को डाकिए को देखा तो उन्हें एक तरकीब सूझी। लिफाफा दफ्तर की तरफ से आया था। उनकी पंद्रह दिनों की छुट्टी मंजूर हो गई थी। पर सेन लिफाफे को झुलाते हुई पत्नी के पास गए। लिफाफे के ऊपर लिखा था—'भारत सरकार की सेवा में।' पत्नी से बोले, "हम लोगों को अभी वापस लौटना पड़ेगा। मिनिस्टर से जरूरी चिट्ठी आई है। संसद में उन्हें हमारे विभाग से संबंधित कुछ बातों की जवाबदेही करनी है। मैं बैरे को भेजता हूँ कि सामान बाँधने में तुम्हारी मदद कर दे। तब तक मैं कार को ज़रा चेक कर लूँ।" वे बाहर निकल आए, "बैरा, बैरा!"

आधे घंटे के भीतर ही उनकी कार दिल्ली जानेवाली सड़क पर थी।

शाम होने के पहले ही सेन अपने घर के पोर्टिको में जाकर रुके। माँ और बेटे ने एक-दूसरे को आलिंगन किया और तभी अलग हुए जब दुल्हन सास के पैर छूने आगे बढ़ी। बहू के कंधों को छूते हुए वृद्धा ने आशीर्वाद दिया, "भगवान सुखी रखे बेटी, ... पर इतनी जल्दी ... !"

बेटे ने जेब से लिफाफा निकालकर दिखाया, "मंत्री जी ने बुला भेजा। इन लोगों को किसी की व्यक्तिगत जिंदगी की क्या परवाह? बस, आना पड़ा इसीलिए।"

"अच्छा-अच्छा," आँसू पोंछते हुए माँ बोली, "बहू, तुम्हारे माँ-बाप खुश होंगे जानकर कि तुम लोग लौट आए। एक बार फोन कर लो उनको।"

थोड़ी ही देर में मिसेज सेन के माता-पिता टैक्सी से पहुँच गए। मिलने पर पुनः रोना-धोना हुआ, मंत्री जी के बुलावे की एक और व्याख्या। पर उन्हें तसल्ली थी। लड़की पति के साथ एक रात बिता चुकी थी। विवाह संपूर्ण हुआ था। अब तो कुछ दिनों के लिए वह अपने माँ-बाप के घर जा सकती थी। सो वे कल्याणी को अपने साथ ले गए।

अगला दिन सेन ने किताबों की दुकानों और कॉफी हाउसों में घूम-घूमकर काटा। ऐसे ही हफ्ता खत्म हुआ। रविवार को सवेरे माँ जब पूजा में व्यस्त थीं, सेन ने डायरेक्टर साहब का नंबर मिलाया और काम पर वापस लौटने की ताकीद की, "माँ की तबियत ठीक नहीं थी। इसलिए जल्दी लौटना पड़ा। इतने दिन उनको अकेले छोड़ना मैंने मुनासिब नहीं समझा।" वे जानते थे कि यही कहकर डायरेक्टर की सहानुभूति और सहमति प्राप्त की जा सकती थी। डायरेक्टर ने उनके प्रति संवेदना प्रकट की और विधवा माँ के प्रति एक अच्छे हिंदू पुत्र का फर्ज निभाने के लिए इनकी सराहना भी की। वे बोले, "अच्छा भई, जैसे ही तुम्हारी माता जी ठीक हो जाएँ, तुम्हारी शादी की दावत जरूर लेंगे और तुम्हारी पत्नी से मुलाकात ... !"

"यस सर, जैसे ही वे ठीक हो जाती हैं, हम आपको न्यौता देंगे।"

माँ की बीमारी का बहाना बनाकर सेन अपनी छुट्टी रद्द करने की कैफ़ियत देता रहा और इसी तरह पार्टी को भी टालता रहा। संतासिंह ने सेन के सहारे काफी मौज-मस्ती और ऊधम मचाने की सोची हुई थी। बेचारा वह भी निराश हो गया।

दिन बीते और फिर हफ्ते। कल्याणी बीच-बीच में अपना कुछ न कुछ सामान लेने अपनी माँ के साथ आती रही। वह तभी आती जब सेन घर पर नहीं होते। सिर्फ सास से ही मिलकर चली जाती। सनी सेन को जाहिर कर दिया गया था कि ऐसी स्थिति में पति को ही पत्नी के माँ-बाप के घर जाकर उसे वापस लाना होता है। लेकिन सेन कोई-न-कोई बहाना बनाकर टालता रहा। और एक दिन अचानक ही दक्षिण भारत का दौरा बनाकर निकल गया। वापस लौटने के पंद्रह दिनों तक भी लड़की के माता-पिता को उसके लौटने की खबर नहीं लगी। दोनों परिवारों के बीच संबंध दिन-पर-दिन कटुतर होते हुए। किसी

ने कुछ साफ-साफ तो नहीं कहा, पर लोगों में बात फैलने लगी कि सेन-परिवार को तो भारी दहेज की आकांक्षा थी। सेन की माँ शायद लड़की को तंग करती थी। एक दिन सेन को अपने ससुर का एक पत्र मिला। भाषा नम्र थी, लेकिन उदासीन। लगता था किसी वकील से सलाह-मशविरा करके ही खत लिखा गया था। जरूरत के लिए एक प्रतिलिपि भी संलग्न थी। सारा ब्यौरा दिया गया था कि किस प्रकार वैवाहिक विज्ञापन के द्वारा विवाह तय हुआ था, सगाई और शादी पर कितना खर्च आया और फॉरेस्ट रेस्ट हाउस में सोहागरात मनाई गई। सेन से पूछा गया था कि वह अपनी मर्जी साफ-साफ ज़ाहिर करे।

पहली बार सेन को लगा कि मामला गंभीर हो चला था। वह माँ की ओर मुड़ा। माँ-बेटे के संबंध ने एक नया मोड़ लिया था। माँ ने कहा, ''यह हमारे लिए बड़ी शर्मनाक बात है। बात को ज्यादा नहीं बढ़ाना चाहिए। अब तुम जाकर उसे ले ही आओ। मेरा क्या, मैं कुछ दिनों के लिए देहरादून चली जाऊँगी, भाई के पास।''

''नहीं, नहीं, माँ, मैं किसी को तुम्हारे ऊपर उँगली नहीं उठाने दूँगा। और तुम मुझे छोड़कर कहीं नहीं जा सकतीं।''

''अरे बेटा, किसी ने मुझ पर कोई इलजाम नहीं लगाया। और न ही मैं तुम्हें छोड़कर कहीं जा रही हूँ। मेरा घर तो यही है। अपने खून को छोड़कर भला मैं और कहाँ रह सकती हूँ। लेकिन तुम अपनी पत्नी को जरूर ले आओ। अब उसको मालकिन के हक से अपना घर सँभालने दो। मैं बाद में आ जाऊँगी। खरीद-फरोख्त, नौकर-चाकरों के झंझटों से फारिग होकर तब आराम से रहूँगी।''

सेन थककर फिर अपनी कुर्सी में सिमट गए। पीछे से आकर माँ ने उनका सिर अपने हाथों में ले लिया, ''तुम कोई फिकर न करो, बेटा, मैं भाई को लिखकर कहती हूँ कि मुझे ले जाए। वही तुम्हारे सुसर जी के पास भी हो आएगा और तुम्हारी बहू को ले आएगा। जाने के पहले मैं उसे सब दिखा-समझा दूँगी और चाबियाँ भी सौंप दूँगी। नौकर-चाकरों को भी बता दूँगी कि अब वही उनकी मालकिन है। जब तुम दफ्तर से लौटोगे तो देखोगे कि सब ठीक-ठाक चल रहा है।'' उसने बेटे का सिर चूमा, ''और बेटा, उसके साथ अच्छी तरह पेश आना। बच्ची ही तो है अभी। तुमको पता नहीं मेरी कितनी साध है कि तुम्हारे बच्चे को गोद में लेकर खेलाऊँ।''

सेन को यह सब तमाशा बिलकुल नहीं भाया। उन्हें अपने आप पर ही गुस्सा आया कि ऐसी नौबत आने ही क्यों दी? अपनी पत्नी पर तो और भी ज्यादा कि उसी के कारण माँ को यह शर्मिंदगी उठानी पड़ रही है और अपना घर छोड़कर जाना पड़ रहा है। अगर वह माँ को नहीं रखेगी तो वे भी उससे कोई सरोकार नहीं रखेंगे। उन्होंने खानसामे को समझा दिया कि बैडरूम में सामान किस तरह लगाना है। अगर नई मालकिन कुछ पूछें तो कह देना कि साहब ऐसा ही करने को कहकर गए हैं।

सोमवार को सुबह, जब बैरा चाय लेकर आया, उन्होंने उसे कहा कि लंच के लिए उनकी राह न देखी जाए और वह मेमसाब से कह दे कि रात के खाने के लिए भी उनकी प्रतीक्षा न करें, क्योंकि वे दफ्तर में देर तक बैठे काम करते रहेंगे। नाश्ता उन्होंने माँ और मामा के साथ बैठकर किया था। माँ से वादा भी किया कि वे उसे यहाँ के बारे में लिखते रहेंगे। माँ ने जाने से पहले उन्हें झिड़ककर समझाया, "तुमको अपने आपको उसकी जगह रखकर समझने की कोशिश करनी चाहिए। उसका लालन-पालन दूसरे तरीके से हुआ है। पर प्यार और धीरज से सबको जीता जा सकता है।"

सबके जाने के बाद भी सेन दफ्तर में बैठे रहे। फिर सीधे जिमखाना क्लब की ओर चल पड़े। घंटा-भर स्विमिंग पूल के पास बैठे बियर पीते रहे और तैरनेवालों को ताकते रहे। तैरनेवालों में यूरोपीय राजनयिकों की पत्नियाँ और बच्चे थे, पोनी टेल में बँधे बालों और बिकनियों में खूबसूरत पंजाबी लड़कियाँ थीं, डाइविंग बोर्ड से छलाँगें लगाते टार्ज़न से शरीरोंवाले कॉलेज के साँवले-सलोने जवाँ छोकरे थे। ऐसी ही जगहों में वे सहज हो पाते थे जहाँ पूर्व और पश्चिम—गोरे-काले, भूरे-गुलाबी रंगों में एकाकार हो जाते हों। काश, इनमें से किसी लड़की से उनकी शादी हुई होती। ये जो अमरीकन अंदाज़ में चीं-चीं करके बोल रही है, उसे वे अच्छी तरह शुद्ध अंग्रेजी बोलना सिखाते।

तैराक भी घर चले गए। सेन ने लंबी आह भरी और उठकर 'बार' में चले आए। वहाँ कितने ही पुराने दोस्तों ने उन्हें घेर लिया—"हाय सनी, यू ओल्ड बास्टर्ड! ये क्या सुन रहे हैं तुम्हारे बारे में।"

सनी मुस्कराए, "अब क्या गला फाड़-फाड़कर लोगों को बतानां जरूरी है कि···"

उनमें से तीन दोस्त आगे बढ़े, "हमे ड्रिंक कराना तुम्हें बनता है। नहीं तो

अभी नंगा करके तुम्हें औरतों के सामने···"

"हे, वहीं ठहरो, बैरा, इन ब्लडी-फूल्स को दे दो जो माँगते हैं।" दोस्त सब ऊँचे स्टूलों पर बैठकर चियर्स करते हुए 'बॉटम्स अप' करने लगे।

"अरे बीवी कहाँ है तुम्हारी?" एक ने पूछा, "ये तो नहीं कर रहे हो कि तुम भी उसे और हिंदुस्तानियों की तरह पर्दे में रखते हो।"

"अरे नहीं, ऐसी बात नहीं। वह अपनी माँ के घर गई हुई है। और एकाध पेग लो यार!"

वे लोग एक के बाद दूसरा पेग चढ़ाते गए, जब तक कि 'बार' बंद नहीं हो गया। उनमें से एक ने सेन को अपने घर खाने का न्यौता भी दिया। सेन ने चुपचाप मंजूर कर लिया।

रात को करीब एक बजे वे घर लौटे। पिए हुए होने की आड़ में किसी भी तरह की परिस्थिति का सामना किया जा सकता था। उन्होंने हॉल कमरे की बत्ती जलाई। दीवार के सहारे बक्सों की कतार लगी थी। तो उनकी पत्नी वापस पहुँच चुकी है! उसके कमरे में अँधेरा था। वह तो कई घंटे पहले ही सो गई होगी। हॉल की बत्ती बंद करके वे दबे पाँव धीरे-धीरे अपने सोने के कमरे में गए। टेबललैंप जलाया, दरवाजा भीतर से बंद किया और गहरी नींद में सो गए।

बैरे के दरवाजा खटखटाने पर उनकी नींद खुली। दरवाजा खोलने जाते हुए उनका सिर घूमने लगा। बैरा क्या सोचेगा कि साहब अकेले ही भीतर से दरवाज़ा बंद किए पड़े थे और मेमसाब अलग सो रही थीं। अब जो सोचता है, सोचने दो। वे क्या करें? अभी तो उनका सिर वैसे ही घूम रहा है।

"साब, मेमसाब के लिए चाय ले आऊँ?" बैरे ने पूछा।

"वह बैड-टी नहीं पीतीं। पर वह अभी तक उठीं नहीं क्या?"

"नहीं जानता साब, वह भी दरवाजा भीतर से बंद किए हैं।"

सेन को तनिक बेचैनी-सी लगने लगी। चाय के कप से साथ एक-दो एस्प्रीन की गोलियाँ निकालकर वे अपने बिस्तर पर फिर लेट गए। एस्प्रीन को थोड़ा असर करने दो। उनकी कल्पना दूर तक दौड़ने लगी। नहीं, नहीं, वह ऐसा नहीं कर सकती। कभी नहीं। शायद रात देर गए तक उनका इंतज़ार करती रही होगी। अकेले होने के कारण भय से दरवाजा भीतर से बंद कर लिया होगा। देर से सोने के कारण ही अभी तक नहीं उठी होगी। लेकिन वे उसके

साथ कितनी हृदयहीनता से पेश आते रहे थे। हो सकता है उसने ··· ! पता तो लगाना चाहिए। वे उठे और उसका दरवाजा खटखटाने लगे। कोई जवाब नहीं आया। गुसलखाने की ओर गए। उधर भी वह नहीं थी। एक बार फिर उसका दरवाजा खटखटाया। भीतर कोई आहट नहीं हुई। वे खिड़की के पास गए और उन्होंने दोनों हाथों से उस पर धक्का मारा। दोनों पल्ले खुलकर दीवार से जा टकराए। उसका शोर सुनकर भी वह नहीं उठी। उन्होंने भीतर झाँककर देखा—उसका चश्मा नाक पर टिका था।

जोर से चीख मारकर सेन घर के भीतर भागे और बैरे को बुलाने लगे। नौकर और मालिक ने मिलकर कंधों से दरवाजे पर जोर लगाया और कुंडी टूट गई। दरवाजा खुलते ही दोनों कमरे के भीतर दौड़े। बिस्तर पर लेटी औरत शांत निस्पंद पड़ी थी। उसके मुँह से सफेद रंग का झाग बह रहा था। मोटे चश्मे में से उसकी आँखें छत को घूर रही थीं। सेन ने उसके माथे पर हाथ रखा। यह पहली ही बार वे अपनी पत्नी को छू रहे थे, जबकि वह मर चुकी थी।

उसके पलँग के बगल में तिपाई पर एक खाली गिलास और दो लिफाफे पड़े थे। एक पर बंगला में उसकी माँ का नाम लिखा था और दूसरे पर उनका। एक विद्रूप मुस्कराहट उनके चेहरे पर तैर गई, जब उन्होंने पढ़ा—

सेवा में,

'श्री एस. सेन महोदय।'

रेप

तारों भरे नीले आकाश को एकटक निहारता दलीपसिंह चारपाई पर निढाल पड़ा था। घुटनों तक चढ़ी लुंगी को छोड़ बाकी बदन नंगा था। फिर भी सारे शरीर से स्वेद-बिंदु मानो उमड़े पड़ रहे थे। दिन-भर धूप में सिकी दीवारें गर्म भभके छोड़ रही थीं। उसने अभी-अभी घर की छत पर पानी का छिड़काव किया था, लेकिन असर सिर्फ इतना ही हुआ था कि मिट्टी और गोबर की भाप में बसी सोंधी गंध उसके नथुनों में भरने लगी थी। पानी पी-पीकर उसका पेट अफर आया था, फिर भी गला सूखा-का-सूखा ही रहा। तिस पर मच्छरों की चिरंतन भनभनाहट। कुछ उसके कानों के आसपास मँडराने लगे। कुछ जो उसकी गिरफ्त में आ गए, उँगलियों और हथेलियों के बीच मसले गए। कुछेक तो कर्णद्वार से भीतर ही हो लिए। ऐसे में तर्जनी से कानों को खोदते हुए, वह चिकनी-चुपड़ी दीवारों से सर टकरा देता। कुछेक जो दाढ़ी के बालों में घुसपैठिया बन बैठे थे, उन्हें तो उसने वहीं दबाकर शांत कर दिया। फिर भी कुछ ने मौका पाते ही उसकी रक्त-शिराओं में डंक गड़ा ही दिए। बेचारा खुजलाने और गलियाने के सिवा करता भी क्या?

उसके और उसके चाचा के घर के दर-मियान एक सँकरा-सा गलियारा था। चाचा की छत पर बिछी चारपाइयों की पंक्तियों को अपनी छत से वह सहज ही देख सकता था। एक किनारे पर उसका चाचा बंतासिंह हाथ-पैर पसराए ऐसे सोया पड़ा था मानो क्रूस पर टँगा पड़ा हो। खर्राटों के साथ-साथ उसकी तोंद ऊपर नीचे हो रही थी। चारपाइयों के दूसरे सिरे पर औरतों का झुंड पंखे झलता हुआ आपस में धीरे-धीरे बतियाने में मशगूल था।

दलीपसिंह की आँख नहीं लगी थी। वैसे ही पड़ा-पड़ा आकाश की ओर

ताक रहा था। न तो उसके दिल में चैन था, न आँखों में नींद। उधर, दूसरी छत पर उसका चाचा–उसके पिता का भाई और हत्यारा–बेधड़क सो रहा था। उसके घर की औरतों के पास वक्त था छत पर बैठकर सुस्ताने और बतियाने का, जबकि खुद उसकी माँ रात के इस बीते पहर, बर्तनों को राख से रगड़ रही थी और आगामी दिनों का ईंधन जुटाने के लिए गोबर इकट्ठा कर रही थी। बंतासिंह को क्या था? भाँग घोंटना और पड़े सोते रहना। नौकर-चाकर जो थे मवेशियों की देखभाल करने और खेत जोतने को।

उसकी एक बेटी थी–बिंदो, काली-कजरारी आँखोंवाली। काम-धाम कुछ था नहीं, जापानी सिल्क के कपड़े पहने इधर-उधर इतराते फिरने के सिवा। लेकिन दलीपसिंह के लिए था काम और सिर्फ काम।

कीकर के पेड़ों में हलचल हुई। नर्म ठंडी हवा का एक झोंका छत के ऊपर से गुजरा और मच्छरों को अपने साथ उड़ा ले गया। लोगों को पसीने की चिपचिपाहट से राहत मिली। दलीप के गर्मी से झुलसे जिस्म को भी कुछ राहत महसूस हुई। पलकें नींद से बोझिल होने लगीं। बंतासिंह की छत पर औरतों ने भी पंखे झलना बंद कर दिया। अपनी चारपाई से सटी खड़ी बिंदो ने सिर को पीछे की ओर झटका दिया और गहरी साँस खींची, मानो तमाम ताजी ठंडी हवा को सीने में समा लेना चाहती हो। दलीप ने देखा कि उसने छत पर टहलना शुरू कर दिया है। अपनी छत से बिंदो ने गाँव के सारे आँगनों और छतों पर सोए निद्रामग्न लोगों का मुआयना किया। सभी गहरी नींद में सोए पड़े थे, कहीं कोई हलचल नहीं थी। वह अपनी चारपाई के पास जाकर रुक गई। घुटनों पर लटके कुर्ते के दोनों सिरों को दोनों हाथों से थाम चेहरे तक उठा लिया। कमर से लेकर गले तक उसका सारा जिस्म उघड़ गया था। ठंडी हवा उसके सपाट उदर और जवान सीने को अपने आवरण में भरने लगी थी। तभी किसी ने गुस्से में कुछ फुसफुसाया। एक झटके के साथ बिंदो ने कुर्ता नीचे कर लिया। वह अपनी चारपाई पर जा पड़ी और तकिए की गड्डमड्ड रेखाओं में मुँह छिपाकर लेट गई।

दलीपसिंह को नींद कहाँ? उसका दिल जोरों से धड़क रहा था। बंतासिंह का घिनौना आकार अब मनस्पटल से लुप्त हो गया था। उसने आँखें मूँद लीं और कल्पना करने लगा बिंदो की, जिसे तारों के प्रकाश में अभी-अभी देखा था। उसे उसकी चाहना हुई, सपनों में उसे पा लेने का आभास भी। बिंदो तो

हमेशा ही उसके करीब आना चाहती थी। चाहती ही नहीं, याचना भी कर चुकी थी। दलीप ही कभी राजी न हुआ था। बंतासिंह उसका दुश्मन था और हमेशा उसे नीचा दिखाने की कोशिश में रहता था।

दलीपसिंह की आँखें बंद थीं, पर वे किसी दूसरी ही दुनिया में खुल रही थीं, जहाँ बिंदो रहती थी। उसे प्यार करनेवाली बिंदो, रूपसी बिंदो, लज्जा को ताक में रखे बिलकुल निर्वस्त्र बिंदो।

अभी दिन चढ़ा भी न था कि माँ ने उसे कंधों से झकझोरा। ठंडे-ठंडे ही खेतों को जोतना भला है। रात की कालिमा अभी सलामत थी, तारे भी चमक रहे थे। उसने तकिए के नीचे तहाकर रखी अपनी कमीज निकालकर पहन ली। उसकी निगाहें बगल की छत पर पहुँचीं। बिंदो बेखबर पड़ी सो रही थी।

बैलों को हल में जोत दलीपसिंह खेतों की ओर चल पड़ा। वह गाँव की अँधेरी सुनसान गलियों से गुजर तारों तले चमकते अपने खेतों में आ पहुँचा था। उसे थकान-सी महसूस हो रही थी। बिंदो का खयाल अब भी दिलो-दिमाग पर छाया हुआ था।

पूरब की ओर क्षितिज धीरे-धीरे स्याह से स्लेटी होता जा रहा था। आम्रकुंजों से उठती कोकिल की भेदभरी कूक खेतों में गुंजित होने लगी थी। करीब के कीकर-वृक्षों पर कौए भी धीरे-धीरे काँव-काँव करने लगे थे।

वह खेतों को जोत रहा था, लेकिन मन तो कहीं और ही लगा हुआ था। बस हल को थामे हुए पीछे-पीछे चला जा रहा था। खाँचे न तो सीधे पड़ रहे थे न ही गहरे। उषा की अरुणिमा में देखा, तो उसे अपने आप पर ही लज्जा हो आई। उसने अपने आप को संगठित करने की सोची। दिवा स्वप्न! बस अब और नहीं। हल के नुकीले सिरे को धरती में गहरे गड़ा, बैलों को छड़ी की चोट पर जोर की हाँक लगाई। बैलों को धक्का-सा लगा। नथुने-फड़फड़ाते, पूँछ हिलाते हुए वे गति पकड़ने लगे। धरती को चीरता हुआ हल दलीप के दोनों पैरों की तरफ मिट्टी के ढेले लुढ़काने लगा। एक खूँखार निश्चय के साथ उसने हल को जमीन में और गहराई तक धँसा दिया और देखने लगा—किस प्रकार हल का नुकीला सिरा, मानो विषयासक्त होकर, भरी-पूरी धरती में समा जाना चाह रहा था!

सूरज अपनी पूरी तेजी पर आने लगा था। दलीप ने जुताई रोक दी। बैलों को लेकर कुएँ पर पहुँचा। कुएँ पर छितराये पीपल के पेड़ की छाया में बैलों को

खोल दिया। कई बाल्टियाँ पानी निकाल जी-भर स्नान किया और बैलों पर भी छींटे मारे। रास्ते-भर रिसते-टपकते बैलों को हाँकते हुए घर पहुँचा।

माँ उसका ही इंतज़ार कर रही थी। ताजी सिंकी रोटियों पर मक्खन तैरता पालक का साग डाल उसने दलीप को थमा दिया। साथ में लाई बड़े-से ताँबे के गिलास में मुँह तक भरी लस्सी। दलीप को बेहद भूख लगी थी, खाने पर टूट ही पड़ा। माँ पास बैठी-बैठी पंखा झलते हुए मक्खियों को हटाने में लगी थी। रोटी और पालक को उदरस्थ कर, उसने गिलास में भरी लस्सी भी गटक ली। चारपाई पर पड़ते ही नींद ने उसे घेर लिया। माँ अब भी पास बैठी उसे स्नेह-पूरित नयनों से निहारती हवा करती जा रही थी।

दिन का सोया दलीप दोपहर-भर यूँ ही पड़ा रहा। आँख खुली तो साँझ घिर आई थी। पानी की नालियाँ खोलने वह अपने खेतों को चल पड़ा। उसके और उसके चाचा बंतासिंह के खेतों के बीच पानी की एक नाली पड़ती थी। वह उसके किनारे-किनारे ही चलने लगा। चाचा के खेतों की सिंचाई तो काश्तकार ही किया करते थे। अपने भाई को कत्ल करने के बाद से बंतासिंह संध्या समय खेतों में आने से कतराता था।

दलीपसिंह अपने खेतों में पानी की नालियाँ खोलने में जुट गया। काम खत्म कर वह नदी के तट पर आ पहुँचा। हाथ-मुँह धोया और किनारे की घास पर बैठ बहते पानी में पैर डुबा माँ के आने का इंतज़ार करने लगा।

सामने फैली विस्तृत सपाट धरती के पार सूरज धीरे-धीरे नीचे उतरने लगा था। अर्धचंद्र के पार्श्व में साँझ का तारा भी चमकने लगा था। गाँव की ओर से कुएँ पर बैठी बतियाती औरतों का शोरगुल, खेलते हुए बच्चों की आवाजें और कुत्तों के भौंकने के समवेत स्वर अब उस तक पहुँचने लगे थे। दिन-भर की उड़ान से लौटी गौरेयाँ भी कोलाहल करते हुए अपने-अपने घोंसलों में व्यवस्थित होने लगी थीं। औरतों की टोलियाँ भी खेतों में आकर शौचनिवृत होने के लिए झाड़ियों के पीछे बिखरने लगीं थीं। प्रक्षालन के लिए नदी-तट पर आकर वे फिर इकट्ठा हो गई थीं।

दलीप की माँ समयपाल से पानी देने की बारी का लकड़ी का टोकन लेकर आ गई थी। अब दलीप की पानी देने की बारी थी। टोकन उसे थमा वह पुनः मवेशियों की देखभाल के लिए लौट पड़ी थी। बंतासिंह के काश्तकार पहले ही जा चुके थे। दलीप ने बंतासिंह के खेतों की ओर का पानी का रास्ता जाम कर

दिया और पानी का रुख अपने खेतों की ओर मोड़ दिया। अब वह तट की मुलायम ठंडी घास पर पसर गया और अपने जुते हुए खेतों में छलकते पानी को निहारने लगा। ऐसा लग रहा था मानो चाँद की छिटकती आभा में बहती हुई तरल चाँदी ही चमक रही हो। पीठ के बल लेटे वह आसमान को ताक रहा था। गाँव से आती मिली-जुली आवाजें रह-रहकर उसके कानों में पड़ रही थीं। बंतासिंह के खेतों से आती औरतों के बतियाने की आवाजें भी उसे सुनाई दे रही थीं। तभी अचानक चाँदनी-भरी खामोशी में मानो वह किसी और ही दुनिया में अवतरित होने लगा।

करीब से ही आती पानी के छीटों की आवाज ने उसकी तंद्रा तोड़ी। घूमकर देखा तो एक औरत कूल्हों के बल बैठी प्रक्षालन में निमग्न थी। शोधन के बाद उसने जमीन से मुट्ठी-भर मिट्टी उठाकर हाथों पर रगड़ी और बहती धारा में उन्हें धोने लगी। कुल्ला करके चेहरे पर भी अंजलि भरकर पानी के छींटे मारे। अपनी ढीली-ढाली सलवार को पैरों पर ही पड़ा छोड़ वह उठ खड़ी हुई। कुर्ते का सामने का निचला हिस्सा उठाकर वह मुँह पोंछने को झुकी।

दलीप ने देखा, यह तो बिंदो है! एक अजीब-सी हवस भरी दीवानगी उस पर छाने लगी। वह कूदकर जलधारा के दूसरे कूल पर जा पहुँचा और बिंदो की ओर दौड़ने लगा। लड़की का चेहरा कमीज के आँचल में छुपा हुआ था। वह पलटकर पीछे देख पाती, इसके पहले ही दलीपसिंह ने उसे अपने बाहुपाश में बाँध लिया। घबराकर पीछे मुड़ी तो पल-भर में ही उसका चेहरा दलीप के कामसिक्त चुंबनों से आप्लावित हो गया। उसके मुख से चीख निकलने के पहले ही उसने अपने होंठों से उसके अधर सी दिए। नीचे बिछी नर्म घास पर उसे अवनत किया। बिंदो जंगली बिल्ली की तरह लड़ रही थी। दलीप की दाढ़ी को दोनों हाथों में उलझा वह उसके गालों को बर्बरता से नोचने लगी। उसने उसकी नाक को इतनी जोर से काटा कि लहू रिसने लगा। लेकिन वह जल्दी ही पस्त हो गई। अब और संघर्ष करने की सामर्थ्य उसमें नहीं बची थी, वैसे ही चुपचाप पड़ी रही। उसकी आँखें मुँदी हुई थीं। दोनों आँखों से बहती जलधारा काजल की रेखा को कानों तक बहा ले गई। पीली चाँदनी में वह बेहद खूबसूरत लग रही थी। दलीप के मन में पछतावा जाग उठा। बिंदो को दुखी करने की मंशा उसकी कभी नहीं रही थी। अपनी चौड़ी खुरदरी हथेलियों से उसने बिंदो के माथे को सहलाया और उसके बालों में उँगलियाँ फेरने लगा। झुककर प्यार

से उसकी नाक पर अपनी नाक रगड़ दी। बिंदो ने अपनी लंबी कजरारी आँखें खोलीं और उसकी ओर सूनी-सूनी नज़रों से ताकने लगी। दलीप ने उसके नयनों और नासिका को पुनः हल्के से चूम लिया। बिंदो की आँखों में झलक रहा था एक शून्य—जिसे न तो नफरत ही कहा जा सकता था, न ही प्यार। बिंदो की सूनी नज़रें उस तक पहुँचीं। आँसुओं की एक और बाढ़ नयनों से बह निकली।

उसकी सखियाँ उसे पुकार रही थीं। उसने कोई जवाब नहीं दिया। उनमें से एक करीब आई। उसे उस हालत में देख उसने मदद के लिए बाकियों को हाँक लगाई। दलीपसिंह फुर्ती से उठा और जलधारा के दूसरे किनारे पर कूदकर अँधेरे में विलीन हो गया।

'क्राउन बनाम दलीपसिंह' के मुकदमे की सुनवाई पर मानो समूचा सिंहपुरा गाँव ही उमड़ आया था। अदालत का कमरा, बरामदा और पूरा-का-पूरा अहाता गाँव के लोगों से भर गया था। बरामदे के एक तरफ दो पुलिसवाले हथकड़ियों में जकड़े दलीपसिंह को घेरे खड़े थे। करीब ही उसकी माँ चेहरे को शाल की पर्तों में लपेटे उसे पंखा करती खड़ी थी। रोते-रोते वह अपनी नाक पोंछती जा रही थी। बरामदे के दूसरे सिरे पर बिंदो, उसकी माँ और कुछ औरतें घेरा बनाए खड़ी थीं। बिंदो भी रोती जा रही थी और नाक सुनकती जा रही थी। सबसे ज्यादा आकर्षण का केंद्र बनी थी बंतासिंह और उसके यारों की टोली, जो हाथों में बाँस के डंडों के सहारे झुके लगातार फुसफुसाते हुए मंत्रणा करने में लगे थे। दूसरे गाँववालों के लिए भी वक्त बिताने को बहुत कुछ था। कोई ठेलेवाले से मिठाइयाँ खरीद रहे थे, कुछ यायावर किस्म के तथाकथित कर्ण-विशेषज्ञों से कान साफ करा रहे थे। कुछ कामोत्तेजक किताबों के विक्रेताओं को घेरे एक-दूसरे को टहोके लगाते हुए हँस रहे थे।

सरकारी अभियोक्ता की मदद के लिए बंतासिंह ने एक वकील कर लिया था। वकील ने अभियोग पक्ष के सारे गवाहों को एक कोने में ले जाकर उनकी गवाही उन्हें रटा दी थी। प्रतिवादी वकील द्वारा पूछे जानेवाले सभी संभावित प्रश्नों से उन्हें अवगत करा दिया। उसने अदालत के अर्दली और क्लर्क से भी बंतासिंह को मिलवा दिया। सरकारी अभियोक्ता को अपने मुवक्किल से नोटों की एक गड्डी भी थमवा दी थी। न्याय की मशीनरी को पूरी तरह तेल लगा

दिया गया था। दलीपसिंह अपनी प्रतिरक्षा में न तो कोई वकील ही मुकर्रर कर पाया था, न ही कोई गवाह।

अर्दली ने अदालत का दरवाजा खोला और मुकदमे की सुनवाई शुरू होने की घोषणा की। उसने बंतासिंह और उसके साथियों को भीतर घुसने की इजाजत दे दी। दलीपसिंह को सिपाहियों की निगरानी में भीतर लाया गया। पर उसकी माँ को अर्दली ने अंदर आने से रोक दिया। वह उसकी मुट्ठी जो गर्म न कर सकी थी। जब अदालत के भीतर सबकुछ अनुशासित हो गया तो क्लर्क ने अभियोग के बारे में पढ़ना शुरू किया।

दलीपसिंह ने निर्दोष होने का दावा किया। मजिस्ट्रेट मिस्टर कुमार ने अभियोग से संबंधित सब-इंस्पेक्टर को बिंदो को हाज़िर करने को कहा। शाल में चेहरा लपेटे बिंदो ने कटघरे में प्रवेश किया। अब भी वह नाक सुनके जा रही थी। इंस्पेक्टर ने उसके पिता और दलीप की दुश्मनी के बाबत पूछताछ की। फिर उसनें बिंदो के कपड़ों को अदालत में पेश किया। अभियोग पक्ष की ओर से कहने को और कुछ बाकी नहीं था। सबूतों के साथ बिंदो की गवाही मुकदमे को बिलकुल स्पष्ट और अकाट्य सिद्ध करती थी।

कैदी को कहा गया कि अपनी सफाई में उसे कुछ पूछना हो तो पूछ ले।

''मैं बेगुनाह हूँ, हुजूर!''

मि. कुमार व्यग्र से हो रहे थे। बोले, ''तुमने गवाहियाँ तो सुन ही ली हैं? अगर तुम्हें लड़की से कुछ नहीं पूछना है तो मैं फैसला सुना दूँ।''

''हुजूर···, मेरे पास तो कोई वकील भी नहीं है। गाँव में ऐसा कोई यार भी नहीं जो मेरे वास्ते गवाही दे। गरीब आदमी हूँ, मालिक, लेकिन मैं बिलकुल बेकसूरवार हूँ।''

मजिस्ट्रेट को अब गुस्सा आ गया। उसने क्लर्क की ओर रुख किया, ''लिखो, जिरह नहीं हुई।''

''लेकिन, हुजूर,'' दलीपसिंह गिड़गिड़ाया, ''मुझे जेल भेजने के पहले ज़रा एक बार इस लड़की से पूछिए तो सही कि क्या वह रजामंद नहीं थी। मैं उसके पास गया था, क्योंकि वह खुद मेरे करीब आना चाहती थी। मैं निर्दोष हूँ।''

मजिस्ट्रेट ने फिर क्लर्क को संबोधित किया, ''लिखो—अभियुक्त की ओर से जिरह—क्या लड़की अपनी इच्छा से दोषी के पास गई थी।'' फिर उन्होंने बिंदो को संबोधित करते हुए पूछा, ''जवाब दो, क्या तुम अपनी मर्जी से अभियुक्त के

पास गई थीं ?''

बिंदो सिर्फ रोती गई और नाक सुनकती रही । एक अजीब-सा सन्नाटा अदालत में छा गया था । मजिस्ट्रेट के साथ-साथ तमाम भीड़ भी उसके जवाब का बेसब्री से इंतजार कर रही थी ।

''तुम गई थीं कि नहीं, जल्दी जवाब दो । मुझे और भी काम निबटाने हैं ।''

शॉल की अनगिनत तहों में चेहरा छुपाते हुए बिंदो ने जवाब दिया, ''हाँ जी !''

वह क्यों रुका रहा

मैं टायसन से पहली बार जिमखाना क्लब के 'बार' में सन् 1947 की शरद ऋतु में मिला था, जबकि भारत को स्वतंत्र हुए कुछेक महीने ही हुए होंगे। मेरे साथ मेरे मित्र भी थे—एक बंगाली था, एक पंजाबी और साथ थीं उनकी बीवियाँ। उसको घुसते ही लोगों ने लक्ष्य किया। वैसे भी वह सबसे लंबा था। सिर पर बाल नहीं थे, गंजा था और थोड़ा लँगड़ाकर चलता था। जब से क्लब हिंदुस्तानियों के हाथ में आया था, टायसन ही पहला अंग्रेज था जो वहाँ देखा गया।

''काले हिंदुस्तानियों में देखो यह अकेला अंग्रेज,'' पंजाबी ने अपनी तरफ से फिकरा कसा।

मैंने पूछा, ''तुम इसको जानते हो?'' पंजाबी बोला, ''यह कैनेथ टायसन है। पक्का साहब किस्म का अंग्रेज है। हम हिंदुस्तानियों से नफरत करनेवालों में से एक। अब तो ये लोग एक-एक करके हिंदुस्तान छोड़कर जाते जा रहे हैं।''

टायसन लँगड़ाते हुए बार तक पहुँचा। बैरे ने उसे जोर का सलाम ठोंका और उसकी तरफ जिंजर-ब्रांडी का गिलास बढ़ा दिया।

मैंने पूछा, ''यह क्या कर रहा है हिंदुस्तान में, जब इसके सारे संगी-साथी इंगलैंड वापस लौट गए हैं?''

पंजाबी ने फिर मजाक ठोंका, ''रिज़ाइन करने से पहले आखिरी पेग पीने आया है। बेचारे को तकलीफ हो रही होगी कि जिमखाना क्लब हिंदुस्तानियों से कैसे भर गया!''

पंजाबी की बीवी ने जरा और मसाला लगाकर सुनाना शुरू किया, ''अरे

इसकी बीवी से मिलो तो जानो—पक्की अंग्रेज मेमसाहब है।" फिर वह मिसेज़ टायसन का स्वाँग भरकर बताने लगी, "माय डियर, इन काले लोगों को ज्यादा सिर नहीं चढ़ाना चाहिए। ये पैर पकड़कर पहुँचा पकड़ने लगते हैं। वॉट…"

सभी को हँसी छूट पड़ी।

बंगाली ने थोड़ा विरोध किया, "मेरे खयाल से टायसन ऐसा आदमी नहीं है। जब यह कलकत्ता में पोस्टेड था तो मैंने इसके साथ बहुत बार डील किया। भले ही वह हम लोगों से ज्यादा मिक्स नहीं करता था, फिर भी लगता था कि वह हिंदुस्तान में ही रहना चाहता है, क्योंकि वह कभी छुट्टियों में भी घर नहीं गया।"

'हाफ़-हेटर,' पंजाबी महिला ने व्यंग कसा, "हाफ़-हेटर की बीवी तो है 'फ़ुल-हेटर'। मिसेज़ टायसन तो साफ कहती थीं—माय डियर, मुझे तो इन महलों में रहने और काले-कलूटे नौकरों की फौज से सेवा कराने के बदले अपने 'टूटिंग बेक' में रहना ज्यादा पसंद है, भले ही वहाँ मुझे अपने हाथों से फर्श क्यों न घिसना पड़े।"

लेकिन बंगाली की पत्नी ने मिसेज़ टायसन की तरफदारी की, "बेचारी क्या करती? आए दिन उनके घर में कोई-न-कोई पेचिश से परेशान रहता था।"

पंजाबी महिला कब चूकनेवाली थी, "हिंदुस्तान को नफरत करनेवालों को व्यस्त रखने के लिए ही तो है यह बीमारी। कभी सुना है कि किसी हिंदुस्तानी को हुई हो पेचिश? अरे सिर्फ इन्हीं को होती है। अपना पानी उबालकर पीते हैं। सब्जियों को लाल दवा में धोते हैं, फिर भी अमीबा घुस जाते हैं उनमें। और फिर मुल्ला जैसे मस्जिद की तरफ दौड़ता है वैसे ही ये बेडरूम से बाथरूम की तरफ… भई, यह तो पत्थर पर लकीर की तरह सच है कि अंग्रेज हिंदुस्तान को नफरत की नज़र से देखते हैं।"

टायसन ने मुड़कर देखा। शायद उसे शक हो रहा था कि लोग उसी के बारे में बातें कर रहे थे। बंगाली ने वहीं से उसे हाथ हिलाया। टायसन अपना गिलास उठाकर हमारी मेज की तरफ बढ़ा आ रहा था। बगलवाली मेज से एक कुर्सी खींचकर उसने पूछा, "क्या मैं आपके साथ बैठ सकता हूँ?"

"शौक से, आइए आपका अपने मित्रों से परिचय करा दूँ।"

हम लोगों ने हाथ मिलाए और उसे ड्रिंक पेश किया। वह बेझिझक मान गया, "आइ डोंट माइंड इफ़ आइ डू, ए लास्ट वन फॉर द रोड! बैरा, मेरा वास्ते

भी ये ही ड्रिंक ले आओ, प्लीज़ ! ब्रांडी के तीन डबल पैग पीने के बाद वह उठा, ''आप लोग माफ़ करना, मेरा एक छोटा गर्लफ्रेंड कार में मेरा वास्ते इंतज़ार करता होगा। उसको घर लेकर जाना है।''

उसके चले जाने के बाद हम सब उसके बारे में ज़रा सहृदय होकर बतियाने लगे। बंगाली, जिसने उससे हमारा परिचय कराया था, बोला, ''आदमी बुरा नहीं है, क्यों ? शक्ल देखकर ही सबको एक जैसा नहीं समझ लेना चाहिए। देखो, हम हिंदुस्तानियों से दोस्ती करने को कितना उत्सुक था !''

पंजाबी महिला ने फुफकारकर कहा, ''क्यों नहीं ? मुफ्त में ड्रिंक ऑफर करनेवाले मिल जाएँ तो किसी को क्या परेशानी ! एक बार बदले में आप लोगों को भी ऑफर किया ?''

''अब छोड़ो भी !''

''चुप करो,'' वह फिर भड़की, ''तुम्हारे-जैसे लोगों को देखकर तो मुझे न जाने क्या होने लगता है। हाँ-हाँ, बड़ा अच्छा आदमी है टायसन ! काले लोगों से ड्रिंक जो पी लेता है··· !''

किसी को हिम्मत न हुई कि उससे टक्कर ले। वह बोली तो बोलती ही चली गई, ''अरे, इसकी औरत तो इससे भी गई-गुज़री है। जो भी हिंदुस्तानी मिलने जाता, उससे भेंट-उपहार तो चुपचाप थाम लेती, पर अपने बच्चों को, मजाल है उनके बच्चों से मिलने दे ! 'माय डियर, हमको इसका परवा नहीं कि उनका चमड़ी काला है। मॉय गॉड, आयम नॉट दैट नैरो। पर ये लोग उनका फालतू बोली सीखता है तो'···''

बंगाली ने फिर विरोध किया, ''मुझे लगता है आप ये काले-गोरे की बात का तिल का ताड़ बना रही हैं। अगर उनको यहाँ अच्छा नहीं लगता तो वे यहाँ रहते ही क्यों ?''

''अरे, इंगलैंड में अच्छी नौकरी नहीं मिलती, इसलिए,'' पंजाबी ने फिर फिकरा कसा, ''टोह लेने के लिए ही तो इसकी बीवी वहाँ गई हुई है।''

बातें चलीं तो चलती रहीं। किसी ने कहा—''अरे जानते हो, हिंदुस्तानी मूर्तिकला के बारे में टायसन क्या कह रहा था—'ये आठ हाथोंवाली भयानक मूर्तियाँ ! ले जाओ, ले जाओ, मेरी सारी शुभकामनाओं के साथ'' और हमारे साहित्य के बारे में भी उसकी वही राय है जो उसके मुल्क के दूसरे लोगों की है—'पूरबवालों का सारा ज्ञान-भंडार भी यूरोप की किसी लाइब्रेरी के एक शेल्फ

के बराबर नहीं बैठेगा। नो-नो, मैं नहीं कहता, यह तो लॉर्ड मैकॉले ने कहा था।' हिंदुस्तानी संगीत सुनकर तो उसे रोना ही आ जाता है। लँगड़ा है, इसलिए पोलो नहीं खेल सकता, न ही शिकार के लिए जा पाता है। फिर भला कौन-सी चीज़ है जो उसे हिंदुस्तान में रोककर रखे हुए है? साल-दर-साल घर जाने के लिए मिलनेवाली छुट्टी भी यूँ ही बेकार जाने देता है। कोई हिंदुस्तानी औरत तो नहीं रखी हुई कहीं छुपाकर? आखिर बात क्या है, कुछ पता तो चले!"

कुछ महीनों बाद ही मुझे पता चल गया। मैं आपको बताता हूँ कि कैसे वह रहस्य मुझ पर खुला।

मेरी आदत थी कि शाम को रोज़ अपने कुत्ते को लेकर सैर के लिए निकल पड़ता। हमारी मनपसंद सैरगाह थी लोदी पार्क—लोदी वंश के तमाम मकबरों से भरी। हम शाम से पहले ही घर वापस आ जाते; क्योंकि शाम के बाद पार्क में सियारों से भिड़ने का भय रहता। एक शाम हमें ज़रा देर हो गई। अँधेरा घिर आया था। गोधूलि में केवल लोदी के मकबरे के गुंबदों की काली छायाएँ ही दिख रही थीं। मैं जल्दी-जल्दी चलता हुआ अपने कुत्ते को आवाज लगाने लगा। तभी माहौल में तंबाकू की गंध फैलती-सी लगी। मुड़कर देखा, एक लंबा आदमी हाथ में कुत्ते की लगाम पकड़े पाइप पी रहा है। नज़दीक गया तो उसका साथी भी दिखाई पड़ा—एक डैशुंड कुत्ता। उसने जमीन में एक बिल में सिर दिया हुआ था। पीछे चूहों-जैसी नन्हीं-सी पूँछ हवा में हिल रही थी। मेरे पैरों की आहट से डैशुंड हिला। गड्ढे में से बाहर निकला, ज़ोर से नथुने फड़फड़ाकर उसने नाक से मिट्टी झाड़ी और भौंकते हुए मेरी तरफ बढ़ा।

"स्टॉप इट मार्था, एकदम रुक जाओ।"

"गुड इवनिंग मिस्टर टायसन!"

"ओ हैलो," लगता था उसने मुझे पहचाना नहीं था, पर शायद सिख होने के नाते ही वह बोला, "गुड इवनिंग मिस्टर सिह। पार्क में सैर कर रहे हैं? शाम को इस वक्त कितना अच्छा लगता है! नहीं? स्टॉप इट मार्था?"

मार्था लापरवाही से मुड़ी और फिर उसी बिल में जाकर नाक घुसेड़ने लगी। "नाक मारने को कोई जगह मिल जाए तो यह बड़ी खुश रहती है," अपनी कुतिया की ओर फ़ख्र से देखते हुए टायसन बोला, "सारे ही कुत्ते इसी तरह होते हैं। मेरी एक और कुतिया भी ऐसे ही करती थी। बेचारी दो महीने

पहले ही मरी।"

मुझे भी कुछ बोलना था, "मेरा कुत्ता ज़रा ज्यादा कसरत करता है। काफी मोटा-तगड़ा है और हम रहते हैं छोटे फ्लैटों में..." अभी मेरी बात पूरी भी नहीं हुई थी कि मेरा 'जर्मन शेफ़र्ड' कुत्ता अँधेरे में से सामने आया। उसने मार्था की हिलती पूँछ देखी और उसे सूँघना शुरू किया। मार्था पीछे झपटी, मेरे सिबा की ओर देखकर थोड़ी देर भौंकी और फिर तेजी से उसके चारों ओर चक्कर काटने लगी।

"टू बिग फॉर यू, गर्ली। इसका पीछा छोड़ो। कम एलांग नाउ। देर हो रही है," उसने कुतिया को पुचकारा और मुझसे कहा, "स्वीट, इजंट शी ? प्यारी है न ?"

"वेरी क्यूट... बहुत प्यारी," मैं बोला। मैं समझ रहा था कि वह और ज्यादा रुकना नहीं चाहता था, "गुड नाइट मि. टायसन ! कम एलांग सिबा !"

"गुड नाइट ! दिस इज ए स्वीट गर्ली। से गुडनाइट टु सिबा !"

इसके बाद तो लोदी पार्क में प्रायः नित्य ही टायसन से मुलाकात हो जाती। मैं सिबा को लेकर पार्क के कई चक्कर लगाता। टायसन एक ही जगह खड़ा रहता, जहाँ भी मार्था को चूहों के बिल मिल जाते। वह बेताबी से चूहों की ताक लगाए रहती और उसका मालिक तसल्ली से अपना पाइप पीता रहता। वे देर शाम तक वहीं बने रहते। कभी तो मुझे शाम के धुँधलके में उसका लंबा जिस्म दिख जाता और कभी तंबाकू की गंध बता देती कि वह वहीं था। चलते हुए वह एक ही बात कहता, "आज के लिए बहुत हो गया। चलो घर चलें। कम एलांग मार्था, स्वीटी।" कुतिया अपने-आपको छुड़ाने की कोशिश करती। उछल-उछलकर मालिक से विनय करती कि थोड़ा और रुक जाए, एक चूहा और बस। बिल में तेजी से सूँघती, फिर मुँह बाहर निकालकर जोर से नथुने फड़फड़ाती और खुशी-खुशी मालिक के साथ चल पड़ती।

सालों बीत गए, टायसन छुट्टियों में घर नहीं गया। कभी पूछो तो, "मेरा जब जी चाहेगा, चला जाऊँगा। छुट्टी तो जमा हो ही रही है। एक साथ ले लूँगा। क्यों, ठीक नहीं रहेगा ?"

"लेकिन आने-जाने का किराया जो मिलता है, वह तो जमा नहीं हो सकेगा। कट जाएगा न ?"

"ओ दैट ! उसकी परवाह किसे पड़ी है ?"

कुछ सालों के बाद लोगों ने पूछना बंद कर दिया कि टायसन घर क्यों नहीं जाता। सर्दियों के दिनों में जब उसकी बीवी दिल्ली आई हुई होती तो वे लोग दूसरे लोगों को खाने पर बुलाते रहते थे। गर्मियों में जब वह चली जाती तो लोग टायसन को निमंत्रित करते रहते। बेचारा अकेला होता था। वह हमेशा मार्था को अपने साथ लेकर जाता। उसको कार में छोड़ता तो लगाम हमेशा अपने हाथ में रखता।

उम्र के साथ मार्था के बदन पर चर्बी चढ़ने लगी थी। बेचारी बुड्ढी हो गई थी। बच्चे कभी दिए नहीं थे। पर मोटाने के कारण पेट इतना लटक आया था कि जमीन को छूता हुआ-सा लगता था। कोई देखे तो कहे कि कुतिया ब्यानेवाली थी। टायसन अब उसे 'गर्ली' नहीं कहता था, "नाइस ओल्ड गैल, बेचारी बूढ़ी हो रही है। तेरह की हो गई है। मतलब इंसान की उम्र के अस्सी सालों के बराबर। अब ज्यादा थका न कर, लेडी!"

थोड़ी देर तक खेल लेने के बाद, वह उसे उठाकर कार में डाल देता। मार्था अपने मालिक की प्यार-भरी बाँहों से छूटने को तड़फड़ाती रहती।

एक शाम मैं अपने एक अंग्रेज मित्र से मिलने गया। टायसन भी ड्रिंक के लिए वहाँ धमक गया। उसने मार्था को गाड़ी से बाहर निकाल दिया। हमारे मेज़बान की भी एक इतनी ही बूढ़ी 'बुल टेरियर' जाति की कुतिया थी। हम पीते रहे और वे दोनों फूलों की क्यारियों के चक्कर काटती रहीं।

"टायसन, अब तो तुम इंगलैंड लौटने को तैयार होगे," हमारे मेजबान ने पिछले कई दिनों से बढ़ती जा रही गर्मी की ओर संकेत करके कहा, "ज़रा सोचो, थेम्स के किनारे, रिचमंड के पास किसी पब में बैठकर पीने में क्या ही मज़ा आता! अपने पुराने 'ब्लाइटी' में पहुँचने के लिए तो मैं कुछ भी कुर्बान कर दूँ।"

टायसन को ऐसे मौसम की आदत पड़ चुकी थी, "अब क्या करना! यह ड्राइ हीट मेरे वास्ते बुरी नहीं और अभी तो जिंदगी पड़ी है वापस जाने को।"

"काश, तुम अपनी छुट्टी मेरे नाम कर देते। मैं पहले ही प्लेन से लंदन चला जाता। पता नहीं, किसके लिए तुम यहाँ बैठे हो? वह भी ऐसी कड़ाके की गर्मी में।"

टायसन कुछ नहीं बोला। सब लोग खामोश-से हो गए। सिर्फ गिलासों में

बर्फ की खनखनाहट और बगीचे से झींगुरों की आवाजें आती रहीं। उसने अपना पाइप जला लिया।

मार्था फूलों की क्यारियों में सूँघ रही थी। दूसरी कुतिया ने भी सूँघना शुरू किया। दोनों उत्तेजित होकर नथुने फुलाने लगीं।

''छछूँदर ही है, शर्त रही,'' मेजबान ने पीछे मुड़ते हुए अपना अंदाजा लगाया, ''पकड़ ले फ्लॉसी, गेट इट, ये मुसीबत हैं, घर तक चली आती हैं और जहाँ-तहाँ गंदा डालती रहती हैं। गेट इट, फ्लॉसी।''

भौंकती हुई कुत्तियाँ और तेजी से अपने प्रयत्नों में जुट गईं। बीच-बीच में निर्देश लेने के लिए अपने स्वामियों की ओर देख लेतीं।

छछूँदर बिल में से 'टिकी-टिकी' करती हुई भागी। वह लॉन में हमारी तरफ भागती आई। कुत्तियों ने भौंकते हुए उसका पीछा किया। हमने अपने पैर उठाकर मेज पर टिका लिए और कुत्तियों को प्रोत्साहित करने लगे, ''यहाँ मार्था, यहाँ फ्लॉसी।''

छछूँदर तेजी से मुड़ी और सड़क की तरफ दौड़ी। उसकी 'टिकी-टिकी' को सुनकर मार्था और फ्लॉसी भी उसके पीछे जितनी तेजी से हो सकता था, उतनी तेजी से भागीं। फ्लॉसी आगे थी, मार्था पीछे। छछूँदर सड़क पार करके एक सूखे नाले में जा घुसी। मार्था सड़क के बीचोंबीच हा पहुँची थी कि उसके ऊपर एक मोटरकार की हेडलाइटों की रोशनी पड़ी। वह रुकी तो उसकी लंबी-भूरी आँखें बत्तियों की रोशनी में चमकने लगीं। एक पल में ही कार उसके ऊपर से होती हुई गजर गई।

टायसन अपनी कुर्सी से लपककर उठा और बाहर दौड़ा। मार्था की कमर टूट गई थी। वह कटे हुए केंचुए की तरह तड़प रही थी। टायसन ने उसे बाँहों में उठाया और भीतर ले आया। उसकी आँखें आँसुओं से धुँधलाई हुई थीं।

उसके मेज़बान ने मवेशियों के डाक्टर को फोन किया। कुछ ही मिनटों में डाक्टर आ पहुँचा। मार्था को देखकर उसने सिर हिला दिया। अपने बैग से एक सीरिंज निकाली, किसी तरल पदार्थ से भरी और डैशुंड के मांस में घुसा दी। ''दैट विल पुट हर आउट ऑफ हर मिज़री (इससे यह बेचारी अपनी यातना से मुक्ति पा जाएगी),'' डाक्टर ने समझाया।

मार्था मरी तो उसकी बड़ी-बड़ी भूरी आँखें अपने मालिक पर टिकी थीं। टायसन ऐसे रोया जैसे कोई बच्चा हो।

उसके बाद फिर कभी टायसन को लोदी पार्क में नहीं देखा गया। कुछ दिनों बाद स्थानीय क्लबों में नोटिस लगे कि उसकी क्रॉकरी, बर्तन और फर्नीचर बिकाऊ थे। वह छुट्टी पर नहीं जा रहा था, बल्कि हमेशा-हमेशा के लिए हिंदुस्तान छोड़कर जा रहा था।

दो हफ्ते बाद उसे एयरपोर्ट पर देखा। उसके अंग्रेज दोस्त और दफ्तर का हिंदुस्तानी स्टाफ उसे विदाई देने आए थे। वह हमेशा की तरह शांत-गंभीर लग रहा था। वह धीरे-धीरे नम्रतापूर्वक बातें करता रहा। हिंदुस्तानियों से सिर झुकाकर फूलमालाएँ भी पहनता रहा। लाउड-स्पीकर से वायुयान के प्रस्थान की उद्घोषणा हुई। निरपेक्ष भाव से उसने सबसे हाथ मिलाया।

उसके एक अंग्रेज दोस्त ने चलते-चलते उससे कहा, "वेल टायसन, आखिरकार तुम जा ही रहे हो। हम लोगों ने तो सोचा था कि तुम यहीं सेटल करनेवाले हो और शायद इंडियन नैशनैलिटी लेने की सोच रहे हो।"

"अरे नहीं यार," टायसन ने विदाई में हाथ हिलाते हुए जवाब दिया, "ऐसी कोई बात नहीं थी। यह तो जानवरों के बाबत इंगलैंड के बकवास असभ्य कानूनों के कारण ही मुझे यहाँ रुके रहना पड़ा। ज़रा बताओ तो कि जिस कुतिया को इतना प्यार किया हो, उसे इंगलैंड पहुँचकर कैसे पूरे छह महीने तक जाँच वगैरह के लिए 'क्वैरेंटाइन' में पड़ा रहने देते?"

ब्रह्म-वाक्य

'भंबा-कलाँ' और 'भंबा-खुर्द' दो छोटे-छोटे गाँव हैं, जिनके बीच की दूरी मुश्किल से आधा मील भी नहीं होगी। देखा जाए तो सैयद बुल्हे शाह का मकबरा, मिशन स्कूल और छिटकी-छितरी तमाम मिट्टी की झोंपड़ियाँ भंबा-कलान और भंबा-खुर्द को तकरीबन एकाकार ही किए हुए हैं। इसीलिए इन दोनों गाँवों को अक्सर भंबा ही कहा जाता है।

गाँव में ज्यादा तादाद सिक्ख किसानों की ही है। सारी जमीनें भी इन्हीं की मिल्कियत है। मुसलमान या तो सिक्ख मालिकों की जमीनों को जोतते हैं या फिर बुनकरों, कुम्हारों के छोटे-मोटे धंधे करते हैं। गाँव के बाहरी छोर पर कुछ झोंपड़ियाँ ईसाई परिवारों की हैं, जो नौकर-चाकरों का काम करते हैं। हिंदू दुकानदारों की किरयाने की दुकानें हैं जहाँ वे साबुन, तेल, नमक, मसाले, कपड़े, कैंचियाँ, शीशे और जापानी खिलौने वगैरह बेचते हैं।

भंबा में कभी ऐसा कुछ नहीं होता, जिसे महत्त्वपूर्ण कहा जा सके। साल में एक बार बुल्हे शाह की मज़ार पर मेला लगता है, जिसमें हिंदू, सिक्ख, मुसलमान सभी आस-पड़ोस के गाँवों से आकर इकट्ठे होते हैं। उनकी औरतें मज़ार पर चढ़ावे चढ़ाती हैं और अपनी बाँझ कोखों को हरा-भरा करने के लिए गंडे-ताबीज खरीदती हैं। साल में एक बार सिक्ख कंधों पर लंबी तलवारें लटकाए अमृतसर के मेले में भी जा पहुँचते हैं। इस सबके अलावा समय-समय पर गाँव में पुलिस का आगमन भी खास कौतूहल पैदा करनेवाला होता है। पी-पिलाकर झगड़ते हुए कोई किसी का सिर फोड़ डाले या किसी की जनानी या बेटी को भगाकर ले जाए या फिर कहीं अवैध शराब बनाने के धंधे का पता चले तो पुलिस को आना ही पड़ता है। कभी-कभी तो बिना कुछ हुए ही पुलिस आ

धमकती है। किसी कारण से नहीं, बल्कि सिर्फ कच्ची शराब पीने या मुफ्त के अंडे-मुर्गियाँ निगलने। जो ज्यादा तू-तड़ाक करे और मेहमान-नवाजी से इनकार करे तो उनके घरों से पुलिस अवैध हथियार, शराब, अफ़ीम, कुछ भी बरामद कर सकती है। ऐसे में उन्हें दोनों में से एक को चुनना होता है—या तो जेल जाएँ या फिर मेहमाननवाजी की कला को सीखने की जहमत उठाएँ।

इन सब अपवादों के अलावा भंबा में और कुछ नया नहीं होता। सुबह के वक्त, जब मर्द खेतों में काम करते हैं और बच्चे मवेशियों को चराने निकल जाते हैं, औरतें घरों में बैठी अनाज पीसती हैं या चरखा कातती हैं। खाना तो बनाना ही पड़ता है। हाँ दोपहर बाद वे सभी थोड़ा सुस्ता लेते हैं। दोपहर बाद ही डीज़ल तेल से चलनेवाली आटे की चक्की चलनी शुरू होती है। गाँव की ठिगनी छतों में सिर उठाती इसकी चिमनी के मुँह पर चक्की के मालिक ने मिट्टी का एक मटका लगाया हुआ है, जो इंजन की भक-भक को कर्णभेदी विस्फोटों में बदलता रहता है। चक्की चलने का नीरस नाद भंबा के ओर-छोर पर मीलों दूर तक सुना जा सकता है। इसी पार्श्व-संगीत की पृष्ठभूमि में दुपहरी के झोंके लिए जाते हैं और सुस्ताते-सुस्ताते गप्पबाजी भी की जाती है।

वसंत का मौसम था, दोपहर का समय। दो-दो, चार-चार के गुटों में सुस्ताते लोग धूप सेंक रहे थे। आदमी कूल्हों के बल बैठे चक्की से उठते शब्दनाद को सुनते हुए सामनेवाले घरों की मिट्टी की दीवारों को बेमतलब घूर रहे थे। औरतें मूँज की चारपाइयों में धँसी बतियाते-गपियाते एक-दूसरे के बालों में देसी घी मल रही थीं। इस साल फसल बहुत अच्छी हुई थी। दूर-दूर तक फैली सरसों का हरा और पीला विस्तार चारों ओर सुख-समृद्धि का आलम बिखेर रहा था।

अचानक ही मानो गाँव में हलचल-सी मच गई हो। बच्चे उत्सुकता में दीवाने हुए अपने-अपने दोस्तों-यारों को खबर देने भागे। मिट्टी से भरी कच्ची सड़कों को रौंदती एक मोटरगाड़ी धूल के बादल उड़ाती भंबा की तरफ बढ़ी आ रही थी। भूरे रंग की स्टेशन-बैगन में पाँच-छह लोग बैठे थे। शोर मचाती हुई गाड़ी के पीछे-पीछे बच्चों की टोली दौड़ रही थी। कुछ तो इसके पिछले बंपरों पर चढ़ भी गए। गाँव के कुत्ते भी इकट्ठे होकर भौंकते हुए गाड़ी के मडगार्डों पर झपटने लगे। गाँव की चौपाल पर आकर मोटरगाड़ी रुकी तो कुछ देर तक धूल के बवंडर में खो-सी गई। जब गर्द कुछ छँटी तो नाक पर रूमाल रखे पाँच

आदमी नीचे उतरे। सबसे आगे थे अंग्रेज डिप्टी कमिश्नर मिस्टर फॉरसाइथ जो देखने में थोड़े नाटे और तगड़े थे। उन्होंने खाकी कपड़े पहन रखे थे और सिर पर हैट लगाया हुआ था। पीछे-पीछे चल रहे थे दो पुलिसकर्मी और उनकी गाड़ी का ड्राइवर। उनके साथ एक ऑनरेरी मैजिस्ट्रेट भी था। नाम था सरदार गंडासिंह। गंडासिंह पड़ौसी गाँव 'गंडासिंहवाला' का जाना-माना जमींदार था।

गाँववालों की एकत्रित हुई भीड़ में से निकलकर भंबा के जैलदार और लंबरदारों ने अंग्रेज कमिश्नर साहब को दुआ-सलाम की। साहब इससे पहले कभी भंबा नहीं आए थे। आखिर कौन-सा सुअवसर राजाधिराज परवरदिगार कमिश्नर साहब को खींचकर उनके गाँव में ले आया है!

डिप्टी कमिश्नर साहब बड़े सौजन्य से मुस्कराए और जैलदार के साथ उसके घर की तरफ चल पड़े।

मिस्टर फॉरसाइथ बेंत की एक आरामकुर्सी में बैठ गए। उनका साथी गंडासिंह स्टील की हरे-से रंग की कुर्सी पर उनके करीब ही बैठ गया। गाँववाले आदर-सत्कार जताते उनकी कुर्सियों के इर्द-गिर्द घेरा डाले खड़े हो गए।

फॉरसाइथ ने अपना हैट उतारा और अपनी गंजी गुलाबी चाँद को रूमाल से पोंछने लगे। इशारे से उन्होंने लोगों को बताया कि वे उनसे कुछ कहना चाहते हैं। लोगों में खामोशी छाने लगी। फॉरसाइथ अब भी अपनी गंजी चाँद को पोंछते जा रहे थे, ताकि भीड़ पूरी तरह शांत होकर उनको सुनने के लिए व्यग्र हो जाए। उन्होंने गंडासिंह का परिचय देने में एक लंबा-चौड़ा भाषण दे डाला।

गंडासिंह को परिचय की जरूरत नहीं थी। जिले का बच्चा-बच्चा उसे जानता था। किसानों और काँग्रेस के आंदोलनों को कुचलने में उसने सरकार की मदद की थी। इसके एवज में उसे जमीनें, खिताब और ऑनरेरी मैजिस्ट्रेट का यह पद मिला था। वह तमाम गुंडे-बदमाशों का जाना-माना संरक्षक था। उसके आदमी बेधड़क होकर उसकी छत्रछाया में लूटपाट करते थे और पुलिस के आदमियों के साथ मिल-बाँटकर खाते थे। उसकी शराब की भट्टियाँ खुले-आम चलती थीं। उत्पादन-शुल्क वसूलनेवाले अधिकारियों को भी घूरों में खमीरी हुई शराब की तरह-तरह की किस्मों से संतुष्ट कर दिया जाता था। आवभगत करने में गंडासिंह का जवाब नहीं था। खिलाने-पिलाने में पक्का शेर था। काम के आदमियों के लिए तो वह गाँव की सलोनी छोकरियाँ भी जुटा देता

था, जिनका भोलापन देखते ही आदमी का ईमान मचल जाए।

गंडासिंह से जिले का बच्चा-बच्चा घृणा करता था और वह भी इस सच्चाई से परिचित था। वह जहाँ भी जाता उसके साथ दो सशस्त्र अंगरक्षक चलते। छाती को घेरती काले रंग की कारतूसोंवाली पेटी उसके कंधों से होती हुई कूल्हों तक लटकती रहती। पेटी की थैली में हर वक्त भरी हुई पिस्तौल रहती। भंबा में उसे सबने देखा हुआ था। माँड़ लगी पगड़ी का कुल्ला हमेशा सिर पर सगर्व ऐंठा रहता। काजल लगी उसकी आँखों और तेल से चुपड़ी चमकती काली दाढ़ी को देखते ही लगता कि कोई लंपट है। देखने में कद्दावर और हट्टा-कट्टा। लंबी सफेद कमीज़ घुटनों तक पहुँचती। सलवार का रेशमी नीला नाड़ा कमीज़ की कन्नी से झाँकता रहता। पैरों में काले रंग के पंप शू चलते ही चरमराने लगते।

फॉरसाइथ की तारीफों ने तो उसे जिले का गौरव ही घोषित कर डाला था। अंत में उसने बताया कि गंडासिंह पंजाब विधानसभा के आगामी चुनावों के लिए खड़ा हो रहा है। सिक्ख-समुदाय के नेताओं ने उसे मनोनीत किया है।

सुनते ही लोगों में दबी-दबी खुसर-पुसर शुरू हो गई। पर फॉरसाइथ ने इस पर अधिक ध्यान नहीं दिया। उसने भीड़ का विसर्जन किया और जैलदार तथा लंबरदारों के साथ लगान आदि के बारे में बातें करनी शुरू कर दीं। कुछ गज की दूरी पर खड़ा गंडासिंह भी दूसरे लंबरदारों के गले में बाँहें डाले बातें कर रहा था। वह उन्हें तरह-तरह से पटा रहा था—साहब उस पर मेहरबान हैं, लंबरदार जो भी चाहेंगे, वह साहब के मार्फत उनके लिए करवा सकता है। लंबरदारों को और क्या चाहिए था। साहब खुश रहें तो सबकुछ हो सकता है। और यह काम तो गंडासिंह ही करवा सकता है। एक लंबरदार को अपनी बंदूक के लिए लाइसेंस चाहिए था। दूसरे का नाम कर-निर्धारक के पद के लिए डिप्टी कमिश्नर के पास गया हुआ था। तीसरे का भतीजा एक्साइज़ एक्ट के तहत किसी मामले में फँसा हुआ था और उसका केस अटका हुआ था। डिप्टी कमिश्नर बस ज़रा मैजिस्ट्रेट के कान में डाल-भर दें कि अभियुक्त उनका अपना आदमी है। गंडासिंह ने सबकी सिफारिशों को अपनी डायरी में नोट कर लिया। लंबरदारों ने आगामी चुनावों में उसके पक्ष में सौ फीसदी मत दिलाने का वादा किया। गंडासिंह ने फिर दोहराया—आखिर यह सिक्ख कृषक समुदाय की आबरू का सवाल है और फिर वह उन्हीं के गोत्र का भी तो है। उसके प्रतिद्वंद्वी

नेशनेलिस्ट पार्टी के उम्मीदवार का तो खेती-बाड़ी से कोई सरोकार ही नहीं है। वह तो शहर में वकालत करता है। रहा किसान उम्मीदवार तो वह बेशक उन्हीं में से एक है पर उसका तो कोई धर्म ही नहीं है। इसके अलावा सरकार उसके हक में भी नहीं है। सुरक्षा की दृष्टि से कई बार उसको जेल भेजना पड़ा है।

फॉरसाइथ और गंडासिंह की टोली शाम को वापस लौट गई। उनका आना भंबा के शांत स्थिर तालाब में कंकरी फेंकने-जैसा था, जिसकी मचाई हलचल कई दिनों तक स्थिर नहीं हो पाई। परिणामस्वरूप भंबा से कई दिनों के लिए शांति ने विदा ले ली।

दूसरे दिन भंबा के निवासी फिर चक्की के शोरगुल के बीच बातें करते-करते धूप सेंक रहे थे। उनकी बातों का विषय फॉरसाइथ महोदय ही थे। अचानक बच्चों के शोर-शराबे और कुत्तों के भौंकने से उनका ध्यान बँटा। इस बार घुसपैठिए क्रीम-रंग की लॉरी में बैठकर आए थे, जिसकी छत पर एक लाउडस्पीकर भी लगा था। दोनों तरफ के मडगार्डों पर बत्तियाँ लगी थीं, जिनमें नेशनेलिस्ट पार्टी के लंबे-चौड़े झंडे फड़फड़ा रहे थे।

लॉरी गाँव की चौपाल पर आकर रुकी। वाहन धूलगर्द के अंबार में लिपटा खड़ा था। आगंतुकों को अभी किसी ने ठीक से देखा भी नहीं था कि लाउडस्पीकर ने दहाड़ना शुरू कर दिया। खँखारते हुए किसी ने घोषणा की—"भंबा के निवासियों, आपको खबर है कि पंजाब विधानसभा के चुनाव करीब आ रहे हैं? आप जानते हैं कि आपका इस चुनाव के मुतल्लिक क्या फर्ज है? सरदार करतारसिंह, एडवोकेट को वोट दें। सरदार करतारसिंह नेशनेलिस्ट पार्टी के उम्मीदवार हैं।"

क्षण-भर के लिए खामोशी छा गई। माइक्रोफोन में किसी ने आवाज लगाई—"सरदार करतारसिंह।" दर्जनों आवाजों ने एक साथ दोहराया—"जिंदाबाद!' ये नारे इतने धमाके के साथ, इतनी बार दोहराए गए कि वहाँ इकट्ठे हुए कुत्ते दुम दबाकर भाग खड़े हुए।

लॉरी की अगली सीट पर से उठकर करतारसिंह जनाब नीचे उतरे। पिछली सीट से गाँधी टोपियों में सजे दर्जन-भर युवक प्रकट हुए। उन्होंने हाथ के बुने खादी के कुर्ते और धोतियाँ पहन रखी थीं। हाथों में बंडल-के-बंडल पोस्टर थे।

करतारसिंह इससे पहले कभी भंबा नहीं आया था, फिर भी बहुत-से गाँववाले उसे जानते थे। बड़ी-बड़ी फीसें देकर कई मुकदमों में लोग उसे अपना वकील कर चुके थे। फिर भी इस वक्त उसको पहचान पाना मुश्किल लग रहा था। उन्होंने तो उसे सिर्फ अंग्रेजी पहनावे में ही देखा था—काला कोट, नेकटाई और धारीदार पतलून में। अभी तो उसने लंबा-सा कुर्ता, पाजामा और पैरों में जूतों के बलदे चप्पलें पहन रखी थीं

करतारसिंह अपने मोटे थुलथुल काले-कलूटे साथी के साथ जैलदार के घर की तरफ चल पड़ा। बाकी नौजवान गाँव में पोस्टर चिपकाने में जुट गए। जैलदार का दरवाजा बंद था। उसका कहीं अता-पता नहीं था। गाँववालों ने कसम उठाई कि लॉरी आने तक तो वह वहीं था, अब शायद आव भगत की तैयारी करने ही कहीं गया होगा। तभी जैलदार का छोटा-सा लड़का बाहर आया और बोला कि बप्पू पैखाने गए हैं। गँवाई मुस्करा पड़े। भीड़ लॉरी के पास लौट आई। करतारसिंह और मोटा साथी कोशिश करके लॉरी की छत पर जा चढ़े। माइक्रोफोन उनके हाथों में थमा दिया गया।

करतारसिंह ने लोगों को अपने साथी सेठ सुख्तांकर का परिचय दिया। सेठ जी नेशलिस्ट पार्टी के जाने-माने नेता थे। पंजाब विधानसभा के लिए निर्विरोध चुन लिए गए थे। लखपति आदमी—कपड़ों की कितनी ही मिलों के मालिक! विदेशी कपड़ों के बहिष्कार के आंदोलनों के दौरान उन्होंने लाखों के न्यारे-वारे किए थे। लड़ाई के गत पाँच सालों में अंधाधुंध दौलत कमाई थी। सरकार से उनकी कोई सहानुभूति नहीं थी। सो काले बाजार में निर्द्वंद्व भाव से खरीद-फरोख्त करते थे। लोग भूखे-नंगे थे तो क्या? सेठ के गोदामों में गेहूँ के बोरे जमा रहते थे और वे उन्हें मनचाहे दामों पर बेचते। वे एक प्रचंड ब्रिटिश-विरोधी हिंदुस्तानी थे। चाहते थे कि तमाम हिंदुस्तानी एकजुट हो जाएँ। उनके भाषण का सारांश था कि यदि चालीस करोड़ हिंदुस्तानी एकजुट होकर किसी तालाब में थूक भी दें, तो इतना थूक इकट्ठा हो सकता था कि उसमें सारी-की-सारी अंग्रेज आबादी को डुबाया जा सकता है। लेकिन दुर्भाग्य से सामूहिक हत्या की ऐसी सुविधा कभी मुहैया नहीं हो सकी। सेठ जी ब्रिटिश-विरोधी तो थे ही, एक प्रमुख सोशलिस्ट-विरोधी भी थे। उनकी नज़र में सोशलिस्टों ने उनकी मिलों में ऐसे वक्त हड़तालें करवाई जब वे सस्ते देशी माल से बाजारों को लादकर विदेशी माल का भटठा बैठा सकते थे। उनकी

नज़र में ये लोग विदेशों के एजेंट थे।

सेठ सुख्तांकर के बाद करतारसिह की बोलने की बारी आई। गंडासिह के बारे में उसे पूरी जानकारी थी। उसने लोगों को सावधान किया कि गंडासिह जैसे आदमी को कोई भी वोट न दे। वह अपनी दाढ़ी छँटवाता है और नशेबाजी करता है। करतारसिह ने गाँववालों को दूसरे प्रतिद्वंद्वी 'किसान' के झूठे प्रचार से भी बचने से आगाह किया। इस उम्मीदवार का न कोई धर्म है न जाति। अरे, ये अनैतिक, गद्दार लोग हमारी धन-दौलत में हिस्सेदारी करने के साथ-साथ हमारी बहू-बेटियों पर भी नज़र उठाएँगे।

सेठ सुख्तांकर की पार्टी जैसे आई थी, वैसे ही चलती बनी। पीछे छोड़ गई 'करतारसिह के नाम के नारे और गर्द-गुबार के बादल।

आए दिन नए-नए चेहरे भंबा में आते और भाषण-पर-भाषण पिलाकर जाते। भंबा के बाशिंदों की निजी जिंदगी अब निजी नहीं रही थी।

गंडासिह के आदमियों ने उसके पक्ष में कहा, "अरे, उससे क्या हुआ? खेती-बाड़ी करनेवाला सिक्ख मर्द है। पीता है तो क्या हुआ? भला कौन-सा खेतिहर सरदार नहीं पीता? करतारसिह क्या है? शहरी वकील है। सेठों-महाजनों का पिट्ठू। सेठ सुख्तांकर ने पैसे के जोर पर लंबरदारों को नेशनेलिस्ट पार्टी के हक में वोट दिलाने की दलाली नहीं की क्या? कहाँ से आया इतना रुपया-पैसा– पोस्टरों, लारियों और वोटरों को खरीदने के लिए? करतारसिह कोई इतना बड़ा वकील तो नहीं कि अपने ही बलबूते पर यह सब कर पाता?

एक-दूसरे पर कीचड़ उछालने के बावजूद गंडासिह और करतारसिह दोनों एकमत थे कि 'किसान' उम्मीदवार को पत्ता न मिलने पाए। पर अभी तक तो कोई 'किसान' भंबा में पहुँचा नहीं था। गाँववाले बेसब्री से अब इस नास्तिक और अनैतिक गद्दार की राह देख रहे थे।

तब, बसंत की एक दुपहरी में, जब भंबा-वासी खाली बैठे धूप सेंक रहे थे, 'किसान' ने एकाएक पदार्पण किया। न तो उसके स्वागत में कुत्ते भौंके, न ही बच्चों की टोलियाँ आगे आईं, क्योंकि उन्हें उसके आने की आहट ही नहीं हुई। सफेद पगड़ी पहने, छाती तक लटकती सफेद दाढ़ीवाला 'किसान' सफेद घोड़ी पर बैठकर आया था।

'किसान' का नाम बाबा रामसिंह था। भंबा में सब उसके नाम से परिचित थे। 'किसान' आंदोलन के तहत वह कई बार जेल जा चुका था या यों कहें कि उसकी ज्यादातर जिंदगी जेल में ही बीती थी। उसकी सारी जमीन-जायदाद जब्त कर ली गई थी और अब वह एक तरह से बेघरबार ही था। लेकिन इतना जरूर था कि गाँव में हरेक का दरवाजा उसके लिए खुला था। वह जहाँ जाता, लोग उसके पाँव छूते। माताएँ अपने बच्चों को लाकर उससे आशीषें दिलवातीं। उसकी उम्र के कारण लोग उसे 'बाबा जी' कहते।

गाँववाले उसके इर्द-गिर्द जमा होने लगे। उसके घोड़े की लगाम और उसके धूल-भरे पैरों पर सिर नवाने लगे। बाबा जी का भंबा में आगमन किस कारण से हुआ है? उन्होंने बताया कि वे भंबा से विधानसभा के लिए खड़े हो रहे हैं। लोगों में वाहवाही मच गई। तभी एक ग्रामीण ने उठकर पूछा—"नेशनेलिस्ट पार्टी दो उम्मीदवारों को तो खड़ा नहीं कर सकती? वकील करतारसिंह तो खुद बोलकर गया है कि वह नेशनेलिस्ट पार्टी का उम्मीदवार है। तब बाबा जी किस पार्टी के हैं?"

बाबा का जवाब सुनकर लोग हक्के-बक्के रह गए, "किसान!"

किसान? लेकिन बाबा तो धर्मभीरू इंसान हैं, जिन्होंने अपना तमाम जीवन कृषकों की सेवा में बिताया है। गद्दार? भला यह गद्दार कैसे हो सकते हैं? सरकार ने इन्हें बीस साल तक जेलों में सताया है। सारी जमीन-जायदाद भी जब्त कर ली थी। अनैतिक होने का भी सवाल नहीं उठता था। बाबा तो साक्षात् गुरु जैसे लगते हैं। न तो इन्होंने कभी दाढ़ी मुँड़ाई, न ही कभी शराब को हाथ लगाया। लोग असमंजस में पड़े हुए थे।

बाबा रामसिंह ज्यादा देर नहीं रुके। बाबा ने बताया कि उन्हें गाँववालों के वोट चाहिए, ताकि वे उन्हें फिरंगियों से आजादी दिला सकें और शोषण करनेवाले जमींदारों से मुक्ति, ताकि वे पुलिस के गुंडों और भ्रष्ट प्रशासकों के खिलाफ लड़ सकें। उन्होंने अपने प्रतिद्वंद्वियों का नाम भी नहीं लिया।

कोई दूसरा 'किसान' भंबा में नहीं आया। न ही बाबा ने फिर कभी दोबारा दर्शन दिए। वे अकेले ही गाँव-गाँव घूमते हुए अपने उसी शांत सौम्य ढंग से फॉरसाइथ सरकार और सुख्तांकर की भ्रष्ट तरीकों से अर्जित दौलत की धज्जियाँ उड़ाते रहे।

मतदान के ठीक एक दिन पहले राजद्रोही भाषण देने के आराप में उन्हें गिरफ्तार कर लिया गया।

सभी पड़ोसी गाँवों की तरह भंबा में भी मतदान हुआ। गंदे-मंदे सिक्ख किसान गंडासिंह की पिलाई शराब में धुत होकर सेठ सुख्तांकर की लारियों से नीचे उतरे। लेकिन उन्हें अच्छी तरह होश था कि वोट किसे देना है। हजारों की संख्या में लोग मतदान करने गए। अनपढ़, गँवार तो थे, सो अपने-अपने उम्मीदवारों के नाम बताए और घर लौट आए। घर वापस लाने के लिए न तो वहाँ सेठ की लारियाँ ही खड़ी थीं, न ही आगे के वास्ते शराब की बोतलें थमाने को गंडासिंह के लोग।

दस दिन बाद फॉरसाइथ के दफ्तर में मतों की गणना हुई। बाहर भीड़-की-भीड़ जमा थी। कोई करतारसिंह के तो कोई गंडासिंह के नाम के नारे लगा रहे थे। बाबा रामसिंह का तो कहीं नामोनिशान भी नहीं था। ग्यारह बजे के करीब फॉरसाइथ महोदय दफ्तर की सीढ़ियों पर प्रकट हुए। मुस्कराते हुए उन्होंने परिणामों को पढ़ना शुरू किया—

1. सरदार गंडासिंह, ऑनरेरी मैजिस्ट्रेट—10,560 मत
2. सरदार करतारसिंह, एडवोकेट—8,340 मत
3. बाबा रामसिंह—760 मत

आखिरी उम्मीदवार की जमानत जब्त कर ली गई थी।

जनता ने अपना फैसला सुना दिया था। आखिर जनता की आवाज ही तो ब्रह्म-वाक्य होता है।

पंजाब का एक पादरी

पीटर हैंसेन इलिनॉयस से आया एक युवा अमरीकन था। कई साल पहले उसका पिता स्वीडन से आकर अमरीका में बस गया था और शेयरों की दलाली का धंधा करने लगा था। एक अमरीकन युवक के लिहाज से पीटर को स्कूल और यूनीवर्सिटी की बेहतरीन शिक्षा मिली थी। उसके बाद वह अपने पिता की फर्म में काम करने लगा था। लेकिन शीघ्र ही उसे एहसास हुआ कि उसकी प्रवृत्ति व्यापार-व्यवसाय की नहीं थी। नया-नया जानने-देखने की उसकी आत्मा की उत्सुकता उन गगनचुंबी अट्टालिकाओं के क्षितिज में उसे कैद हुई-सी जान पड़ी। वह चाहता था कहीं विस्तृत, खुले वातावरण में पहुँचे और मानवता की सेवा में अपने-आपको अर्पित कर दे। शेयरों की दलाली का धंधा छोड़कर उसने स्वयं को ईसाइयत को समर्पित कर दिया। इलिनॉयस से वह भारत आ गया। उसके मिशन ने उसे सिख किसानों के बीच ईसा के उपदेशों का प्रचार करने के लिए भेजा। इसी उद्देश्य को लेकर पीटर हैंसेन अमृतसर आया था।

हैंसेन ने लोक-कल्याण के इस धंधे में अपनी अमरीकन समग्रता के साथ प्रवेश किया। उसने गाँवों के नक्शे तैयार किए और जिन-जिन गाँवों का दौरा वह कर चुकता, यादगार के लिए वहाँ छोटे-छोटे झंडे गाड़ देता था। जिन ग्रामवासियों से मिलना होता, पहले उनके नामों की सूची तैयार करता और उनके कार्यगत जीवन के विषय में पूरी जानकारी हासिल करता। अपनी सहूलियत के लिए उसने एक पुरानी अमरीकन फौजी मोटर साइकिल भी खरीद ली। उसके आगमन के कुछ ही हफ्तों के भीतर पादरी हैंसेन और उसका फटफटिया जिले-भर में मशहूर हो गया।

हैंसेन था तो पादरी, लेकिन एक अंतर के साथ। वह धर्म के उपदेश देता

नहीं घूमता था। उसका मुख्य उद्देश्य था समाज में आर्थिक, सामाजिक तथा नैतिक सुधार लाना और शिक्षा को बढ़ावा देना। इसके लिए उसने तरीके भी लीक से हटकर अपनाए थे। उपदेश या दीक्षा देने में उसकी कोई आस्था नहीं थी। वह उदाहरण रखकर तथा व्यक्तिगत संपर्क स्थापित करके सुधार की प्रक्रिया प्रारंभ करना चाहता था। वह कहा करता था, ''एक बार तुम इनको जान जाओ तो इन ग्रामीणों से कुछ भी करा सकते हो।'' यही विचारधारा कुछ-कुछ मेरी भी थी।

हैंसेन से मेरी मुलाकात होना शायद एक दैवी संयोग था। दरअसल मैं भी मानवता की कुछ सेवा करना चाहता था। फ़र्क सिर्फ़ इतना था कि मैं केवल बोलता था, करा-धरा कभी कुछ नहीं था। हैंसेन को यह बात नहीं मालूम थी। मैं धर्म में विश्वास नहीं रखता था और मैंने मार्क्सवाद को अपनाया हुआ था। इस बात का पता हैंसेन कों अवश्य लग गया। लेकिन इससे उसे कोई फर्क नहीं पड़ा। दरअसल वह स्वयं भी विचारों से थोड़ा समाजवादी था। हुआ यह कि मैं एक सभा को संबोधित कर रहा था और हैंसेन भी वहाँ उपस्थित था। मैं बोल रहा था :

''देश क्रांति के लिए परिपक्व अवस्था में पहुँच चुका है। सिर्फ इसे आगे बढ़ने के लिए उचित नेतृत्व की आवश्यकता है। भाषागत भौतिकतावाद और मार्क्सवादी अर्थशास्त्र की ऊँची-ऊँची बातें ग्रामीणों के मस्तिष्क में नहीं घुसतीं। हम समाजवाद का उपदेश देते हैं, तो उनके साथ हमें व्यक्तिगत संपर्क स्थापित करना होगा, उनके सामने उदाहरण रखने होंगे। पुलिस के शोषण, भ्रष्टाचार तथा कानून के न्यायालयों में अन्याय के विरुद्ध हमें आवाज उठानी होगी। सबसे ज्यादा महत्वपूर्ण बात तो यह है कि हम लोगों को अच्छी तरह समझें और उन्हें जानें। यदि हम उन्हें जानते हैं तो उनसे अपनी बात मनवा सकना हमारे लिए आसान हो जाता है।''

हैंसेन और मैंने आपस में हाथ मिलाए और हमने लोक-कल्याण के इस सुकार्य को आगे बढ़ाने में अपनी भागीदारी की नींव डाली।

एक दिन हमने सोचा कि अपने इस उद्यम की ज़रा शुरुआत तो करें। हैंसेन ने दौरे पर जाने के अपने कपड़े पहन लिए—सफेद जॉकी टोपी, एक चुस्त-सी टी-शर्ट, छोटी-सी निकर और पैरों में सैंडल। मैंने अपने खद्दर के समाजवादी वस्त्र धारण किए और हैंसेन के फटफटिए के पीछे बैठ गया। हम दोनों

अमृतसर से अपने मिशन के लिए निकल पड़े।

शहर के पंद्रह मील पूर्व में एक बहुत बड़ी नहर थी जो सड़क के दाईं तरफ होकर बहती थी। पुल को पार करके हम पक्की सड़क को छोड़ बैलगाड़ियों के जानेवाली कच्ची सड़क पर उतर आए। बैलगाड़ियों के पहियों के धँसने से कच्ची सड़क पर ट्राम की लाइनों सरीखे आड़े-तिरछे गड्ढे बन गए थे। हैंसेन का ध्यान शायद उँधर नहीं गया था। वह दृढ़ निश्चय के साथ आगे बढ़ता जा रहा था। उसका पेट ठीक फटफटिए की पेट्रोल की टंकी के साथ दबा हुआ था। मैंने बड़े संयम से उसकी टी-शर्ट को थामा हुआ था। फटफटिए में कहीं भी कोई भी चीज़ बाहर को निकली हुई नहीं दिख रही थी जिस पर मैं अपने पाँव टिका पाता। मेरे पैर गर्मागर्म एक्ज़ास्ट पाइपों के ऊपर लटके हुए थे। कुछ कहते भी नहीं बन रहा था। रास्ते में देखने को बहुत कुछ था पर मैं इतनी तकलीफ में बैठा था कि कहीं भी अपना ध्यान केंद्रित नही कर पा रहा था। हैंसेन तो दूर क्षितिज के पार निगाहें जमाए चालीस मील प्रति घंटा की रफ्तार से चलाए जा रहा था। इतने में ही अचानक हमारा फटफटिया एक गड्ढे के ऊपर से फलांगा। मैं हवा में ऐसा उछला कि जब तक नीचे आकर धरती पर पड़ा, हैंसेन और उसका फटफटिया अपने लोकोपकारी मिशन के उत्साह में सैकड़ों गज़ आगे निकल चुके थे। मैं मिट्टी से सने कच्चे रास्ते के बीचोंबीच आन गिरा था। चोट तो ज्यादा नहीं लगी थी, पर एक तरह से, पता नहीं क्यों यह बड़ा अशोभनीय-सा लग रहा था। पगड़ी उछलकर दूर जा गिरी थी और मेरे लंबे बाल चेहरे पर बुरी तरह बिखर गए थे। हैंसेन लौटकर आया तो काफी चिंतित लग रहा था। पर मुझे देखते ही अचानक किसी सस्ते टूथपेस्ट के विज्ञापन-सा, अपनी बत्तीसी दिखाता हुआ खिलखिलाकर हँसने लगा। बोला, "भई, तुम सचमुच ही बहुत फ़नी लग रहे हो और देखो तो, गिरे भी कहाँ? यहीं से तो हमारे रास्ते अलग-अलग होते हैं। सूरजपुर, बस उन खेतों के उस पार ही है। अरे, उसी कीकर के पेड़ के पीछे।" अब भी हँसते-हँसते ही वह नहर के किनारे-किनारे अपनी मोटर-साइकिल चलाता हुआ करीब के एक विशाल पीपल के पेड़ के तले जा रुका। मैंने अपनी चीज़ें समेटीं और उसके पास पहुँचा। उसकी पानी की बोतल खोली और अपने प्यास से सूखे गले को तर करने लगा। पानी की कुछ बूँदें मैंने अपने धूल-अँटे चेहरे पर छिड़कीं और पीपल की शीतल छाया-तले पसर गया। लेटकर मुझे बड़ी शांति मिल रही थी।

कीकर के पेड़ों के घने झुरमुट में से सूरजपुर की थोड़ी-थोड़ी झलक मिल रही थी। चारों तरफ गेहूँ के लंबे-चौड़े खेतों का विस्तार था। दाने पके हुए थे और कटाई के लिए तैयार लगते थे। हवा की एक ठंडी लहर गेहूँ के खेतों पर ऐसे बही जैसे किसी झील के पानी में लहर उभरी हो। पेड़ों के नीचे गाय-भैंसें और ग्वाल-बाल गहरी नींद में सोए पड़े थे। गर्मी की दोपहरी में ग्राम्य पंजाब का यह एक ठेठ दृश्य था।

विद्रोह और क्रांति की बातें इस शांतिमय वातावरण में दिमाग में आ ही नहीं सकती थीं। मेरा उत्साह कुछ-कुछ ठंडा पड़ने लगा। मैं सोच रहा था कि सूरजपुर को उसके उजड्ड पिछड़ेपन के साथ बख्श देना ही बेहतर था।

पर हैंसेन का जोश अभी कम नहीं हुआ था। जैसे ही मैंने शांतिमय ध्यानावस्था में अपनी आँखें मूँदीं, उसने बोलना शुरू किया.

"पिछली बार जब मैं यहाँ आया था तो यहाँ संकट मचा हुआ था। सिख अपने गुरुद्वारों में क्रिस्तानों को घुसने नहीं देते थे क्योंकि क्रिस्तान चूड़े-चमारों का काम करते थे, मरी हुई भैंसों की खाल उतारने का धंधा करते थे।"

"ओह," मैंने विनम्रतापूर्वक पूछा, "फिर क्या हुआ?"

"मैंने क्रिस्तानों को कहा कि जाओ और सिखों से कहो, कि अगर तुम लोग हमें अपने गुरुद्वारों में घुसने दो तो हम भैंसों की खाल उतारने का धंधा बंद कर देंगे। तभी गाँव के एक खास कुएँ के पास एक भैंस मर गई। कोई उसे छूने को राजी न हो। सारी जगह कौए और चीलें मँडराने लगे। ऐसी दुर्गंध उठ रही थी कि क्या पूछो। मैं मूलासिह के पास गया। तुम भी उस बुड्ढे से जरूर मिलो। मैंने उसको कहा कि सिखों से बोलो कि बात पर फिर से गौर करें। उसने अपने सिख भाइयों से कहा कि भैंस की लाश वे खुद हटाएँ या फिर क्रिस्तानों को गुरुद्वारों में घुसने दें। भई, यह तो होना ही था। वे मान गए। अब जानते हो, क्रिस्तानों को मरी भैंस की खाल उतारने के पूरे बीस रुपए मिलते हैं। चमड़े के वे अलग से तीस-चालीस रुपए बना लेते हैं। अब गुरुद्वारों में वे जब जी चाहे, आते-जाते हैं। ये सब सिर्फ मूलासिह के कारण ही संभव हो सका। अब देखा तुमने, आपसी जान-पहचान हो तो काम कैसे निकलता है! मैंने तुमको पहले ही बताया था कि परिचय बढ़ाकर तुम इन गाँववालों से कुछ भी करा सकते हो और मूलासिह तो गजब का आदमी है ही। चलो, बेहतर है अब चलें..."

और हम आगे बढ़े। इस बार हैंसेन फटफटिये के ऊपर बैठा था और मैं

उसको पीछे से धक्का लगा रहा था। सड़क भी होती तो बात थी। जुते हुए खेतों और पानी की सूखी नालियों के बीच से मोटर-साइकिल को ठेलना भी क्या आसान कांम था! हैंसेन सचमुच ही लोगों का चहेता था। जो भी उसे देखता, दुआ-सलाम करने पास आ पहुँचता। उसे सबके नाम भी याद थे। अपनी परंपरा के मुताबिक वह सबसे हाथ मिलाता। मेरी तरफ तो किसी का ध्यान ही न गया। न ही कोई धक्का लगाने में मेरी मदद करने को आगे बढ़ा।

मैं हाथ् मिलाते हैंसेन और उसकी फटफटिया को खेतों से धकियाते-धकियाते गली के बाहर गाँव के बीचोंबीच ले आया। हैंसेन ने फटफटिया को एक कुएँ के पास खड़ा कर दिया। तुरंत ही शैतान छोकरों की भीड़ ने उसे घेर लिया। हम दोनों मूलासिंह के घर की तरफ बढ़ गए। गाँव में मूलासिंह ही मेरा पहला परिचित होनेवाला था और मुझे उसी पर अपना सारा समाजवाद झाड़ना था। रात में मुझे गुरुद्वारे के पास एक सभा को संबोधित करना था। तय हुआ कि मूलासिंह मुझे समर्थन देगा। हैंसेन को गाँव के बाहरी अंचल पर बसनेवाले क्रिस्तान परिवारों से मिलने जाना था।

हमने मूलासिंह के घर बिना बताए ही धावा बोल दिया। गाँववालों को साथ लेकर उसके डेरे की तरफ चल पड़े। हैंसेन उनसे मूला सिंह के बारे में तरह-तरह के प्रश्न पूछता जा रहा था, पर कुछ खास जानकारी गाँववाले उसे दे नहीं पा रहे थे। जब हम उसके घर पहुँचे तो देखा, उसकी दोनों बीवियाँ दीवार की छाया में बैठी थीं। पहलीवाली दूसरी के बालों में तेल चुपड़ रही थी। वे दोनों भी मूलासिंह के बारे में चुप साधे बैठी रहीं। इस रहस्मय चुप्पी को ताड़कर हैंसेन भीड़ की तरफ मुड़ा और इसका कारण पूछने लगा। लोग आपस में एक-दूसरे का मुँह ताकने लगे। तभी अचानक मूलासिंह अपनी ड्यौढ़ी पर खड़ा नज़र आया। काफी भारी-भरकम आदमी था, छह फ़ीट से भी ऊँचा। उसके सिर के केश कंधों पर छितरे थे और दाढ़ी से एकाकार हो रहे थे। उम्र होगी करीब साठेक साल। लेकिन चेहरे पर यौवन-सुलभ नटखट मुस्कराहट तैर रही थी।

उसने अपनी बाँहें फैलाईं और हैंसेन को दोस्ताना अंदाज से गले लगाया। उसके बालों और दाढ़ी के झुरमुट से मैंने हैंसेन को अपना नाम पुकारते सुना। अमरीकन को एक हाथ में जकड़े-जकड़े ही मूलासिंह ने मेरी तरफ अपना दूसरा हाथ बढ़ा दिया। उसने हैंसेन को फिर कसकर भींचा और दोनों एक दूसरे को

बाँधे झूमते रहे। मूलासिंह के मुँह से शराब की बू आ रही थी। उसके मुँह से टपकती लार उसकी झबरी दाढ़ी में गिर रही थी। हैंसेन के हल्के-भूरे बालों में भी चाँदी की तारों की तरह मूलासिंह की लार चिपक गई। जब लार उसके बालों से रिसकर खोपड़ी तक पहुँची तो हैंसेन तनिक हिचकिचाया। ज़रा-से झटके के साथ उसने अपने-आपको मूलासिंह के पाश से मुक्त किया ओर हल्के-से उसे थोड़ा पीछे धकेल दिया।

हैंसेन की परवरिश ऐसे माहौल में हुई थी कि अपना आपा खोना उसके स्वभाव में नहीं था। खीसें निपोरते हुए उसने मूलासिंह की छाती पर हल्की-सी धौल जमाई, "बहुत शराब, बहुत शराब…," प्यार से फटकारते हुए वह बोला।

मूलासिंह ने भी अपनी बत्तीसी दिखा दी। दोनों कानों पर हाथ रख अपनी पीली जीभ बाहर निकालते हुए वह बोला, "तौबा, तौबा, अब फिर कभी नहीं पीऊँगा, साहिब! यह आखिरी बार पी थी, बस! आप मेरे घर आए हो और मैं पीकर धुत पड़ा हूँ। अगर आप इस बार माफ़ कर दो और फिर से आने का वादा करो तो कान पकड़ता हूँ, साहिब, शराब को आगे से कभी छूकर भी नहीं देखूँगा।"

हैंसेन ने उसे माफ़ कर दिया और फिर से आने का वादा भी किया। हम लोग मूलासिंह के घर से थोड़ा हताश से होकर वापस लौटे। मैं सोच रहा था कि समाज सुधार के प्रति हमारा उत्साह ज़रा बचकाना था। हैंसेन रूमाल से अपने सिर से मूलासिंह की लार पोंछ रहा था और सिखों को भला-बुरा कह रहा था। वह कहने लगा कि क्रिस्तान लोग इनसे सौ गुना बेहतर थे। वे इस तरह पीते तो नहीं थे। लंबे-लंबे दाढ़ी-बाल तो नहीं रखते थे, जिनसे पसीने और तेल की बासी गंध छूटती रहे। जब से हैंसेन उनसे मिला था, वे एक साफ़-सुथरी क्रिस्तानी जिंदगी जीने लगे थे, जो केशधारी सिखों के तमाम अंधविश्वासो से मुक्त थी। उसने भीड़ को हाथ के इशारे से विसर्जित किया और हम दोनों मिशन स्कूल की तरफ बढ़ने लगे।

हृदय में आशा की उमंग लिए हमने क्रिस्तानों के डेरों में प्रवेश किया। मिस्टर युसूफ मसीह जो कि एक अध्यापक थे, हमारे स्वागत में आगे बढ़े और उन्होंने गेंदे के फूलों की एक माला हैंसेन के गले में डाल दी। सलाम करती जमादार औरतों और बच्चों ने उसको चारों तरफ से घेर लिया। हैंसेन ने बच्चों

को थपथपाया और उनकी माँओं से हाथ मिलाया। उत्साहपूर्वक मुस्कराते हुए वह कहने-लगा कि देखो, सिखों से ये कितने ज्यादा साफ़-सुथरे हैं। उसने ज़िद की कि मैं उनकी झोंपड़ियों के भीतर जाऊँ और अपनी आँखों से देखकर आऊँ।

पहली झोंपड़ी में घुसा तो देखा, दीवार के बीचोंबीच लाल जीभवाली, अष्टभुजा वाली काली माँ का एक बड़ा-सा चित्र लटक रहा था। दूसरी दीवार पर भी तरह-तरह की तस्वीरें लगी थीं। वास्तव में मुझे वहाँ सारे-के-सारे हिंदू देवी-देवताओं की तस्वीरें दिखाई दीं—बाघचर्म पर गले में साँपों की माला लपेटे बैठे शिव, चूहे की सवारी पर आसीन गणेश, उनकी भीमकाय जंघा पर बैठी उनकी प्रेयसी और विशाल कमल पर बैठी श्वेतांबरधारिणी सरस्वती। हैंसेन ने भी उन्हें देखा। मैं उसकी तरफ उन्मुख होकर मुस्कराया। पर उसने अपना मुँह दूसरी तरफ मोड़ लिया। उसने एकदम ही युसूफ मसीह से हाथ मिलाया और शाम को मिलने का वादा करके रुखसत ले ली। हम लोग गाँव के कुएँ के पास खड़े अपनी मोटर-साइकिल की ओर बढ़ने लगे।

बिना एक-दूसरे से कुछ बोले हम काफी दूर तक चलते रहे। हैंसेन बिल्कुल हताश-सा दिख रहा था। मैं भी थोड़ा ऊबा हुआ और थका-थका-सा महसूस कर रहा था। कुएँ के करीब पहुँचे तो हैंसेन बोला—

"यह देश भी अजीब है। समझ में नहीं आता कहाँ से शुरू करें। शुरू भी कर दो तो पता नहीं चलता कि आप ठीक ही दिशा में बढ़ रहे हैं या नहीं। पीछे मुड़ कर देखना चाहो कि कहाँ तक पहुँचे हो तो मालूम होता है कि आप तो वहीं-के-वहीं खड़े हो। यह तो रेगिस्तान में बहती उस नदी की तरह है, जिसका पानी बालू में ऐसे समा जाता है कि निशान भी नज़र नहीं आता।" मैंने कोई टिप्पणी नहीं की।

सूरज ढल चुका था और सूरजपुर गोधूलि के रंगों में रँगा था। चाँद ऊपर उठने लगा था और हल्की-हल्की रेशमी-सी चाँदनी सूरजपुर की संकरी गलियों पर छितराने लगी थी। हैंसेन सोच रहा था कि काश, ये नवधर्मी क्रिस्तान अपने-आपको अंधविश्वास की बेड़ियों से मुक्त कर पाते! काश, सिख अपने आपको विषयासक्तियों से बचा पाते और अपनी मर्दानगी को किन्हीं और रचनात्मक कार्यों में लगाते! काश...काश...काश...! लगता था जैसे सारी दुनिया की मुसीबत उसी पर टूटकर आन पड़ी थी। हैंसेन बेहद परेशान और संतप्त प्रतीत हो रहा था।

अचानक ही उसने बोलना बंद कर दिया। वह ऐसे अकड़कर बैठ गया जैसे बिजली का करेंट-सा लग गया हो। मूलासिंह के आँगन से एक किशोरी बाला निकली, मुश्किल से सोलह साल की होगी। उसने अपने खूबसूरत सिर पर दो घड़े टिकाए हुए थे। वह उसी कुएँ की तरफ बढ़ी आ रही थी जहाँ हम दोनों बैठे हुए थे। उसने मरदों की धारीदार कमीज पहन रखी थी। कमीज पर सामने की तरफ के बटन गायब थे। ग्रीवा से लेकर उसके सपाट उदर तक खुली कमीज उसके युवा वक्ष से दोनों तरफ अस्त-व्यस्त हुई पड़ी थी। हैंसेन की आँखें उसी पर गड़ी थीं।

उसका मुँह खुला का खुला रह गया था।

लड़की ने एक के बाद एक कई घड़े पानी कुएँ से खींचा। और हम उसे टकटकी बाँधकर देखते रहे। हमारा निराशापूर्ण मूड कैसे बदला, कुछ पता चला ही नहीं। बेढंगा, बेतरतीब -सा सूरजपुर का वह गाँव रोमांस और चाँदनी की मधुरिमा में डूबने लगा। अपने सिर पर आखिरी दो घड़े टिकाकर लड़की वहाँ से चली गई। उसकी छरहरी काया मूलासिंह के आँगन में जाकर विलीन हो गई।

हैंसेन धरती पर वापस लौटा, "ओह माइ, ओह माइ , क्या गजब की लड़की थी ! यह मूलासिंह की बेटी थी ? यकीन ही नहीं आता। तुम्हें लगता है क्या ? यह तो रेगिस्तान में खिला एक फूल है और रेगिस्तान के फूल हमेशा ज्यादा सुगंधित लगते हैं। रेगिस्तान की तमाम कमियों को पूरा जो करते हैं। इस लड़की पर तो मुझे एक कविता सूझ रही है।"

हम लोग कुएँ पर काफ़ी देर बैठे रहे। मन में एक अजीब तरह का आनंद भर आया था। हैंसेन अपने मनोभावों को कविता का रूप देने की भरपूर कोशिश में लगा था। तभी देखा, वह उछल पड़ा। उँगलियों को थपथपाते हुए, आकाश की ओर ताकते हुए गुनगुनाने लगा—

"सौंदर्य की प्रतिमूर्ति वह,
रजनी-सी चली आ रही
... ..."

देखो, कैसे चलती है भारत की सरकार

''अच्छा यार, बताओ तो ज़रा कि हिंदुस्तान की सरकार कैसे चलती है ?'' भीतर घुसते ही बौखलाए हुए सुंदरसिंह ने अपने दोनों सहकर्मी स्टेनोग्राफरों की ओर प्रश्न उछालते हुए पूछा। बंगाली बाबू घोष मोशाय ने कचरे की टोकरी में पान की पीक पिच्च-से थूकी और अपनी धोती की किनारी से ठुड्डी पर बहती लार पोंछकर एक शब्द में ही अपनी टिप्पणी दी–''सोत्ति (सचमुच) !''

''हे यू, मिस्टर मद्रासी,'' शंभूमूर्ति की ओर मुड़कर सुंदरसिंह ने आक्रामक स्वर में फिर पूछा, ''वॉट यू से ? क्या कहते हो तुम ?''(सुंदरसिंह की अपने देश के बारे में जानकारी सिर्फ पंजाब तक ही सीमित थी। बंबई से दक्षिण की तरफ रहनेवाले सभी उसके लिए मद्रासी थे) शंभूमूर्ति भी इतने महत्त्वपूर्ण प्रश्न का उत्तर जल्दबाजी में नहीं देना चाहता था। उसने अपने टाइपराइटर के की-बोर्ड से फूँक मारकर धूल उड़ाई और बड़ी-बड़ी भावशून्य आँखों से उस उत्तेजित सिक्ख सहकर्मी को देखने लगा।

''वॉट यू से ?'' सुंदरसिंह ने व्यग्र होकर फिर पूछा। शंभूमूर्ति ने सिर हिलाया और बंगाली बाबू की टिप्पणी में एक शब्द और जोड़ दिया, ''बिल्कुल सच !''

''अरे क्या खाक सच !'' खड़े होते हुए सुंदरसिंह चिंघाड़ा, ''अच्छा, यह बताओ कि ये सेक्रेटरी, एडीशनल सेक्रेटरी, जायंट सेक्रेटरी, डिप्टी सेक्रेटरी वगैरह-वगैरह क्या जानते हैं काम के बारे में ?'' अपने ही मजाक पर हँसते हुए वह जारी रहा, ''क्या करते हैं ये ? बताओ ? यही न कि मीटिंगें अटैंड कर लीं, चाय के कप सुड़क लिए, कुछ मीमो डिक्टेट करा दीं और अपनी मेमसाहबों के पास पहुँचकर कह दिया कि 'बहुत थक गए हैं, बहुत काम करके आए हैं दफ्तर

से, बहुत बिज़ी रहे सारा दिन !' हा-हा, बिज़ी रहे ? हम जानते हैं न कि कितने बिज़ी रहे ? क्यों ?"

उन दोनों ने हामी में सिर हिलाया। और आप इस बात से इनकार नहीं कर सकते कि उनका कहना गलत नहीं, क्योंकि यही लोग भारत सरकार का काम चलाते हैं और जानते हैं कि इसकी जटिल मशीनरी कैसे चलती है ? बाहरी दुनिया के लिए जो लालफीताशाही का मकड़जाल है, इनके लिए वह बाएँ हाथ का खेल है। इन्हें दफ्तरशाही के नियम-कानून अँगुलियों पर रटे होते हैं। नोटिंग्स, मिनिट्स और मेमोरेंडा के महत्त्व को ये जानते हैं। फाइलों के एक अधिकारी से दूसरे अधिकारी तक भटकने की प्रवृत्ति से ये परिचित होते हैं। इनका विश्लेषण सरल और अनुभवों के आधार पर टिका होता है। अगर टाइपिस्ट और स्टेनोग्राफर मीटिंगों के विवरणों को क्रम से और ठीक-ठाक करके प्रस्तुत न करें तो इन बड़े-बड़े अधिकारियों द्वारा लिए गए निर्णय किसी को समझ ही न आएँ। यदि ये आवश्यक कागजातों को संबंधित अधिकारियों के दस्तखतों के लिए न रखें तो सरकार का सारा काम ही ठप्प हो जाए।

कौन-सा वरिष्ठ अधिकारी है जो कार्यप्रणाली के नियमों को इतनी अच्छी तरह जानता होगा, जितनी अच्छी तरह से ये लोग जानते हैं। कौन इनकी तरह रहस्यमय तरीके से समय पड़ने पर फाइलों को गुम कर सकता है और पुनः वक्त आने पर प्रस्तुत भी !

आश्चर्य की बात नहीं थी कि श्रीमान सुंदरसिंह, शंभूमूर्ति और घोष बाबू भारत सरकार के विशाल सचिवालयों के तीस हजार क्लर्कों में से मात्र तीन थे, लेकिन वे अपने आप को प्रशासन का शिलास्तंभ समझ रहे थे। कारण यह था कि वे जानते थे कि बड़े-बड़े फैसले तमाम अफसरों के द्वारा नहीं, बल्कि ऊपर के कुछ एकाध ही बड़े लोगों के द्वारा लिए जाते हैं, पर संस्थाओं को चलानेवाले असली लोग उनके तबके के कर्मचारी ही होते हैं, अफ़सर नहीं।

आपस में सलाह करके जब वे अपने महत्त्व के बारे में एकमत हो गए तो सुंदरसिंह ने घंटी बजाकर चपरासी को बुलाया। "चाय या कॉफी ?" सुंदरसिंह ने अपने सहकर्मियों से पूछा और फिर खुद ही चपरासी को आदेश दे दिया, "दो चाय और मिस्टर मद्रासी के लिए एक कॉफी ! क्विक, फटाफट !"

"आज पहली बार मैं देर से आया," जिस घटना के कारण सुंदरसिंह इतना उत्तेजित हुआ था, उसे उसने तीसरी बार दोहराया, "मुझे कहता है कि

'सुंदरसिंह, तुम लेट आ रहे हो। बताओ, भारत सरकार कैसे चलेगी, अगर सभी तुम्हारे-जैसे लेट आने लगें?' मेरा जी तो कर रहा था कि कहूँ–'मिस्टर, तुम तो न बोलो, तुम खुद तो ग्यारह बजे से पहले कभी नहीं आते। आज पहली बार तुम पंचुअल हो रहे हो और मैं किसी कारण से पाँच मिनट लेट हो गया हूँ तो तुम मुझे लेक्चर पिला रहे हो!' लेकिन यार, तुम लोग तो मुझे जानते हो। इस कल के छोकरे को मैं क्या मुँह लगाऊँ, मेरे मुँह का जायका ही बिगड़ेगा और क्या? मैंने सिर्फ इतना ही कहा–'सॉरी सर, आपको कोई डिक्टेशन देना है?' वह बोला, 'नो, मेरे पास अभी टाइम नहीं है, बाद में बुलाऊँगा। लेकिन इस तरह देर से आना मुझे बिल्कुल पसंद नहीं।'" सुंदरसिंह ने गुस्से से अपने बॉस की नकल उतारी, " 'आई डोंट लाइक पीपल बींग लेट।' वॉट यू से घोष बाबू? हैं?"

घोष बाबू दार्शनिक स्वर में बोले, "इस दुनिया में इंसाफ नहीं रह गया।"

"एब्सोल्यूटली नो जस्टिस, कोई इंसाफ नहीं रह गया," शंभूमूर्ति ने भी हामी भरी।

कॉफी और चाय पहुँच गई। तीनों सज्जन अपने-अपने मेज़ और टाइपराइटर छोड़ कमरे के बीचोंबीच तीन कुर्सियाँ जमाकर बैठ गए। बीच में एक कुर्सी ट्रे के लिए भी लगा ली। सुंदरसिंह ने चाय और कॉफी प्यालों में ढाली और तीनों, काम छोड़ आधे घंटे तक बतियाते-सुस्ताते रहे।

घोष बाबू को पढ़ने का शौक था। अपना ज्ञान बखानते हुए उन्होंने बताया, "जानते हो यूरोप में ग्यारह बजे लोग चाय, कॉफी या कोई स्ट्रांग ड्रिंक पीने के लिए काम रोक देते हैं। वे लोग इसे 'एलेवेंसेस' कहते हैं।"

शंभूमूर्ति बोला, "भई, अंग्रेजी की यह कहावत नहीं सुनी–ऑल वर्क एंड नो प्ले मेक्स जैक ए डल बॉय?"

"लेकिन," सुंदरसिंह ने विरोध किया, "यह कोई 'प्ले' नहीं है। यह तो काम से थोड़ा-सा आराम है। घोष बाबू, ये 'एलेवेंसेस' कितनी देर का होता है?"

"करीब आधा घंटा," घोष बाबू ने साधिकार जवाब दिया, "यू सी, उनके यहाँ तो कोई चपरासी वगैरह नहीं होते। नौकर, कुक, बैरे भी नहीं होते। अपनी चाय, कॉफी खुद बनाते हैं या होटल-रेस्तराओं में चले जाते हैं।"

"काम बिल्कुल रुक जाता है?" सुंदरसिंह ने जिज्ञासा प्रकट की।

"हाँ, पूरी तरह।"

''वंडरफुल !''

''हमको तो एलेवेंसेस के लिए छुट्टी ही नहीं दी जाती,'' शंभूमूर्ति ने शिकायत की, ''हम लोगों को क्लर्क-एसोसिएशन के सामने यह मुद्दा रखना चाहिए।''

''हाँ, हम लोगों को चाय के लिए आधे घंटे का ब्रेक मिलना चाहिए। लेट अस सी,'' सुंदरसिंह ने घड़ी की ओर देखते हुए कहा, ''अभी 10.45 हुआ है। 10.45 से 11.15 तक चाय का ब्रेक होना चाहिए।''

शंभूमूर्ति ने सिर हिलाया, ''हाँ, यह तो पापुलर डिमांड होगा। मैं प्रोपोज़ कर दूँगा।''

फैसले ने उनके मुखमंडलों पर चमक ला दी। सुड़कते-सुड़कते वे चाय-कॉफी पीने लगे। सुंदरसिंह ने चपरासी को बुलाया। उसके, दरवाजे पर नज़र आते ही तीनों ने अपने-अपने बटुए निकाल लिए और पैसे देने के लिए आपस में होड़ लगाने लगे, ''नो, नो, आज मेरी बारी है।'' ''नो, मेरी बारी है, तुमने कल दिए थे।'' हमेशा की तरह जीत सरदार जी की हुई। उसने सहकर्मियों के बटुए वापस उनकी जेबों में ठूँस दिए और चपरासी को पैसे देकर बाहर किया। अपनी-अपनी कुर्सियाँ उठाकर वे फिर अपने टाइपराइटरों के पास पहुँच गए।

11.15 बजे थे। गैर-कानूनी 'एलेवेंसेस' की समाप्ति।

''अरे भाई, आज का समाचार क्या है?'' टाइपराइटर के की-बोर्ड पर फिर फूँक मारते हुए शंभूमूर्ति ने पूछा।

सुंदरसिंह ने घंटी बजाई। चपरासी फिर हाजिर हुआ।

''ओए, मिनिस्ट्री की लाइब्रेरी से अखबारें लेकर आओ ज़रा। बोलना, बड़े साहब को आधे घंटे के लिए चाहिए।''

पाँच मिनट बाद चपरासी अखबारों का बंडल लेकर हाजिर था। तीनों ने अपने-अपने सूबे के मुताबिक अखबारें पकड़ लीं। तीनों उत्सुकता से उनमें आँखें गड़ाए बैठ गए। घोष बाबू का झुकाव राजनीति की तरफ था और वह दुनिया-भर में घटनेवाली खबरों को पढ़ता था। अपने साथियों को भी 'वर्ल्ड अफेयर' के बारे में कुछ न कुछ बताकर उनका दृष्टिकोण विस्तृत करना वह अपना फ़र्ज समझता था। उसने कुछ खबरें छाँटीं और उन्हें पढ़कर सुनाने लगा। साथ-साथ अपनी टीका-टिप्पणी भी देता रहा। शंभूमूर्ति को भी अपने

सूबे की खबरें बहुत रोचक लग रही थीं। पार्टियों के चक्करों, षड्यंत्रों और दलबदल आदि के बारे में सुनाते हुए वह बीच-बीच में 'अइयइयो' भी करता रहा। सुंदरसिंह ने पिछले पन्ने से शुरू किया और मध्य पृष्ठ के आगे नहीं बढ़ सका। "वाह, वाह," सुंदरसिंह चिल्लाया। अभी घोष बाबू को पूर्व और पश्चिम के संघर्षों की ताजा स्थिति बयान करना बाकी था। शंभूमूर्ति भी अभी तक अपने यहाँ के ब्राह्मणों और अब्राह्मणों के बीच की तकरार के बारे में नहीं बतला सका था। सरदार जी ने बीच में ही बोलना शुरू कर दिया, "होम मिनिस्ट्री ने डिफेंस मिनिस्ट्री के विरुद्ध वॉलीबॉल मैच जीत लिया। आज वे लोग लंच टाइम में हमारे विरुद्ध खेलनेवाले हैं। मैं अपनी टीम को फोन करता हूँ।"

सुंदरसिंह टेलीफोन के साथ जुट गया। उसके मंत्रालय के सदस्यों ने खबर पढ़ी हुई थी। पर मैच के बारे में टिप्पणी और गृह मंत्रालय की किस्मत के फैसले पर बातें तो करनी ही थीं न? "ऐसी मुँह की देंगे कि जनम-भर याद रखेंगे," हर बार टेलीफोन का चोंगा रखते हुए सुंदरसिंह के मुँह से यही उद्गार निकलते। अपने साथियों को संबोधित करते हुए उसने कहा, "तुम लोग भी चलो मैच देखने। यह बहुत जरूरी है, यार!"

घोष बाबू ने अखबार को अपने टाइपराइटर पर रखते हुए कहा, "अगर देर हो गई तो? तुम नहीं जानते, ये साहब लोग कभी भी टिफिन से वापस लौट सकते हैं?"

"नेवर बिफोर थ्री ओ क्लॉक मैन, तीन बजे से पहले आ जाएँ तो कहना। जानते नहीं कैसे ये लोग बिज़ी दिखने का ढोंग करते हैं। लंच के लिए हमेशा देर से जाते हैं, ताकि बीवी समझे कि बहुत काम करके आए हैं। भले ही यहाँ से झख मारकर गए हों।"

शंभूमूर्ति ने हामी भरी। यद्यपि उसे खेलों में ज्यादा रुचि नहीं थी, फिर भी अपनी मिनिस्ट्री का उत्साह-वर्धन करना, वह अपना फर्ज़ समझता था। खासकर अपने नजदीकी सहकर्मी का, जो अपनी टीम का सहारा था।

वे सब अपने-अपने अखबारों से फिर चिपक गए। पौने बारह बजने को आए थे।

सुंदरसिंह ने खेल का पन्ना पढ़कर खत्म किया और दूसरे महत्त्वपूर्ण विषय की ओर बढ़ा। वैवाहिक विज्ञापन। जैसे ही कॉलम पर नज़र पड़ी, उसकी आँखों में चमक उभर आई, "घोष बाबू, ये आपके वास्ते है—'बिना बच्चोंवाली

कुमारी विधवा के लिए वर चाहिए।' अगर वह कुमारी है तो बच्चों का सवाल ही कहाँ उठता है? इसका क्या माने हुआ भला?"

"अरे अगर पंजाब की है तो सब हो सकता है," शंभूमूर्ति ने खीसें निपोरते हुए कहा, "हमारे यहाँ ऐसी औरतें नहीं होतीं। यह 'ऐड' देखो, साउथ से है।" और उसने पूरा विज्ञापन पढ़कर सुना दिया, "मि. सिंह, अगर तुम मैरेड नहीं होता न तो एप्लाइ कर सकता था। खाली जन्मपत्री भेजो। उनको मालूम नहीं पड़ेगा तुम्हारा शक्लोसूरत के बारे में। डरेगा नहीं वो लोग तुमसे तुम्हारा ये सब बाल-दाढ़ी देखकर।"

"तुम लोग, यार जन्मपत्री क्यों मँगाते हो? फोटो क्यों नहीं मँगाते?" सुंदरसिंह ने पूछा।

"शक्ल-सूरत तो खाली ऊपर का बात है, अच्छी किस्मत होने से ठीक रहता है न?" शंभूमूर्ति ने शांतिपूर्वक उत्तर दिया।

"और तुम लोगों को कितना प्रेज्यूडिस है? कास्ट और सबकास्ट देखोगे। और सारा टाइम पैसे का सोचोगे। ये देखो पंजाबवाले 'ऐड्स', सब लिखते हैं, 'कास्ट एंड डाउरी नो बार'।"

तीनों साथी अपने-अपने सूबे के वैवाहिक रीति-रिवाजों के बारे में विचार-विमर्श करने लगे और सोचने लगे कि अगर अविवाहित होते तो उनको कितने बढ़िया-बढ़िया मौके मिल सकते थे। पर अफसोस, बेचारे तीनों बीवी-बच्चोंवाले थे।

दरअसल आज यह कोई नई बात नहीं थी। यह तो रोज की दिनचर्या थी उनकी। बल्कि यह इतना अहम विषय था कि वे कभी इससे चूकते नहीं थे। उनकी यह बातचीत दोपहर तक जारी रहती थी।

सुंदरसिंह ने अपना कोट उतारकर अपनी कुर्सी के पीछे दीवार में लगे कील पर टाँग दिया। उसने कागजों के बीच कार्बन लगाकर टाइप करना शुरू किया, 'डियर सर, रेफरेंस योर लेटर नं.…" और उसे अधूरा ही छोड़कर उठ खड़ा हुआ, "अगर मुझे खेलना है तो खाना अभी खा लेना होगा। तुम लोग अपना खाना वॉलीबॉल ग्राउंड में ले आना।"

घोष और शंभूमूर्ति ने सिर हिलाकर हामी भर दी।

सुंदरसिंह ने घंटी बजाई और चपरासी को समझाकर कहा, "देखो, अगर साहब मुझे 12.30 के पहले बुलाएँ तो कहना कि कहीं बाथरूम वगैरह गए

होंगे। बोलना, उनका कोट यहीं मेज के पीछे टँगा है। अगर उसके बाद बुलाएँ तो कहना, लंच के लिए गए हैं। ठीक है?"

चपरासी शैतानी से मुस्कराया।

"हँसते क्या हो?" सुंदरसिंह ने फटकारा, "तुम्हारे वास्ते क्या हम इसी तरह नहीं करते?"

सुंदरसिंह अपने सहकर्मियों को वहीं छोड़कर कैंटीन की तरफ चला गया। उसने खाने का आर्डर दिया। चपातियों की साथ कई तरक की सब्जियाँ मँगाईं। अंत में आइसक्रीम भी। आराम से खाना खत्म किया और चाय मँगाई। चाय को भी गले के नीचे उतार कैंटीन के मैनेजर के पास पहुँच पान चबाते-चबाते गपशप करने लगा।

कैंटीन मैनेजर भी पंजाबी था। पूछने लगा, "सरदार साब, आजकल कौन-सा शौक फरमाया जा रहा है?"

"शौक?" सुंदरसिंह ने उखड़कर पलटकर पूछा, "शौक पूरे करने के लिए वक्त कहाँ है यार? दिन से लेकर रात तक इसी बहन··· आफिस में लगे रहते हैं। जब घर लौटो तो जिस्म में जान ही कहाँ होती है? यह भी कोई जिंदगी है?"

मैनेजर ने बात पाटनी चाही, "सुंदरसिंह जी, किसी को तो काम भी करना ही होगा न? आप लोग नहीं करोगे तो और कौन करेगा?"

सुंदरसिंह ने उदारतापूर्वक स्वीकार किया, पर वह चाहता था कि मैनेजर को उसकी कर्मनिष्ठा के बारे में तनिक भी संदेह न रहे। आखिर, मैनेजर दफ्तर की सारी कानाफूसियों का केंद्र था। सो वह बोला, "कितने लोग हैं जो दफ्तर से बाहर भी कोई-न-कोई साइड-बिजनेस करते हैं। पता नहीं उन्हें टाइम कैसे मिलता है, मुझे तो काम से सिर उठाने की भी फुर्सत नहीं मिलती। अपनी आमदनी तो मुझे भी बढ़ानी चाहिए थी, बीवी-बच्चों के साथ खर्चे कितने हैं। पर मेरे पास वक्त ही नहीं है कि···"

मैनेजर ने उत्साहित होते हुए कहा, "पर हमारे-तुम्हारे जैसे आदमी ये सब नहीं कर सकते। सरकार तुमको तनखाह देती है। जो भी हो, दफ्तर का काम करने के लिए देती है, प्राइवेट बिजनेस चलाने वास्ते थोड़े ही। यह तो सरासर बेईमानी होगी अगर कोई नौकरी में रहते हुए साइड-बिजनेस भी करे। नहीं?"

"हाँ यार, और फिर टाइम और ताकत भी कहाँ बचता है, अपने पास यह सब करने के लिए?"

लोग लंच के लिए आने शुरू हो गए । उनकी बातचीत में बार-बार खलल पड़ने लगा। सुंदरसिंह ने मैनेजर से हाथ मिलाया और रुखसत ली। एक बजकर पंद्रह मिनट हुए थे। खेल शुरू होने में अभी पंद्रह मिनट बाकी थे।

वह धूप में चहलकदमी करते हुए सचिवालयों के साथ लगे लॉन की ओर बढ़ने लगा। छोटे-छोटे गुटों में बैठे क्लर्क अपना-अपना खाने का डिब्बा निकालकर खाने में मशगूल थे। कुछ लोग खोमचेवालों को घेरे हुए भी खड़े थे ? लॉन के बीचोंबीच दो ऊँचे बंबुओं के सहारे वॉलीबॉल का जाल टँगा हुआ था और बहुत-से खिलाड़ी मैच के लिए अभ्यास कर रहे थे। "हैलो, हैलो" करते हुए लोगों ने सुंदरसिंह का स्वागत किया, हाथ मिलाए और पीठ ठोंकी। आखिर वह मंत्रालय का सबसे चहेता व्यक्ति था और अपनी टीम का असली सहारा था। एक सेमी-फाइनल मैच था, अगर वे फाइनल में जीत गए तो धूमधाम से होनेवाले पुरस्कार-वितरण समारोह में मंत्री जी द्वारा पुरस्कार मिलेगा। सुंदरसिंह ने अपनी पगड़ी उतारी और बालों को गुट्टी में बाँधा। ऊपर से रूमाल लगाकर कस लिया। जूते खोलने के लिए वह अपनी टीम के साथ घास पर बैठ गया और खेल की तिकड़मों के बारे में विचार-विमर्श करने लगा।

ठीक एक बजकर तीस मिनट पर मैच शुरू हुआ। सैकड़ों क्लर्क, स्टेनोग्राफर, सुपरिंटेंडेंट आदि चिल्ला-चिल्लाकर उनका उत्साहवर्धन कर रहे थे। घोष बाबू और शंभूमिर्ति भी वहीं बैठे थे। बेफिक्री का आलम था। दफ्तर का काम छोड़कर मैच देखने बैठ जाने के कारण अपराध-बोध की जो थोड़ी-बहुत भावना मन में आई थी, वह भी एक बजे के बाद से गायब हो चुकी थी। अब तो उनका लंच-ब्रेक था ही एक से दो बजे तक। ब्रेक टाइम में वहाँ बैठना गैर-कानूनी नहीं था और फिर बॉस लोग भी तो लंच के लिए घर गए होंगे। तीन बजे से पहले तो क्या ही लौटेंगे। आराम फरमा रहे होंगे घर पर।

मैच चल रहा था। दोनों तरफ से बराबर की प्रतिस्पर्धा थी। दो पारियों के बाद मैच गतिरोध की स्थिति में आ गया। थोड़ी देर के लिए मैच बंद हुआ। अब आखिरी पाँचवीं पारी थी। भारत सरकार के दो सर्वाधिक महत्त्वपूर्ण मंत्रालयों की किस्मत का फैसला इन खिलाड़ियों के हाथ था। सुंदरसिंह जो साफ-सुथरा खेल खेलने का आदी था, निर्णायक क्षणों में अपना जौहर दिखाता रहा। वह शेर की तरह झपटता और नेट के उस पार बॉल को गोली की तेजी से फेंकता।

गृह-मंत्रायल की टीम के होश उड़ जाते और सुंदरसिंह के पक्ष के लोग इतनी जोर से तालियाँ बजाते और वाह-वाह करते कि सचिवालयों के अंदर ऊँघते लोग अपनी खिड़कियों तक पहुँच जाते। कोई शक नहीं था कि सुंदरसिंह ही मैच का 'हीरो' था। वह पसीने में तैर रहा था। पर उसके शुक्रगुजार सहकर्मियों ने उसका आलिंगन किया, कुछ ने उसकी दाढ़ी को चूम भी लिया। विजयगरिमा से भरा सुंदरसिंह वहीं लॉन में सुस्ताने के लिए लेट गया।

दोनों टीमों को ठंडे पेय दिए गए। सुंदरसिंह के साथियों ने मिठाई के स्टॉल पर ले जाकर उसकी आवभगत की। वह उनकी भावनाओं को चोट नहीं पहुँचाना चाहता था, इसलिए सबकुछ खाता रहा। बस मन में कोंचती घड़ी की टिक-टिक ही उसे थोड़ा बेचैन किए हुए थी। तीन बजकर पैंतालीस मिनट पर प्रशंसकों के घेरे से निकलकर वह दफ्तर की तरफ चल पड़ा। लंबी गैलरी में पदार्पण करते ही वह भी चेहरे पर ऐसे भाव ले आए, मानो सबेरे से काम करते-करते थककर चूर हुआ पड़ा हो।

घोष बाबू और शंभूमूर्ति पहले से ही अपनी-अपनी जगह पर विद्यमान थे। उन्होंने उत्साहपूर्वक उसका स्वागत किया और उसके खेल की तारीफों के पुल बाँधने लगे। उन्होंने उसे बताया कि जब से बार-बार टेलीफोन की घंटियाँ बज रही थीं। सभी सुंदरसिंह को बधाई देना चाह रहे थे। संकोच के कारण सुंदरसिंह खुद अपने मित्रों को अपने लौटने की खबर नहीं दे सकता था, सो उसके दोनों सहकर्मियों ने दफ्तरवालों को खबर कर दी कि वह लौट आया है। कुछ ही मिनटों में कमरा क्लर्कों और स्टेनोग्राफरों से भर गया। सारे उसकी पीठ ठोंक रहे थे। उससे हाथ मिला रहे थे। जब वे लौटकर गए तो चार बज चुके थे। सुंदरसिंह थोड़ा व्यग्र-सा दिखने लगा।

"साहब ने मुझे बुलाया तो नहीं था ?"

"नहीं, नहीं, ठीक है। सब ठीक है। साहब किसी मीटिंग में गए हुए हैं। चपरासी ने किसी और स्टेनोग्राफर को नोट लेने के लिए कह दिया था।"

सुंदरसिंह को तनिक राहत महसूस हुई। शंभूमूर्ति और घोष बाबू ने कहा, "भाई, हम लोग तुमको चाय पिलाएँगे। क्या कमाल किया है तुमने यार !"

घंटी एक बार फिर बजी। चपरासी को फिर चाय और कॉफी लाने का आदेश मिला। चार बजे का वक्त भी हो जाता था। अंग्रेजों से एक चीज़ तो हिंदुस्तानियों ने सीखी ही थी—शाम के चाय के वक्त की कद्र करना। ऊँचे से

ऊँचा अफ़सर भी नीचे से नीचे कर्मचारी की चाय के वक्त में खलल डालने से कतराता है।

शाम के चाय के वक्त ही तो तबादलों, तरक्कियों और दफ्तर में चल रहे घोटालों के बारे में बातें करने का मौका मिलता था। पर सुंदरसिंह तो आज मैच में मिली भूरि-भूरि प्रशंसा के खयालों में ही गोते लगा रहा था। उसे यह भी याद नहीं रहा था कि पिछले बॉस ने उसे खराब रिपोर्ट दी थी या नए बॉस का उसके प्रति कितना खराब रवैया था। नया बॉस उसे पसंद नहीं करता था। फिर भी जब सुंदरसिंह ने तबादले के लिए अर्जी दी तो उसने "कैन नॉट बी स्पेयर्ड" (अपरिहार्य) लिखकर उसका तबादला रुकवा दिया था। जब इंसान स्वयं सफल होता है तो वह लोगों से ईर्ष्या करना छोड़ देता है और सबके प्रति उसके मन में अच्छे विचार आ जाते हैं। दोपहर के मैच में मिली सफलता ने सुंदरसिंह के मन में अपने उच्चाधिकारियों के प्रति सारा मलाल धो दिया।

शंभूमूर्ति ने भी कॉफी पीते-पीते कहना शुरू किया, "मैंने तो पहले भी कहा था कि सरकारी नौकरी में तरक्की का रास्ता बड़ा आसान है, भाई! सिर्फ अपने ऊपर वाले बॉस को खुश रखो और बाकी सब भूल जाओ। तरक्की का काम और काबलियत से कोई ताल्लुक नहीं। जो बॉस कहे, उसको बस 'यस सर, यस सर' कहके मानते रहो। दिन-त्यौहारों पर उसके घर मिठाइयाँ और फूलमालाएँ लेकर जाओ। उसके परिवार को प्रसन्न करो, उसके बच्चों से खेलो। उसके घर के छोटे-छोटे काम कर दो, जैसे जरूरत पड़ने पर एलैक्ट्रीशियन या प्लंबर को ले आओ। बस देखो, तुम्हें ए-प्लस रिपार्ट न मिले तो कहो! तब कोई तुम्हें छू भी नहीं सकेगा। प्रोमोशन पर प्रोमोशन होती जाएगी। अरे, अगर चाहो तो इसी तरह तुम अंडर-सेक्रेटरी तक भी बन सकते हो।" खैर, अंडर-सेक्रेटरी बनने के ख्वाब देखना तो किसी स्टेनोग्राफर की महत्त्वाकांक्षा की चरम सीमा से भी बढ़कर था।

"मि मद्रासी, यह तो मैं कभी कर ही नहीं सकता।" सुंदरसिंह ने गर्वपूर्वक कहा। बेचारा भूल ही गया था कि अपने इन्हीं दोनों सहकर्मियों की राय पर, इनकी जानकारी में ही ऐसा वह अनेक बार कर भी चुका था। उसने फिर दोहराया, "नेवर, कभी नहीं; क्यों, क्या कहते हो घोष बाबू?"

घोष बाबू ने सहमति में सिर हिलाया कि वे तीनों दोस्त औरों की तरह ऐसा करके अपने आपको कभी नीचा नहीं गिरा सकते। अगर काम और योग्यता ही

सफलता की पहचान थी तो दुनिया में इसी के बल पर किसी से भी प्रतिस्पर्धा करने में नहीं चूकेंगे। इस बात पर हामी भरकर तीनों ने आपस में हाथ मिलाए और घर जाने को उठ खड़े हुए। पूरे पाँच बजे थे। दफ्तर बंद होने का यही वक्त था।

सुंदरसिंह ने अपनी साइकिल उठाई और सचिवालय से निकलकर उस सड़क पर मुड़ गया जिस पर अनेक साइकिल-सवार उन मुहल्लों की ओर बढ़ रहे थे, जहाँ बड़े परिवारों और कम आयवाले क्लर्क लोग रहते थे। सब ऐसे थके जान पड़ रहे थे जैसे दिन-भर कड़ा परिश्रम करके लौट रहे हों। सुंदरसिंह तो और भी ज्यादा। वह अक्सर घर जाते हुए सड़क के किनारे हाट लगाए कै बैठे कुँजड़ों से सब्जी वगैरह खरीदकर ले जाता था। पर आज वह वैसे ही निरुत्साह भाव से उधर से गुजर गया।

घर पहुँचने पर हमेशा की तरह उसी तौर से स्वागत हुआ। उसका पाँच साल का लड़का उसे देखते ही दौड़ा आया और अपने भाप्पा जी की साइकिल पर बैठकर घूमने की ज़िद करने लगा। आज सुंदरसिंह ने उसे झिड़ककर अलग कर दिया। बीवी की ओर भी नहीं देखा और आँगन में चारपाई पर जाकर निढाल हो गया। उसकी तीन साल की लड़की उसके पेट पर चढ़कर कूदने लगी। आज सुंदरसिंह ने उसे बेमन से नीचे उतारकर भगा दिया। बच्चे डरकर माँ के पास रसोई में चले गए।

"बहुत थक गए हो क्या?" पत्नी ने पूछा, "आज क्या दफ्तर में बहुत ज्यादा काम था?"

"काम तो हर दिन ही बहुत ज्यादा होता है। तू तो औरत है न? घर में बैठी रहती है। तू क्या जाने कि भारत-सरकार कैसे चलती है, अगर हम लोग काम नहीं करें तो?"

मि. कंजूस और उनका चमत्कार

''किसी ने कृष्ण जी से पूछा कि 'महाराज, बताइए तो संसार का सबसे बड़ा चमत्कार क्या है ?' '' मि. कंजूस ने अपने हाथ में व्हिस्की का गिलास घुमाते हुए कहा और खुद ही महाराज कृष्ण का उत्तर भी बताने लगे, ''कृष्ण जी ने कहा, 'सबसे बड़ा चमत्कार है कि यद्यपि मनुष्य जानता है कि उसकी मृत्यु निश्चित है, फिर भी वह मृत्यु के बारे में कभी नहीं सोचता' '' गिलास की व्हिस्की एक ही घूँट में गले के नीचे उतारकर वे खाली गिलास में झाँकने लगे।

मिसेज़ कंजूस ने बात आगे बढ़ाई, ''मेरे पति तो हमेशा यही कहते हैं कि भैया, धन-दौलत को हम अपने साथ तो ऊपर लेकर जानेवाले नहीं। सो यहीं पर खा-पी-उड़ाकर मौज़-मस्ती करो।'' उसने भी अपने गिलास की व्हिस्की गटक ली और मेरी ओर सहमति की अपेक्षा करती हुई दृष्टि फेंकी। उनका पहला पैग मेरे सौजन्य से था। दूसरे के लिए भी मैंने आदेश दे दिया। और देता भी क्यों न ? अपना रुपया-पैसा मैं ऊपर तो लेकर जा नहीं सकता था। सो हम सबने दूसरा पैग पिया और फिर तीसरा। बिल आया, मैंने दस्तखत कर दिए। कंजूस दंपत्ति कूच के लिए उठ खड़े हुए।

बड़ी गर्मजोशी से मुझसे हाथ मिलाते हुए मि. कंजूस ने कहा, ''भई, आप हमारे यहाँ आइए और हमारे साथ खाना खाइए।''

''हाँ-हाँ, जब चाहो आ जाओ। जो दाल-रोटी हम खाएँगे, आप भी खाना हमारे साथ।'' मिसेज़ कंजूस ने भी पति का साथ दिया।

कितना विसंगत लगता है न ? ऐसे उदार व्यक्ति का इस तरह का नाम ? अनजान-अपरिचित को भला कौन खाने पर बुलाता है ? आज से पचास साल पहले की बात है और पिछले पचास सालों से मुझे दाल-रोटी खाने के ऐसे सैकड़ों

निमंत्रण मिल चुके होंगे, पर पता नहीं क्यों, मैं कभी इनका लाभ उठा ही नहीं पाया। जबकि कंजूस दंपत्ति मेरी दाल-रोटी में हिस्सा बँटाने कई बार आते रहे। बड़ा समझदार जोड़ा था। उसी वक्त आते थे, जब हम डिनर से पहले की शराब पी रहे होते। वे 'वन फार द रोड' तक रुके रहते। तब तक डिनर का वक्त हो चुका होता। सो 'घर पर खाना तैयार है' के बावजूद मिसेज़ कंजूस को नौकर को फोन करना पड़ता कि वे आज बाहर खाकर लौटेंगे।

यद्यपि कंजूस दंपत्ति के घर खाना खाने का मौका मुझे नसीब नहीं हो सका, फिर भी मैं उनकी खान-पान और दूसरी आदतों के बारे में अच्छी तरह जान गया था। एकाध चपाती ही तो खा आता वहाँ? उसमें क्या रखा था? अपने विचारों और मानसिकता का कितना उत्कृष्ट भोजन वे मुझे कराते रहते थे?

अपनी पहली मुलाकात के बाद ही मुझे पता चल गया था कि वे भी गोल्फ क्लब के सदस्य थे। वे नियमित रूप से क्लब जाते थे। फिर भी मैंने उन्हें पहले कभी वहाँ देखा क्यों नहीं? लेकिन देखता कैसे? मेरे वास्ते क्लब जाने का मतलब था गोल्फ का हरियाला मैदान और उनके वास्ते इसका अर्थ था क्लब का 'बार' यानी मयखाना। मुझे अपने पास बुलाकर कंजूस महोदय ने अपनी उदारता का परिचय देते हुए कहा, ''कम एलांग एंड जॉयन अस। क्या ड्रिंक लोगे, यार?''

''आप जो भी ले रहे हैं, ले लूँगा,'' कहने के बाद ही मुझे पता चलता कि उन्होंने अभी कुछ भी मँगाया हुआ नहीं था। मैंने पूछा, ''परहैप्स ए स्मॉल बियर। बियर चलेगी। आप क्या लेंगे?''

''आइ डोंट माइंड…'' शरमाती हुई-सी मिसेज़ कंजूस बोलीं।

बैरा आया और कंजूस साहब ने आदेश दिया, ''साहब के लिए एक बियर, मेम साब के लिए छोटा व्हिस्की, हमारे लिए बड़ा।''

ड्रिंक आई। स्कॉच की चुस्कियाँ लेते हुए कंजूस दंपत्ति मुझे बताते रहे कि कितने लोगों को उन्होंने अपने घर दावतों में बुलाया और कितने उनकी शराब पी-पीकर 'आउट' हुए। ''भई, अगर ड्रिंक ऑफर करो तो खुले दिल से करनी चाहिए,'' अपनी पैंट की गैलेसों में अँगूठे फँसाकर कंजूस साहब कहते, ''आजकल तो जो व्हिस्की लोग दूसरों को सर्व करते हैं, उससे तो मैं टोमैटो-जूस पीना ज्यादा पसंद करूँ। अरे सोडे के गिलास में इंडियन व्हिस्की की दो-चार बूँदें छिड़क देते हैं और कहते हैं कि पियो…''

मैंने हामी भरी और ज़ोश-खरोश से हामी भरने के बाद फिर स्कॉच के दो डबल पैगों और बियर का आदेश कैसे न देता। मि. कंजूस ने थोड़ा नखरा दिखाया, ''मैं वैसे तो ज्यादा नहीं पीता, पर अगर आप जोर देते हैं तो…''

मैंने जोर दिया ही था। मिसेज़ कंजूस ने पति की उदारता का व्याख्यान आगे बढ़ाया। राज के दिनों की बातें उन्हें याद आने लगीं, जब लोग खुले दिल से आवभगत करते थे। वे बोलीं, ''मुझे याद है कि 1930 में यह क्लब कैसा था। हर रात करीब दर्जन-भर पार्टियाँ होती थीं। क्यों, डार्लिंग? हर हफ़्ते कम-से-कम एक या दो पार्टियाँ तो हम लोग ही देते थे।'' कंजूस साहब ने हाँ में हाँ मिलाई। ''अब'', मिसेज़ कंजूस चालू रहीं, ''अब तो कोई किसी को पूछता ही नहीं। बस, सब चाहते हैं कि उन्हीं को खिलाया-पिलाया जाय इट इज़ ऑल ए वन वे ट्रैफिक। आजकल जैसे-जैसे लोग क्लब आते हैं, उनसे तो मिक्स करने का भी जी नहीं चाहता। हमें तो अब खबर ही नहीं कि यहाँ कौन-कौन आता-जाता है। बस एकाध पैग पीते हैं और घर चले जाते हैं।''

मि. कंजूस ने और फिर मैंने सिर हिला दिया।

मैंने देखा, बैरा कैशियर से बिल बनवा रहा था। ऐन मौके पर कंजूस साहब 'टायलेट' की तरफ रवाना हुए। बैरा आया और मुझे ड्रिंक के दोनों दौरों के बिलों पर दस्तखत करने पड़े। मि. कंजूस वापस लौटे तो बैरे को बुलाकर पूछने लगे, ''वॉट, तुमने दोनों राउंडों का बिल साइन करा लिया?'' पर क्षण-भर में ही मेरी हड़बड़ी के लिए मुझे माफ़ करते हुए बोले, ''अच्छा, कोई बात नहीं, अगली बार हम लोग ही साइन करेंगे, यह पक्का रहा। तो यार, घर आओ न कभी?''

''और जो रूखी-सूखी दाल-रोटी हम खाएँगे, आप भी…'' श्रीमती जी भी बोल पड़ीं।

अगली बार क्लब में मिले तो फिर कुछेक पैग स्कॉच के चले। बैरा बिल लेकर आया तो कंजूस जी एक जरूरी टेलीफोन करने खिसक गए। तीसरी बार एक साथ पीना हुआ तो बिल के पहुँचने पर कंजूस महोदय किसी मित्र के साथ गपशप करने में इतने मशगूल हुए कि उधर उनका ध्यान ही नहीं गया।

मैं भी नीचता पर उतर आया और कंजूसों से कन्नी काटने लगा। मुझे लगा, ये लोग पर जीवी किस्म के इंसान हैं। लेकिन किस्मत को यह मंजूर नहीं था। किस्मत में तो लिखा था कि मेरी और उनकी हमेशा मुठभेड़ होती रहे। गर्मियों में एक अंतर्राष्ट्रीय सम्मेलन में जाने के लिए हम दोनों को मनोनीत किया गया

था। सम्मेलन कई महीने चलनेवाला था, सो एक-दूसरे से अक्सर मिलना हो जाता था।

मि. कंजूस मुझसे अधिक उदार थे। उन्होंने अपने खर्चे पर बीवी-बच्चों को साथ ले जाने का निर्णय किया। डेलीगेशन को मना लिया कि उनकी पत्नी को सेक्रेटरी के रूप में ले लिया जाए। तेज-तर्रार तो वह थी ही। अपने 15 साल के लड़के को 12 साल का बताकर आधी टिकट पर ले गए। मुझे यह सब क्यों नहीं सूझा ? मैं तो अपनी पत्नी का यूरोप तक का किराया भी नहीं खर्च सका।

कंजूस और मैं एक ही होटल में ठहरे थे। उन्होंने सिंगल बेडरूम लिया था। पत्नी उनके साथ थी। राजनयिकों को सस्ते दामों पर मिलनेवाली एक गाड़ी भी उन्होंने ले ली। होटल के सामने सड़क पर लगा देते। बच्चे दिन होटल में बिताते, रात को कार में सोने चले जाते। सबेरे जल्दी उठकर आते और पापा के बाथरूम में नहा-धोकर तैयार हो जाते। तब मि. कंजूस अपने नाश्ते का आर्डर देते। सारी-की-सारी मैन्यू मँगा ली जाती– फ्रूट जूस, अंडे, बैकन, सॉसेज़ फ़िश, फ्रूट्स, कॉफी–कुछ भी बाकी न रहे। इस प्रकार एक आदमी के नाम का नाश्ता सारा परिवार मिल-जुलकर खा लेता।

दिन में मि. कंजूस मीटिंगों में रहते। पत्नी डेलीगेशन की खतो-किताबत सँभालती। दोनों बच्चे निःशुल्क कला-बीकियों और अजायबघरों के चक्कर लगाते रहते। दोनों बच्चों में बड़ी थी लड़की। उम्र थी अठारह साल। हफ़्ते में एक बार वह मेरे पास आती। आने से पहले फोन कर लेती कि मुझसे कुछ सलाह चाहिए थी, इसलिए मिलना चाहती थी। मैं हाँ कर देता तो पॉकेटबुक और पैंसिल पकड़े आ धमकती। मुझे अपने ऊपर गर्व होने लगता। मेरी बुद्धिमत्ता का लाभ उठा चुकने पर जब वह जाने को उठती तो मैं उससे लंच का प्रस्ताव करता, जिसे वह सहर्ष स्वीकार कर लेती। मैं अपने आपको खुशनसीब समझता। यह तो मुझे बाद में पता चला कि हफ़्ते में एक बार डेलीगेशन के अन्य सदस्यों को भी उसे अपनी सलाह देने का मौका मिलता था। मिस कंजूस उन्हें ध्यानपूर्वक सुनने में लगे अपने वक्त की क्षतिपूर्ति उनके साथ लंच खाकर ही किया करती थी।

शाम को सारा कंजूस-परिवार एक साथ ही दिखाई देता। कांफ्रेंस-बिल्डिंग में डेलीगेशन के लिए कितने ही स्वागत-कक्ष थे। अक्सर डेलीगेशन के नेता व निदेशक आदि यहाँ दावतें देते थे। निमंत्रित भी वैसे ही नेताओं और निदेशकों

आदि को किया जाता था। मेरे या कंजूस के-जैसे लोगों को वहाँ कौन पूछता था। लेकिन कंजूस इस प्रकार के वर्गभेद से भला कहाँ घबरानेवाले थे। वे किसी-न किसी रिसेप्शन में किसी-न-किसी तरीके से पहुँच ही जाते थे।

तरीका एक ही होता। कंजूस साहब कॉरीडार में ऐसे भटकते जैसे उनका कुछ बिला गया हो और वे खोज में लगे हों। द्वार पर खड़े मेजबान से अनजान बनकर पूछते, ''आपने मेरी वाइफ को तो नहीं देखा ?'' मेजबान कहते, ''नहीं, उन्हें तो नहीं देखा, पर आप आइए न ! एक ड्रिंक तो लीजिए।'' थोड़ी ना-नुकुर के बाद कंजूस जी ड्रिंक के लिए राजी हो जाते और मेहमानों की भीड़ में घुलमिल जाते। थोड़ी देर बाद मिसेज़ कंजूस भी वैसे ही कुछ ढूँढ़ती हुई वहाँ पहुँचतीं। मेजबान से पूछतीं, ''आपने मेरे हस्बैंड को देखा है क्या ?'' ''हाँ, हाँ, देखा क्यों नहीं ? यहीं कहीं होंगे। देखिए। और एक ड्रिंक भी लीजिए न, फिर उनको लेकर जाइएगा।'' सो वे भी भीड़ में वैसे ही खो जातीं। कुछ मिनटों बाद दोनों बच्चे अपने माँ-बाप को ढूँढ़ते हुए आते। हो गया कि नहीं सारा परिवार इकट्ठा। बस फिर चारों टूट पड़ते 'स्मोक्ड सैलमन सैंडविचों' और 'मीट पैट्टीज़' पर। बाद में पता चला कि ऐसी शामों को मिसेज़ कंजूस बच्चों के कानों में किसी प्राचीन भारतीय भाषा में कोई मंत्र फूँकतीं थीं। यह भी लक्ष्य किया गया था कि इस मंत्र के फूँकने के बाद ही दोनों बच्चे मेजों पर पड़ी तरह-तरह की स्वादिष्ट सामग्री की तरफ बढ़ते थे। काफी कान देने के बाद डेलीगेशन के सदस्यों को पता चला था कि यह मंत्र पंजाबी का यह वाक्य था।—''पुत्तर, जो छकना ए छक्को, रेस्टोरेंट नईं जाना पवेगा।''

कोई आश्चर्य की बात नहीं थी कि उन्हें सब लोग जान गए थे। एक तो इसलिए कि वे तुरंत ही लोगों की दावतें स्वीकार कर लेते। दूसरे इसलिए कि उनकी अट्ठारह साल की लड़की मिस भूखी कंजूस गजब की खूबसूरत थी। विदेशी उसके सामने पतिंगों की तरह गिरते। उनके उत्साह की छूत हिंदुस्तानियों को भी लगी। अभी तक तो हिंदुस्तानी परिचित यही समझते थे कि बच्ची है, प्यारी-सी। एक दिन ब्याही जाएगी किसी आई. ए. एस. या आई. एफ. एस. अफसर के साथ या फिर किसी टी.एस्टेटवाले के साथ। लेकिन ये जो लम्पट विदेशी एक के बाद एक इसका हाथ चूमते रहते थे, इससे तो किसी देशभक्त हिंदुस्तानी को इसे बचाना ही पड़ेगा, अपनी श्रीमती बनाकर। खुशी की बात है कि ऐसे मौकों पर हिंदुस्तानी कभी पीछे नहीं रहते। एक युवा आई.

एफ. एस. अफसर, जिसके ऊपर कितनी ही हिंदुस्तानी माताएँ अपनी सुपुत्रियों के लिए नज़रें गड़ाए बैठी थीं, मिस भूखी कंजूस पर लट्टू हो गया। अब उसका इरादा क्या था, खुदा जाने, पर मम्मी कंजूस ने ऐसी चाल चली कि उसका इरादा नेक करके ही छोड़ा। बुद्धू सेन, जी हाँ यही नाम था उस भलेमानस का। हाँ तो बुद्धू सेन जाल से निकलने के लिए थोड़ा तड़फड़ाया भी, पर कंजूस-परिवार की साजिशों के सामने उसकी एक न चली। बुद्धू सेन ने ऐसे दिखाया कि वह शादी के लिए तो तैयार था, पर शादी हिंदुस्तान में ही जाकर करेगा, जब छुट्टियों में स्वदेश लौटना होगा। मम्मी कंजूस इस योग्य कुँवारे बुद्धू को यूरोप में अकेला छोड़ने के परिणामों से परिचित थीं। फिर विदेश में कार्यरत आई. एफ. एस. अफसर हिंदुस्तान में लगे दो-दो आई. ए. एस. अफसरों के बराबर बैठता था। उसने मौके को हाथ से न जाने देने का भरपूर प्रयत्न किया। घोषित कर दिया कि बुद्धू और भूखी की जन्मपत्रियों के अनुसार शादी सात समुंदर पार ही होनी निश्चित है।

हैरानी हुई कि हिंदू-विवाह विदेश की अहिंदू आबोहवा में किस कदर संभव हो सकता है ? दहेज के लिए और शादी की दावत आदि के लिए विदेशी मुद्रा का इंतजाम कैसे होगा ? हम लोगों को कंजूसों पर तरस आने लगा। हमने सोचा कि आपस में चंदा इकट्ठा करके ही कंजूस-परिवार की मदद कर दें। पर इसकी कोई जरूरत नहीं पड़ी।

मम्मी कंजूस ने फिर अपने पंडित से मशविरा किया। 'बॉन' में कैसे उसे पंडित मिला, यह भी रहस्य ही था। पंडित ने घोषणा की कि भावी सुख को मद्देनज़र रखते हुए भूखी और बुद्धू का विवाह 15 अगस्त को तीन बजे एक निश्चित स्थान पर ही होना चाहिए। नक्शे की अच्छी तरह जाँच-पड़ताल करने पर पता चला कि यह स्थान भारतीय दूतावास की इमारत था। मम्मी कंजूस दूतावास गईं और अपने दुख-दर्द का किस्सा उसने राजदूत और उनकी पत्नी को कह सुनाया। सुबकते-सुबकते उसका समाधान-भी स्वयं ही बता दिया। अगर आधे घंटे के लिए भी उसे दूतावास का स्वागत-कक्ष मिल जाए तो वे अपने मेहमानों को चार बजे के पहले विदा कर देंगे। पाँच-छः मेहमान ही तो होंगे। एक देशभक्त हिंदुस्तानी की हैसियत से वह समझती थीं कि उस दिन पंद्रह अगस्त है और स्वागत-कक्ष को जल्दी खाली कर देना होगा।

राजदूत व उनकी पत्नी मम्मी कंजूस की दुखभरी गाथा से प्रभावित हो गए

थे। वैसे भी बुद्धू सेन उनके ही 'स्टाफ' का सदस्य था और फिर हिंदू विवाहित जोड़ा तो स्वतंत्रता दिवस-समारोह में और भी चार चाँद लगा देगा। उन्होंने सहर्ष सहमति दे दी। और जैसा कि मम्मी कंजूस का अंदाजा था, उन्होंने कहा कि शादी के मेहमानों को जल्दी विदा करने की जरूरत नहीं है। वे सब स्वतंत्रता-दिवस की 'रिसेप्शन' तक रुके रह सकते हैं। कुछ और लोगों को भी निमंत्रित कर दिया जाए तो भी फिक्र नहीं।

पापा कंजूस ने शादी के निमंत्रण-पत्र छपवाने पर खासा खर्च किया। बढ़िया आइवरी कागज पर संस्कृत-शब्दों सहित छपवाए थे। किन-किन महत्त्वपूर्ण लोगों को निमंत्रण-पत्र देने थे, यह जिम्मा भूखी ने स्वयं लिया। अतः निर्मंत्रित किया गया डेलीगेशनों के अध्यक्षों और राज्य व केंद्रीय मंत्रियों को जो कि लोकसभा और विधानसभाओं के अवकाश-काल में यूरोप में छुट्टियाँ बिताने के आदी थे। मम्मी कंजूस ने बड़ी नज़ाकत से लोगों को समझाया कि हिंदू-रीति के अनुसार दुल्हन को अपनी बेटी ही समझा जाता है और बेटी को विदा होते वक्त कोई न कोई उपहार तो देना ही होगा—अब आप भले जो भी दो, चाहे दो पैसे की चीज ही सही। पर खाली हाथ आना तो अपशकुन होता है।

अतएव सौभाग्यवती भूखी कंजूस और श्रीयुत् बुद्धू सेन का विवाह-संस्कार सुचारू रूप से संपन्न हो गया। निर्मंत्रित अतिथि, जिनकी संख्या 100 से क्या ही कम होगी, ठीक तीन बजे पहुँचे और स्वतंत्रता दिवस-समारोह के रिसेप्शन (दावत) तक रुके रहे। इतने उपहार आए कि मास्टर कंजूस को घूस देकर उनकी निगरानी करने के लिए रोकना पड़ा।

बहुत बढ़िया पार्टी हुई। विदेशी मेहमानों के जाने के बाद राजदूत महोदय ने नवविवाहित जोड़े के स्वागत में शैंपेन की बोतल खोली। दीवाली की आतिशबाजियों की तरह कॉर्क खुले और झागदार शराब गंगाजल की तरह बही। अच्छी तरह पीने के बाद कंजूस दंपत्ति अपने असली रूप पर उतर आए। पापा कंजूस ने अपनी गैलेसों में अँगुलियाँ फँसाकर कहना शुरू किया—"अपने बच्चों के प्रति अपना फर्ज़ निभाकर कितनी खुशी होती है! और भला किसलिए जीता है इंसान। अरे भई, मैं पूछता हूँ कहाँ लेकर जाना है ये रुपया-पैसा? खर्च करो। अरे, जब तक जिंदा हो, जमकर खर्च करो। वही तो कहता हूँ कि अर्जुन ने एक बार कृष्ण महाराज से पूछा कि 'दुनिया का सबसे बड़ा चमत्कार क्या था?' और कृष्ण जी ने उत्तर दिया···"

लंदन में एक प्रेम-प्रसंग

''कृपया ध्यान दें। हम लोग लगभग 15 मिनटों में लंदन हवाई अड्डे पर उतरनेवाले हैं। कृपया धूम्रपान मत करें और अपनी-अपनी पेटियाँ बाँध लें। धन्यवाद !''

द्वार के ऊपर चमकता फलक संभवत: अधिक निर्विवाद था। लाल रंग की बत्तियों में साफ़ झलक रहा था, ''सीट बेल्टें बाँधिए, धूम्रपान मत करें।''

कामिनी ने खिड़की के बाहर देखा। हवाई जहाज अब भी रुई के सफेद फाहों की तरह नीचे फैले बादलों के ऊपर उड़ रहा था। उसे अब भी विश्वास नहीं हो रहा था कि पंद्रह मिनटों में वह इंगलैंड में पहुँचनेवाली थी। उसने इंगलैंड के बारे में काफी कुछ पढ़ रखा था। अपने मित्रों और परिचितों से भी बहुत कुछ सुन रखा था। काफ़ी कुछ चित्रों में भी देखा हुआ था। पर फिर भी उसने यह नहीं सोचा था कि कभी वह यहाँ रहने भी आएगी। संभवत: चमत्कारों का युग अभी समाप्त नहीं हुआ था। छात्रवृत्ति के लिए महीने-भर के जानलेवा अनिर्णय, पासपोर्ट, वीसा, विदेशी मुद्रा, आयकर क्लियरेंस, स्वास्थ्य प्रमाणपत्र आदि की बाधाओं को पार कर वह तो सचमुच ही लंदन की उड़ान भर रही थी।

''आपकी सीट-बेल्ट, मैडम !'' विमान परिचारिका ने विनम्रतापूर्वक उसे याद दिलाया।

''ओह, हाँ, सॉरी,'' बुदबुदाते हुए कामिनी ने अपनी कमर में पेटी कस ली।

वह सोच रही थी कि पता नहीं लंदन में उसका दिल भी लगेगा कि नहीं। उसने इसके बारे में जो कुछ सुना था या पढ़ा था, उससे तो साफ ज़ाहिर था कि यह एक बहुत ही खूबसूरत मुल्क है। लेकिन यहाँ के निवासियों को लेकर वह कुछ आश्वस्त नहीं थी। उसके परिवार के लोगों को अंग्रेजों ने बहुत कष्ट दिए

थे। असहयोग आंदोलन के दौरान उसके पिता और भाइयों को कई बार जेल जाना पड़ा था। वह स्वयं भी यूनिवर्सिटी के अपने प्रथम वर्ष में सात दिनों के लिए जेल में रह चुकी थी। वहीं पर वह पहली बार किसी अंग्रेज से मिली थी—जिला मजिस्ट्रेट रॉबर्ट स्मिथ से।

यह एक बहुत विलक्षण मुलाकात थी। 1942 के 'भारत छोड़ो' आंदोलन के दिन थे। कालेज की लड़कियों के एक जत्थे के साथ वह भी गली-गली घूम-घूमकर देशभक्ति के गीत गाने गई थी। लड़कियाँ रास्ते में किसी अंग्रेज को देखतीं तो 'भारत छोड़ो' के नारे लगाने लगतीं। उन लोगों को पुलिस ने पकड़ लिया और उन पर मुकदमा चलाने के लिए गिरफ्तार कर लिया। उसको छोड़कर सभी लड़कियों ने अपना अपराध कबूल कर लिया था। लड़कियों को आगे के लिए चेतावनी देकर रिहा कर दिया गया, पर कामिनी को पुलिस ने हिरासत में ले लिया और कुछ समय बाद जिला मजिस्ट्रेट रॉबर्ट स्मिथ के सामने पेशी के लिए ले जाया गया।

कामिनी को वह दृश्य अब भी हू-ब-हू याद था। मानसून उन दिनों अपनी तजी पर था। अदालत से पसीने, कागज और स्याही की सीलनभरी मिली-जुली गंध उठ रही थी। वहाँ लगभग अँधेरा था, सिवाय दो लैंपों से पड़ते प्रकाशवृत्तों के। एक तो मजिस्ट्रेट की मेज पर जल रही थी और दूसरी उसकी बगल में बैठे पीले कागजों की फाइल पर झुके क्लर्क के सामने। मजिस्ट्रेट भूरे बालोंवाला एक युवा अंग्रेज था। उसने आधी बाँहों की कमीज पहन रखी थी और ढीली की हुई टाई उसके गले में झूल रही थी। फैसले के लिए खड़े लोगों से निरपेक्ष वह एक किताब पढ़ने में मशगूल था।

क्लर्क ने कामिनी और उसके पिता का नाम पढ़ा और उसके अपराध के बारे में बताया।

''कसूरवार कबूल करती हो कि बेकसूर?'' क्लर्क ने हिंदी में पूछा।

''बेकसूर!'' लड़की ने जवाब दिया।

''पूछो, इसकी उम्र क्या है?'' मजिस्ट्रेट ने बिना उधर देखे ही धीरे-से कहा।

''सेवेंटीन,'' कामिनी ने सीधे अंग्रेजी में ही जवाब दिया।

''इससे कहो कि अपने स्कूल में वापस लौट जाए और पढ़ने में दिल लगाए।''

''इनसे कहो कि ये इंगलैंड लौट जाएँ और अपने देश का बंदोबस्त सँभालें।''

मजिस्ट्रेट ने झटके के साथ ऊपर देखा। उसकी कंजी आँखें कंधों पर झूलते बालों से घिरे उस सुंदर मुख पर पड़ीं और फिर धीरे-धीरे उसकी लंबी ग्रीवा और मोहक देहयष्टि से फिसलती हुई पुनः उसके चमकते हुए अवज्ञाकारी निडर नेत्रों से आ मिलीं।

''इनक्रेडिबल, (अविश्वसनीय),'' वह बुदबुदाया। ''अजीब संयोग है,'' उसने लड़की पर से नजरें हटाए बिना ही क्लर्क से पूछा, ''क्या नाम बताया ?''

''कामिनी, कामिनी गार्वे !''

''मिस गार्वे, स्कूल में आपको पोएट्री (कविता) पढ़ाई जाती है ?''

''येस···नो,'' कामिनी ज़रा-सी हकलाई, ''लेकिन इस मामले से उसका क्या संबंध ?'' उसने उद्दंडतापूर्वक पूछा, ''आपको क्या अदालत में बैठकर फिक्शन की किताबें पढ़ने के लिए तनख्वाह मिलती है ?''

''नॉट फिक्शन यंग लेडी, पोएट्री (कहानियाँ नहीं, कविता)। मैं तुम्हें जेल में पढ़ने के लिए यह किताब भेजूँगा। अच्छा तो तुमको देते हैं 'ए' क्लास में सात दिनों की जेल। समझीं, और अगर ज्यादा उद्दंडता दिखाई तो 'कंटेंप्ट ऑफ कोर्ट' के तहत सात दिन और। ओके···''

दूसरे दिन कामिनी को हिलेयर बेलॉक की एक खूबसूरत किताब भेंट मिली। ऊपर लिखा था, ''ससम्मान भेंट, उस व्यक्ति की ओर से जिसने तुम्हें जेल भेजा।'' एक पृष्ठ को कागज के एक टुकड़े के साथ चिह्नित किया हुआ था। पृष्ठ पर दो पंक्तियाँ लाल रंग से रेखांकित की हुई थीं। पंक्तियों के किनारे पर लिखा था 'का. गा.'। पंक्तियाँ इस प्रकार थीं—

''सम्राट के कमान पर खिंची तलवारें,
वैसा ही सुंदर उसका मुख।''

कामिनी ने निश्चय किया कि बाहर निकलने पर वह अखबारवालों को अदालत में किए गए मजिस्ट्रेट के आचरण के बारे में बता देगी और तब निश्चय ही उसे नौकरी से निकाल दिया जाएगा। लेकिन सात दिन बीतते-न-बीतते उसे अपने निश्चय पर संदेह होने लगा। घर लौटने पर उसे पता चला कि स्मिथ नौकरी से त्यागपत्र देकर अपने देश इंगलैंड को वापस लौट गया था।

जहाज ने कई झटके लिए और कामिनी के दिवास्वप्नों की कड़ियाँ टूटीं।

हवाई जहाज बादलों की परतों से उतरकर लाल छतोंवाली इमारतों के झुरमुट और मोटरों से भरी आड़ी-तिरछी सड़कों के ऊपर उड़ रहा था। चंद मिनटों में वह रनवे पर उतर आया और कस्टम शेड की ओर बढ़ने लगा।

इंगलैंड में अपना पहला नज़ारा लेती कामिनी देर तक खिड़की में बैठी रही। शरद की सुहावनी दोपहर थी। उसके होटल के सामनेवाली पार्क में संतरी धूप में बेशुमार लोग टहल रहे थे। ऐसी हरी घास उसने अपने जीवन में पहले कभी नहीं देखी थी। पार्क के किनारे-किनारे ग्लैडियोली के फूलों की तरह-तरह की किस्में लगी थीं। प्रवेश द्वार पर एक बूढ़ा भिखारी अपने ऑरगैन पर कोई भूली-बिसरी धुन बजा रहा था। सबकुछ बड़ा शांतिमय और दोस्ताना-सा लग रहा था। कामिनी ने कमरे से बाहर निकलने की सोची।

उसे डर था कि उसकी साड़ी के कारण कहीं लोग उसे घूरना न शुरू कर दें। पर ऐसा कुछ नहीं हुआ। किसी ने उसकी तरफ ध्यान नहीं दिया। वह बच्चों को तालाब में नावें छोड़ते, औरतों को बत्तखें चुगाते और लड़कों को दर्शकों के घेरे के बीच शोर मचाते हवाई जहाज (खिलौने) चलाते देखती रही। उसने देखा कि स्त्री-पुरुषों के जोड़े लोगों की निगाहों से बेखबर घास पर छितरे पड़े थे।

जब वह अपने होटल की ओर वापस मुड़ने को हुई तो उसने अपने आपको एक अजीब से अकेलेपन से घिरे पाया। उसे खयाल आया कि संभवतः यह उसके जीवन की पहली दोपहर थी जब किसी ने भी उसके साथ बात नहीं की थी। सबका कोई-न-कोई साथी था बातचीत करने के लिए, सिवाय उसके। अपने-आपसे पूछा कि भला इस अनजान रूखी जगह में वह आई ही क्यों थी?

आगे आनेवाले दिनों में भी कामिनी को अपने सवाल का जवाब न मिल सका। अब उसकी दिनचर्या में समा गए थे भूमिगत स्टेशन के लिए बस पकड़ना, खचाखच भरी रेलगाड़ी में पट्टे पकड़कर लटकना, फिर दूसरी बस पकड़ना, लेक्चर अटैंड करना, कैफ़ेटेरिया में दोपहर का भोजन करना, फिर कुछ और लेक्चर और एक बार फिर बस का सफ़र करने के बाद रेलगाड़ी में पट्टे से झूलते हुए घर की ओर लौटना। घर! हाँ, अगर उस होटल को घर कहा जा सके जहाँ कोई किसी से बात नहीं करता सिर्फ पिटे-पिटाए अभिवादन के आदान-प्रदान के सिवा, जहाँ बातचीत भी होती हो तो फुसफुसाहटों में और

वातावरण में छाई खामोशी टूटती हो सिर्फ़ अखबारों की चरमराहटों से।

जब से वह भारत से यहाँ आई थी, मन में एक दबी-दबी-सी आशा बनी ही रहती थी कि कहीं-न-कहीं तो रॉबर्ट स्मिथ से वह टकरा ही जाएगी। वह जानती थी कि ऐसा सोचना बेवकूफी थी। हो सकता था वह इंगलैंड में रहता ही न हो, कहीं अफ्रीका या अमरीका में जाकर बस गया हो। और मगर इंगलैंड में भी था तो भी लंदन की अस्सी लाख की आबादी में इत्तिफ़ाक से उसको मिलने की संभावना भी कुछ अधिक नहीं थी। और अगर वह कभी मिल भी गया तो भी क्या वह उसे पहचान पाएगा ? वह उससे कहेगी क्या ? और वह क्या कहेगा ? उसने टेलीफोन डायरेक्टरी में रॉबर्ट स्मिथ का नंबर ढूँढ़ना चाहा। लेकिन स्मिथ नामों से तो डायरेक्टरी के पन्ने-के-पन्ने भरे पड़े थे। पहले नाम के अक्षर 'र' से भी हजारों नाम थे। और अगर फोन करेगी भी तो बहाना क्या बनाएगी फोन करने का ?

फिर भी रॉबर्ट स्मिथ को एक बार देख पाने का खयाल मन में बना ही रहा। यहाँ तक कि यह खयाल बढ़कर जुनून बन गया। वह सोचने लगी कि अगर वह सचमुच चाहेगी तो किसी-न-किसी तरह उसे ढूँढ़ ही निकालेगी। किताबों में उसने पढ़ रखा था कि समान रुचियोंवाले लोग एक जैसी चीजों के प्रति आकर्षित होते हैं और कभी-न-कभी आपस में टकरा ही जाते हैं। उसने मन-ही-मन पूरा खाका खींच लिया था कि वे कैसे मिलेंगे। वह अपना हैट ऊँचा करके कहेगा, "मिस गार्वे, आपने शायद मुझे पहचाना नहीं ?" और वह कहेगी, "अगर मैं गलती नहीं कर रही तो आप मि. स्मिथ हैं। यस ऑफ़कोर्स, हम लोग पहले मिल चुके हैं। यद्यपि मैं यह तो नहीं कह सकती कि वह एक सुखद मुलाकात थी। हाउ डू यू डू ? आप कैसे हैं मिस्टर स्मिथ ?"

पॉलिटेक्निक का सत्र समाप्त होनेवाला था। न तो कामिनी की इच्छा शक्ति और न ही कोई इत्तिफाक उसे रॉबर्ट स्मिथ से मिला सका। एक दिन हमेशा की तरह उसने ट्यूब स्टेशन के लिए बस पकड़ी। भूमिगत मार्ग के दूसरे छोर पर जब वह अगली बस पकड़ने के लिए बाहर निकली तो उसने देखा कि सड़कों से वाहन हटा लिए गए थे और फुटपाथ लोगों से खचाखच भरे पड़े थे। दूर से ही उसने मशकबीनों की रें रें और बड़े-बड़े ड्रमों को पीटने की आवाज़ें सुनीं। अपने हाथ में थामे पर्चे पर उसने निगाह डाली और पाया कि किसी अतिथि सम्राट के साथ इंगलैंड की साम्राज्ञी की सवारी वहाँ से गुजरनेवाली थी।

तभी उसने निर्णय ले लिया कि आज वह अपना लेक्चर 'मिस' कर देगी और भीड़ के साथ मिलकर सैनिकों का मार्च देखेगी।

'स्कॉटिश हाईलैंडर फौजियों' की टुकड़ी मार्च करती हुई जा रही थी। आगे-आगे उनका नायक अपनी चोब को ऊपर उठाता हुआ चल रहा था। उनके पीछे राजसी गति से धीरे-धीरे मार्च करते हुए गार्ड चले आ रहे थे। उनके विशाल फौजी टोप, पीतल के चमकीले बटनोंवाले कोट और संगीनों से सजी राइफलें। सब मिलकर ऐसी चकाचौंध पैदा कर रहे थे कि लगता था जैसे भालों का जंगल उग आया हो। कामिनी के सीने में पुलक-सी उठी।

गार्ड सड़क के दोनों ओर पंक्तियाँ बाँधते हुए उसके ठीक सामने आकर रुक गए। कुछ देर बाद घुड़सवारों की टुकड़ी आई और उसके बाद बारह काले घोड़ों से जुता साम्राज्ञी का स्वर्णरथ वहाँ से गुजरा। गार्ड सावधान की अवस्था में आए और तिरछे हो गए। साम्राज्ञी और उनके शाही मेहमान बैंड के सुर में सुर मिलाकर हर्षोन्मत्त गाती हुई भीड़ को हाथ हिलाते हुए वहाँ से पार हो गए।

जैसे ही जुलूस गुजरा, भीड़ तितर-बितर होनी शुरू हो गई। कामिनी आत्मविस्मृत-सी वहीं-की-वहीं जमी खड़ी रही। दफ्तरों की तरफ दौड़ते लोग उससे टकरा-टकराकर जाने लगे। सिर्फ उसके सामने खड़ी एक लड़की अब भी वहीं खड़ी थी। कामिनी ने उसके सुबकने की आवाज सुनी थी और जब उसने मुड़कर देखा तो पाया कि वह अपनी हथेली के पिछले भाग से अपनी आँखें पोंछ रही थी और बैग में रूमाल तलाश रही थी। कामिनी को अपनी ओर देखते पाकर वह झिझक-सी गई और बोली, ''फौजियों और जुलूसों को देखती हूँ तो पता नहीं मुझे क्या हो जाता है? इन्हें देखकर हमेशा मेरी रुलाई फूट जाती है...''

''इट्ज वेरी मूविंग (हाँ, यह बहुत हृदय-विदारक लगता है)। फिर भी बहुत सुंदर दृश्य था। इतने सारे सैनिकों को एक साथ देखना कितना अच्छा लगता है न?''

''बड़ा अजीब लग रहा है आपके मुँह से यह सुनना। मेरा बॉयफ्रेंड भी यही कहा करता था। वह अक्सर कहता था कि एक खूबसूरत औरत अपनी तलवारें खींचे खड़ी सैनिकों की टुकड़ी के समान लगती है। बल्कि सच कहूँ तो वह मेरे लिए हमेशा यही कहा करता था। वह हिंदुस्तान में भी कुछ अरसे तक रहा और हिंदुस्तान उसे पसंद भी था,'' अंग्रेज लड़की ने रुँधे स्वर में कहा।

"आपका बॉयफ्रेंड अब कहाँ है ?" कामिनी ने पूछ तो लिया पर उसे लगा कि एक अजनबी से, इस तरह के व्यक्तिगत प्रश्न पूछने का उसे कोई अधिकार नहीं था।

लड़की ने आँसुओं से भरा अपना चेहरा उसकी ओर फेरा और कहा, "वह तो दूसरे विश्व युद्ध में मारा गया।"

मेरी अपनी मातृभूमि

अप्रैल की एक उमस-भरी दुपहरी थी। 'स्ट्रेथेडेन' बंबई के बंदरगाह की ओर बढ़ रहा था। खाने के कमरे में कोई 300 आस्ट्रेलियन और अंग्रेज तथा करीब आधा दर्जन हिंदुस्तानी, जहाज के तीन मील की सीमा में प्रवेश करने के पहले अपना अंतिम मद्यपान कर रहे थे तथा समय से पहले ही दोपहर का खाना खाने में लगे थे। लाउडस्पीकर पर मद्यपान बंद करने का आदेश आने से पहले ही हमारी मेज पर आस्ट्रेलियन शैंपेन की कई बोतलें खुल चुकी थीं। एक अंग्रेज अपनी कुर्सी से उठा और उसने मद्यनिषेध की सलामती के लिए एक जाम का प्रस्ताव रखा। लोगों ने बड़े विनोद से इसका प्रत्युत्तर दिया। मैं लड़खड़ाते हुए अपनी कुर्सी से उठा। अपने गिलास में पानी भरकर मैंने उसे ऊपर उठाया और दर्शकों के सामने गाने लगा—

"ऐसा भी कोई होगा इंसान,
इस धरती पर,
जिसने अपने-आपसे कभी
यह न कहा हो कि
यही मेरी अपनी धरती है
मेरी प्यारी मातृभूमि है..."

मेरे इस 'जम' के जवाब में छहों हिंदुस्तानी उठ खड़े हुए और जाम टकराते हुए ऊँची आवाज में 'जयहिंद' का उद्घोष करने लगे। आधे घंटे के भीतर हम लोग बंदरगाह पर पहुँच गए थे।

चंद मिनटों में ही जहाज मुलाकातियों से खचाखच भर गया। अन्य किसी भी बंदरगाह में मैंने इतनी उदारता नहीं देखी थी कि आगंतुकों को अपने-अपने रिश्तेदारों-मित्रों का स्वागत करने जहाज के 'बोर्ड' पर आने दिया जाए। तो

क्या हुआ भाई, हम लोग आखिर गर्मजोश लोग हैं। हाँ तो मैं बता रहा था कि 'बी' डेक फूलों, धोतियों और साड़ियों की रंग-बिरंगी छटा से जीवंत हो उठा था। बड़ी संख्या में घड़ियों ने कलाइयाँ बदलीं। छोटी-छोटी चमकीली कॉम्पैक्ट की डिब्बियाँ मित्रों के हैंडबैगों में विलुप्त हो गईं। इसी प्रकार के अन्य छोटे-छोटे सामान भी बड़े ही सुरक्षित ढंग से कोटों की जेबों में पहुँच गए। हम लोग सामान से ही नहीं, दिल से भी हल्के होकर आगे बढ़े। कस्टम शेड तक पहुँचते-पहुँचते दोपहर के डेढ़ बज गए थे।

कस्टम शेड में कहीं तिल रखने की जगह नहीं थी। अलग-अलग काउंटरों पर नौसेना की वर्दियों में कई खूबसूरत पुरुष विराजमान थे। उनके सामने अपने घोषणापत्रों (डिक्ल्येरेशन फार्म) की जाँच कराने के लिए यात्रियों की लंबी कतारें लगी थीं। मुझे समझ में नहीं आ रहा था कि किस पंक्ति में खड़ा होऊँ। अतः मैं पूछताछ के काउंटर के सामने लगी कतार में खड़ा हो गया। कुछ मिनटों के बाद मेरा नंबर आया। मैंने काउंटर पर बैठी महिला से मुस्कराकर पूछा कि मुझे कहाँ खड़ा होना चाहिए। वह बड़ी मुस्तैदी से बोली, ''देखिए, कस्टम अफसर के ऊपर लगे बोर्ड में अपना नंबर पढ़िए और उसी कतार में लग जाइए।''

मैंने हाल में घूम-घूमकर बोर्डों को पढ़ना शुरू किया। किसी पर कोई नंबर नहीं लिखे थे। मैं आकर फिर से पूछताछ की पंक्ति में लग गया। इस बार बिना मुस्कराए ही मैंने उस महिला को अपने अन्वेषण के बारे में सूचित किया। लग रहा था कि वह मेरी बात सुनकर काफ़ी परेशान हो गई है। चॉक के कई टुकड़े लेकर लोगों की भीड़ को चीरती वह बोर्डों पर नंबर लिखने लगी। कतारों में भगदड़ मच गई। लोग नंबर देख-देखकर लाइनें बदलने लगे। मैंने अपने-आपको अपनी पंक्ति के अंतिम छोर पर खड़ा पाया। करीब आधे घंटे बाद मेरा नंबर आया और मैंने काउंटर पर बैठे अधिकारी को अपना परिचय बताया। उसने अपने कागजात देखे और कहा कि मेरा 'घोषणापत्र' उसके पास नहीं है। मेरे जिरह करने से पहले ही वह मेरे पीछेवाले व्यक्ति की ओर उन्मुख हो गया। कस्टम की घड़ी उस वक्त ढाई बजा रही थी।

मुझे पुनः आकर पूछताछ की पंक्ति में खड़ा होना पड़ा। इस बार महिला को पूरा विश्वास हो गया था कि मैं बिना बात ही उसे दिक कर रहा हूँ। लेकिन वह फुर्ती से उठी और कस्टम अधिकारी के पास पहुँची। उसने उसकी फाइलों

के कागजों को उलटा-पलटा और फिर फर्श पर गिरे पड़े एक काग़ज़ को उठाकर बड़े फ़ख्र से मेरी तरफ दिखाकर हिलाने लगी। मैं अपनी क्यू में वापस लौट आया।

कुछ देर बाद मैं कस्टम अधिकारी के सामने फिर खड़ा था। मेरा घोषणा पत्र उसके सामने खुला पड़ा था। उसने पूछा, ''आपने क्या आवास बदलने की छूट की माँग की है?''

''जी हाँ, मैं चार सालों से बाहर था।''

''इस फॉर्म को भरकर वापस ले आइए।''

मैंने हॉल के एक कोने में जाकर फॉर्म भरा। आकर फिर अपनी पंक्ति में लग गया। चालीस मिनट के बाद छूट की माँग का फॉर्म हाथ में लिए मैं फिर कस्टम अधिकारी का सामना कर रहा था।

''आप छूट की माँग नहीं कर सकते। बीच में दो हफ्तों के लिए आप घर आए थे,'' उसने घोषणा की।

''लेकिन,'' मैंने अपनी असहमति जताई, ''लेकिन मैंने आवास तो नहीं बदला था। मैं तो बीच में सिर्फ सरकारी काम से दौरे पर आया था। मेरे बीवी-बच्चे तो विदेश में ही थे।''

''सॉरी, नियम साफ़ है। अगर आपको कोई डाउट है तो इंस्पैक्टर से मिलिए।''

मैंने देखा कि इंस्पैक्टर को कई लोग घेरे खड़े थे। जब मेरी बारी आई तो मैंने उसे अपनी परेशानी बताई। उसने मेरा फ़ार्म लेकर दो टुकड़े कर दिया और मेरी मजबूरी को समझते हुए मुस्कराकर कहा, ''बस, आप इतना लिख दीजिए कि आप इस बीच कभी घर नहीं आए। दैट विल बी ऑल राइट!''

मैंने दूसरा फॉर्म भरा और अपनी क्यू में पुनः लौट आया। बीस मिनट के बाद मैं फिर उस परेशान अधिकारी के पास खड़ा था। उसका मूड काफ़ी बिगड़ा हुआ लग रहा था।

''यह फॉर्म भरने को आपको किसने कहा?''

मैंने हॉल में नज़र घुमाकर देखा और इंस्पैक्टर की ओर संकेत किया। वह अधिकारी इंस्पैक्टर के पास गया और दोनों के बीच हाथ हिला-हिलाकर थोड़ी गर्मागर्मी हुई। अंत में जीत जाहिर था कि इंस्पैक्टर की ही हुई थी। मुझे छूट मिल गई। लेकिन घोषणापत्र मुझे फिर से भरना पड़ा था। मैंने फिर एक कोने

में जाकर फॉर्म भरा। अबकी मैं आखिरी बार क्यू में लगा था। जब मैंने कस्टम अधिकारी से विदा ली तो घड़ी में पूरे पाँच बज रहे थे।

इसके बाद और भी कतारों में लगना बाकी था। नई खरीदी वस्तुओं का सीमा-शुल्क देने के लिए अलग कतार थी, पोर्ट ट्रस्ट का शुल्क (पत्तन-प्रभार) देने के लिए.एक अलग। इन सबमें एक घंटा बर्बाद करने के बाद कस्टम्स की जाँच की कड़ी अग्निपरीक्षा से गुजरना बाकी था। मुँह तक भरे स्टील के बक्सों, कई क्रेटों और किताबों की पेटियों समेत बाहर नगों की पूरी जाँच-पड़ताल की संभावना को सोच-सोचकर मन बुरी तरह सशंकित हो रहा था।

तभी एक बिखरे बालोंवाला अधेड़-सा चापलूस किस्म का एक आदमी मेरा संरक्षी देवदूत बनकर मेरे पास आया। उसने काँख में एक छाता दबाया हुआ था। वह रिरियाते हुए बोला, "अरे भाई, तुम क्यों इतना परेशान होता! हमको दस रुपैया देता तो हम सबकुछ ठीक कर देता। हमारा बाल-बच्चा तुमको बौत दुआ देता।"

"लेकिन, हमारे पास तो एक्ज़ेम्प्शन सर्टिफ़िकेट है, भाई। हम डिप्लोमैटिक हैं, यू नो!"

"अरे, अरे, हम जानता, जानता। पन साब, हमको, हमारा बाल-बच्चा लोगन को भी तो खाना-पीना होना, साब," उसने मुझे दोस्ताना अंदाज में टहोका लगाया और पान से रंगी अपनी बत्तीसी निपोर दी।

मैंने अपने पड़ोसी को अपनी गंदी जुराबें और मुड़े-गुड़े रूमाल सूटकेसों में ठूँसते देखा। मेरे लिए उतना देखना ही काफ़ी था। मैंने अपने-आपको इस बेतरतीब देवदूत के हाथों सौंपना ही बेहतर समझा। मेरे नगों को बिना निरीक्षण किए ही चिह्नित कर दिया गया। अपने देवदूत की मेहरबानी से मैंने काफ़ी पैसा बचा लिया था।

इसके बाद कुलियों का सामना करने की बारी आई। कई कुली अलग-अलग आकर दावा करने लगे कि उन्होंने मेरा सामान उठाया था। उन नए-नए दावेदारों को देखकर मजदूर वर्ग के प्रति मेरी सारी सद्भावना जाती रही। मैं भी लड़ पड़ा और आख़िर में विजयी साबित हुआ। मेरे सारे नग ट्रक तक पहुँच गए और उन सबके ऊपर मैं स्वयं विराजित हो गया। अब मेरे बटुए में बिलकुल थोड़ा-सा खुदरा बचा था। जब हम पोर्ट से बाहर निकले तो शाम के छह बज रहे थे।

सड़क के किनारे बने एक ढाबे के पास मैंने अपने ड्राइवर को एक मिनट रुकने को कहा और आग्रह किया कि वह भी आकर मेरे साथ कुछ पी ले।

हमने अपने-अपने गिलास ऊपर उठाए और कहा "जयहिंद"। हमारे हाथों में बर्फवाला नींबू का शर्बत था। लेकिन पता नहीं क्यों आस्ट्रेलियन शैंपेन से कई गुना ज्यादा स्वादिष्ट लग रहा था।

जब सिख सिख से मिला

जब एक सिख दूसरे सिख से मिलता है तो वह कहता है—'सत् श्री अकाल,' अर्थात् 'ईश्वर सत्य है' । अक्सर सिख यह भी ऐलान करते सुने जाते हैं कि 'वाह गुरु जी का खालसा', यानी 'सिख ईश्वर के चुंनिदा हैं ।' और दूसरे इससे भी ज्यादा उत्साह से इसे पूरा करने में उनका साथ देते हैं— 'वाह गुरु जी की फतह', अर्थात् 'हमारे ईश्वर की विजय हो ।' पहले यानी 'सत् श्री अकाल' के नाम पर अभिवादन का यह दूसरा रूप ही तेजी से लोकप्रियता प्राप्त कर रहा है । इसका कारण स्पष्ट है । सिर्फ यह कहना कि 'ईश्वर सत्य है' तो बिलकुल वैसे ही प्रसंगहीन लगता है जैसे यूरोप के लोगों का समय से पहले 'गुड' लगाने का नियम । दूसरा रूप इससे आगे जाता है । यह सत्य को भी व्यक्त करता है और आशा को भी । इस बात पर तो किसी भी सिख को संदेह नहीं है कि वे ईश्वर के चुने हुए हैं । गुरु ने स्वयं उन्हें 'खालसा' यानी 'चुंनिदा' कहा है । और इससे बढ़कर और क्या हो सकता है कि आदमी ईश्वर की विजय की सदा कामना करता रहे ।

यद्यपि सिख ठीक ही अपने-आपको 'चुंनिदा' महसूस करते होंगे, पर ऐसी और भी जातियाँ हैं जो अपने-आपको चुंनिदा समझती हैं । और भी ऐसे देश हैं जो स्वयं को 'ए वन' कहते हैं । ऐसे समुदाय भी कम नहीं जो स्वयं को धरती का 'सार' ही समझते हैं ।

सच्ची बात तो यह है कि हिंदुस्तान में ही दूसरे संप्रदाय सिखों को 'विचित्र जीव' कहकर छोटा करते रहते हैं । सिखों का मजाक बनानेवाली ऐसी कितनी ही कहानियाँ उनमें प्रचलित हैं । सिख इस तरह की मसखरी पर ज्यादा तवज्जो नहीं देते और अपनी राजसी श्रेष्ठता को बरकरार रखते हैं जो उनकी दैनंदिन शब्दावली में साफ़ झलकती है । एक अकेला सिख अपने-आपको सवा लाख

लोगों के बराबर समझता है, यानी एक पूरी-की-पूरी फौज़ के बराबर।

सिख सिर्फ एक अपरिपक्व लड़ाकू जाति ही नहीं है। लड़ाई के मैदान में जीते तमाम विक्टोरिया और मिलिटरी क्रासों के बावजूद वे वस्तुतः शांतिप्रिय लोग हैं। सिख संप्रदाय ही एक ऐसा संप्रदाय था जिसने सबसे पहले एक राजनैतिक हथियार के रूप में सत्याग्रह की सामर्थ्य को सिद्ध किया था और विरोधाभास देखिए कि वे ही पहले लोग थे जिन्होंने ब्रितानी शासन के खिलाफ़ सुनियोजित विद्रोह की शुरुआत की थी। एक चीज़ जो उन्हें और लोगों से भिन्न बताती है, वह है उनका अगुआ बनने का जोश। यद्यपि संख्या में वे कोई एक करोड़ अस्सी लाख के लगभग होंगे, पर संसार का शायद ही कोई देश हो, जहाँ सिख न हों। उत्तरी चीन से लेकर तुर्की तक सभी देशों में सिख पहरेदार, सिख पुलिस और सिख टैक्सी ड्राइवर आपको देखने को मिल जाएँगे। आस्ट्रेलिया, दक्षिण अफ्रीका, अमरीका, कनाडा और तुर्की आदि में तो सिख किसान और कारीगर भी देखने को मिलेंगे। यूरोप में लगभग हरेक देश में सिख चिकित्सक, सिख फेरीवाले और सिख भविष्यवक्ता आपको मिलेंगे।

सिख लोग कोई भी धंधा अपनाने में नहीं हिचकिचाते। ऐसा कोई नियम नहीं है कि वे वंशगत या पैतृक धंधों को ही अपनाएँ। पंजाब का एक किसान बंबई में जाकर महाजन का काम भी कर सकता है या पूर्वी अफ्रीका में जाकर बढ़ई बन सकता है, कैलिफोर्निया में फल चुननेवाला या फिर कनाडा में लंबरजैक ही सही। अगर जरूरत पड़े तो वह मार्सिलीज़ में जाकर सिखाए हुए तोता-मैना से प्रेमी-प्रेमिकाओं के भविष्य बतानेवाले पत्ते निकालने का धंधा कर लेता है, नहीं तो अपने पूर्वी वेश में मेलों-महफ़िलों में महिलाओं के हाथों को पढ़ने का धंधा भी बुरा नहीं समझता। अगर ये सब भी असफल रहे तो अपने बलिष्ट शरीर का भी फायदा उठाने से वह नहीं हिचकता, सहनशक्ति आजमाने का धंधा ही सही। इसी से याद आई नरिंजन सिंह के साथ मेरी मुलाकात—नरिंजनसिंह, जो पंजाब में किसानी करते-करते शंघाई जा पहुँचा था। वहाँ काफी अरसा किसी के घर नौकर का काम करता रहा, फिर सानफ्रांसिस्को में फल चुननेवाला बना, वैनकुवर में अकाउंटेंट और अंततः टोरेंटो में आकर पहलवानी करने लगा। मैं उसे टोरेंटो में ही मिला था।

कई दिनों तक मैं उसका नाम अखबारों और होर्डिंग साइनों में पढ़ता रहा था। कनाडा के पहलवानों में उसका खासा नाम था और उस वक्त वह मर्जुकी

नाम के किसी पहलवान से कुश्ती लड़नेवाला था। मर्जुकी पोलैंड का रहनेवाला था जो कभी फिल्मों में भी काम कर चुका था। नरिंजन सिंह को लोग नंजो उर्फ विलेन कहकर पुकारते थे और मज़ुर्की को 'आयरन माइक'। यानी 'लौह माइक'। यह कुश्ती काफी महत्वपूर्ण लग रही थी। वैसे भी नंजो मुझे एक दिलचस्प चरित्र जान पड़ा। मैं कुश्ती देखने के लिए प्रेक्षागृह में चला गया।

वहाँ का 'मैपल लीफ़ गार्डन ऑडिटोरियम' तकरीबन बीस हज़ार कनाडावासियों से खचाखच भरा हुआ था। जब मैं अपनी टिकट लेने गया तो दो गठीले घुड़सवार पुलिस मैन मेरे पास आए और दोस्ताना अंदाज में मुझे सतर्क करने लगे, 'सावधान रहना!' वे मुझे अपनी सीट तक पहुँचाने आए और उनमें से एक गलियारे में खड़ा हो गया।

थोड़ा घड़घड़ाने के बाद माइक्रोफोन दहाड़ा, "अटेंशन प्लीज़। कृपया ध्यान दें। अब हम भारत के नंजोसिंह और हॉलीवुड, कैलिफोर्निया के 'आयरन माइक' मर्जुकी के बीच की कुश्ती का आख़िरी दौर देखेंगे। समय—बीस मिनट। अंपायर—स्टीव बोरमैन।"

जैसे ही लंबा, छरहरा पोलैंडवासी मर्जुकी गलियारे से गुजरा, तालियों की गड़गड़ाहट से प्रेक्षाग्रह गूँज उठा। अपने प्रशिक्षकों को उसने झुककर अभिवादन किया और अखाड़े में प्रविष्ट हो गया। पीछे-पीछे न जाने कितने प्रशंसक अपनी-अपनी ऑटोग्राफ़ बुक लेकर बढ़ने लगे। थोड़ी देर बाद भारतीय पहलवान ने प्रवेश किया। पीली पगड़ी और हरे ड्रेसिंग गाऊन में नंजोसिंह को देखते ही भीड़ ने सीटियाँ बजाना और उसको हतोत्साहित करना शुरू कर दिया। अपने ऐसे स्वागत से निरपेक्ष वह अपने कोने में जा पहुँचा। उसने अपनी पगड़ी उतारी और मुसलमानों की तरह मक्का की तरफ मुँह करके प्रार्थना को झुक गया। अब उसने कपड़े उतारने शुरू किए। नंजोसिंह थोड़ा नाटा और गठीला-सा था। उसकी भूरी मांसपेशियाँ बाहर को उभरी हुई थीं। छाती बालों से भरी थी। अखाड़े के बीचोंबीच खड़ा अंपायर उससे बातें कर रहा था।

कुश्ती शुरू हुई। नंजोसिंह निश्चय ही कनाडा के कुश्ती-जगत का मूर्धन्य पहलवान था। उसने अशिष्टतापूर्वक ऑटोग्राफ चाहनेवालों को धकियाकर दूर कर दिया और कुछ किशोरों को, जो उसे मुँह चिढ़ा रहे थे, दो-चार हाथ भी जड़ दिए। अखाड़े में उसने अपने प्रतिद्वंद्वी की आँखों में उँगलियाँ घुसेड़ दीं,

उसके बाल नोच डाले और उसे दाँतों से काट खाया । वास्तव में उसने एक-एक करके कुश्ती के सभी नियम -कानूनों को तोड़ डाला । हरेक ने उसे ऐसा करते देखा, सिवाय अंपायर के । और लगता था इन सब बातों पर ध्यान देना उसका काम नहीं था ।

"यह सब दिखावा है, नकली, यू नो," मेरे पड़ोसी ने मुझे बताया, "दरअसल नंजो तो मेमने की तरह विनम्र है । एक बार मिलने से ही पता चलता है कि कितना अच्छा आदमी है ।"

वे सब जानते थे कि यह सब दिखावा है, फिर भी पता नहीं क्यों इस तरह भावोन्मत्त हुए जा रहे थे । जब नंजो ने मर्जुकी बाँह पकड़कर मरोड़ी तो सबके सब 'नो नो' कहकर चिल्लाने लगे । पर जब मर्जुकी ने नंजो को अपनी काँख में दबाकर तड़कड़ाना शुरू किया तो वे चीख रहे थे, "मार डालो इस हब्शी को !"

तो इस तरह तकरीबन पंद्रह मिनट तक कुश्ती चलती रही । लाउडस्पीकर चिल्लाया, "अभी पाँच मिनट और बाकी हैं ।"

मेरा पड़ोसी तनिक उझककर तनकर बैठ गया और मुझे टहोका लगाकर बोला, "अब नकलीवाली खत्म हुई, देखना, असली कुश्ती तो अब शुरू होगी ।"

खींचतान में नंजो ने दुबले-पतले मर्जुकी को, जो पिछले पाँच मिनटों से उसकी छाती पर चढ़कर बैठा हुआ था, उठाकर नीचे पटक दिया । कातिलाना गुर्राहट के साथ वह मर्जुकी पर टूट पड़ा और उसके सिर को अपनी जाँघों के बीच दबाकर उसकी बाँहें मरोड़ने लगा । यह पकड़ उसकी प्रसिद्ध 'कोबरा पकड़' के नाम से मशहूर थी । एक साथ उसने अपने शिकार का सिर पिचका दिया और गला दाब दिया । अखाड़े में पूर्ण निस्तब्धता छा गई ।

एक कर्कश आवाज गूँजी, "मार दे साले को !" सोत्साह मैं भी अपने अकेले देशवासी के सुर में सुर मिलाकर चिल्लाया, "मार दे !" मेरे सिर पर तुरत ही सिगरेट की खाली डिब्बियों और कागज़ों के गोलों की बौछारें शुरू हो गईं । कोई बीस हजार आवाज़ों ने एक साथ चिल्लाया, "शट अप !"

मेरा पड़ोसी घबड़ा-सा गया । बोला—"बेहतर है, तुम ज़रा सावधान रहो । लोग यहाँ ज़रा ज्यादा ही उत्तेजित हो जाते हैं, यू नो !" पुलिसवाला भी पास आकर बोला, "मिस्टर, बेहत्तर है चुपचाप बैठो, अगर घर जाने का इरादा है तो ।"

भीड़ अपनी सीटों से उठकर अखाड़े को घेरकर खड़ी हो गई। एक औरत दौड़कर गई और उसने अपने सिगरेट का जलता हुआ सिरा नंजो की एड़ी में लगा दिया। लेकिन नंजो अपने शिकार को छोड़नेवाला नहीं लग रहा था। दर्शकों को अपनी सीटों पर वापस भेजने के लिए पुलिस दौड़ी आई और कुश्ती के अखाड़े के चारों ओर घेरा डालकर खड़ी हो गई। कुछ देर तक मर्जुकी ने संघर्ष किया। फिर वह कराहने लगा और हिम्मत हार गया। रेफरियों ने कुश्ती रोकी और विजेता के रूप में नंजो का हाथ ऊँचा किया। भीड़ ने सीटियाँ बजाईं और अपना आक्रोश जताते हुए नंजो की तरफ बढ़ी। करीब आधा दर्जन हट्टे-कट्टे घुड़सवार पुलिस मैन पहलवान को घेरकर खड़े हो गए और उसे बचाकर उसके ड्रेसिंग रूम में ले गए।

पंद्रह-बीस मिनट बाद, जब भीड़ छँट गई और दाढ़ीवाले पगड़ीधारी सिख के लिए कोई खतरा नहीं रहा, तो मैं नंजो के जीवन से संबंधित कुछ तथ्यों की जानकारी लेने उसके ड्रेसिंग रूम में जा पहुँचा। जरूरत से ज्यादा गर्म उस कमरे में करीब एक दर्जन से भी ज्यादा टोरेंटो के प्रमुख पहलवानों का जमघट लगा था। वे सब आपस में दोस्त लग रहे थे। नंजो और मर्जुकी भी प्यार से एक-दूसरे के पेट में मुक्के मारते हुए अश्लील रूप से अंतरंगता प्रकट कर रहे थे, "यू सन ऑफ एन गन", "यू सन ऑफ ए बिच" वगैरह-वगैरह।

नंजो ने मुझे देखा और उसका चेहरा खुशी से खिल उठा, "अरे यार, देखो कौन आया है। मेरे अपने देश का रहनेवाला ... मेरा अपना हमवतन ..."

मैंने अपना परिचय दिया और सबसे बारी-बारी से हाथ मिलाया। नंजो की अंग्रेजी की शब्दावली सिर्फ़ "जीज़ज़, इट्स गुड टु सी यू' तक ही सीमित रह गई। और वह विशुद्ध देहाती पंजाबी पर उतर आया–

"यार, मैं ताँ एनाँ सारयाँ नूँ इकनाल ई चित्त कर सकदा सी। पर मेरा मनेजर करन नई दिंदा। मैनूँ हार माननी पैंदी ए। मैंनूँ विलेन बनना पैंदा ए। होर कई बार फाउलिंग वास्ते डिस्क्वालिफाई होना पैंदा ए। कराँ की?" और फिर खासे हिंदुस्तानी अंदाज में अपने पेट पर हाथ मारते हुए बोला, "सब इसी पापी पेट के वास्ते। पर जब मैं काफ़ी पैसा कमा लूँग तो आपको बताऊँगा कि मैं क्या कर सकता हूँ। मैंने इन सारों को चित्त करके न रख दिया तो ... तो फिर हम अपने होशियारपुर को वापस जाएँगे, अपने खेतों को जोतेंगे। मैं अपनी घरवाली को अपना गाँव दिखाना चाहता हूँ।" उसने भीड़ भरे उस कमरे का

नज़ारा लिया और अपनी घरवाली को आवाज़ लगाई। सुनहरे बालोंवाली एक गोरी गद्राई मेम पहलवानों के घेरे से निकली और अपने सोने मढ़े दाँतों की बत्तीसी निकाल हँसने लगी। उसने मुझे ज़ोर से 'हाउ डू यू डू' कहकर अभिवादन किया। इस बीच वह चुप-चप चुइंगम भी चबाती जा रही थी।

"अब यह सिख है। इसका नाम मंहिदर कौर है। मैंने इसे थोड़ी-बहुत पंजाबी सिखा दी है।" फिर वह अपनी बीवी से बोला, "बेबी, टेल द जेंटलमैंन वॉट आइ टॉट यू (इन सज्जन को बता दो तो जो मैंने तुम्हें सिखाया था)।"

सुनहरे बालोंवाली मेम ने अपना चुइंगम थूका–

"वाह गुरु जी का खालसा!··· वाह गुरु जी की फ़तह।"

एलिस नाम का शहर

अगर आप आस्ट्रेलिया के नक्शे के मध्य में अपनी अँगुली रखें तो निश्चय ही यह 'एलिस स्प्रिग्स' नामक शहर पर पड़ेगी। वहाँ के स्थानीय निवासियों के लिए 'एलिस स्प्रिग्स' केवल अपने छोटे नाम 'एलिस' से जाना जाता है। अपने उपन्यास 'ए टाउन कॉल्ड एलिस' के द्वारा नेविल श्यूट ने इसे जग-प्रसिद्ध भी कर दिया।

एलिस की जनसंख्या तब (1965) कोई पाँच हजार के करीब थी। खूबसूरती के नाम से तो इसका कोई वास्ता ही नहीं। चारों ओर खड़े लाल बलुआ पत्थरों की बंजर-बियाबान पहाड़ियाँ, बीच में मिट्टी से भरे कटोरे सरीखा एलिस। चतुर्दिक दीख पड़ेगा लाल चट्टानों और बजरी का विस्तार। यत्र-तत्र उगी बबूल की बौनी झाड़ियाँ। नादियों की सूखी तलहटी के किनारे-किनारे लगे तरह-तरह के यूकेलिप्टस के पेड़। इन पहाड़ियों पर सिवाय चट्टानी छिपकलियों और मगरमच्छों जैसे बड़े-बड़े इगुआना जंतुओं के कोई और जीव रह ही नहीं सकता। मैदानों में कंगारुओं के झुंड, भारत की सीधी- सादी मुटरी पक्षी का उग्र अवतार आस्ट्रेलियन मुटरी तथा डिंगो कुत्ते दिखाई देंगे, जो भेड़ियों की तरह झुंड बनाकर शिकार करते हैं। ऐसे देश में बहुत कम ही तरह की चिड़ियों का बसर हो सकता है। भूरे और लाल रंग का काकातुआ, हरे रंग का टुइयाँ तोता (पेराकीट), मैगपाई और काले कौए ही यहाँ पाए जाते हैं। यहाँ तक कि सब कहीं दिख जानेवाली गौरैया भी इस बंजर भूमि पर नहीं रह पाती। नीचे फैली चट्टानों में साँपों, चूहों और छिपकलियों को खोजते बाज यहाँ के मेघरहित धूसर आकाश में मँडराते रहते हैं। नाचते हुए दरवेशों की तरह गोल-गोल घूमते धूल-धक्कड़ के तूफान ही यहाँ जीवन की

इकलौती निशानी हैं। करीब सत्तर साल पहले इस उजाड़ जमीन पर रहनेवालों में केवल अरंडा, पिंतिजरा और पिंतुबी के यायावर आदिवासी थे जो भालों और बूमरैंगों से इगुआना और कंगारुओं का शिकार किया करते थे। बाद में एक अंग्रेज यहाँ आया। नाम था टॉड। टॉड ने आकर एक मौसमी नदी के किनारे अपना तंबू लगाया। कालांतर में उस नदी का नाम टॉड ही पड़ गया। पानी का वह गड्ढा, जिसमें गर्मियों के सूखे महीनों में नदी का पानी जमा रहता था, टॉड की पत्नी एलिस ने नाम पर एलिस स्प्रिंग्स कहलाने लगा।

हजारों मील लंबा भूमि का जलविहीन विस्तार एलिस को संसार के अन्य भागों से पृथक करता था। घर बनाने का कच्चा माल ढोने के लिए बलूचियों का एक दस्ता उनके ऊँटों समेत यहाँ लाया गया। एलिस स्प्रिंग्स को एडिलेड से जोड़ने के लिए रेल की लाइनें बिछाई गईं। ऊँट चालकों, जिन्हें स्थानीय लोग अफगानिस्तानी समझते थे, के सम्मान में रेलगाड़ी का नाम 'गैन' रखा गया।

एलिस ने आकार लेना आरंभ किया। जहाँ कहीं भी पानी मिलता वहाँ 'रैंच' यानी पशुफार्म खोले जाने लगे। दूरी की समस्या को हल किया रेवरेंड फ्लिन ने, जिन्होंने यहाँ बैटरी से चलनेवाली ट्रांसीवर रेडियो का प्रचलन किया। इन वॉकी-टॉकी ट्रांसीवर रेडियो की सहायता से दूर-दराज के लोगों से बातचीत की जा सकती थी। इस प्रकार एक-दूसरे से सैकड़ों मील दूर स्थित फार्म प्रतिष्ठान आपस में जुड़ गए। घर के काम समाप्त कर महिलाएँ 'हेन पार्टियाँ' करने लगीं और पुरुष स्मोको (अवकाश काल) में गप्पें मारने लगे। इन ट्रांसीवर रेडियो के माध्यम से बच्चे अपने अज्ञात शिक्षक के निर्देशन में पढ़ने लगे। इस 'फ्लाइंग डॉक्टर' (आकाशमार्गी डॉक्टर) द्वारा दूर-दराज के स्थानों में चिकित्सा-सहायता पहुँचने लगी। एलिस स्प्रिंग्स के बीचोंबीच एक स्मारक चर्च बनाकर रेवरेंड फ्लिन का नाम सदा के लिए अमर कर दिया गया।

अब तो एलिस स्प्रिंग्स एक सैलानियों का नगर बन गया है। कुछ लोग ढाई मील लंबी अर्स चट्टान को देखने के लिए आने लगे, तो कुछ इसलिए कि यह आस्ट्रेलिया का जीता-जागता हृदय है। कुछ इसके अनूठे नाम 'एलिस स्प्रिंग्स' के कारण ही इसे देखने को उत्सुक हो जाते हैं।

आप पूछेंगे कि बलूचियों और उनके ऊँटों का क्या हुआ? ऊँटों को तो झाड़ियों में खुला छोड़ दिया गया था। वे अब संख्या में कई गुना हो गए और कँटीली तारों की बाड़ों को तोड़ निषिद्ध चरागाहों में चर-चरकर आदमी के

परिश्रम पर पलने लगे।

बलूचियों में से कुछ ने तो उसी आदिवासी धरती में अपने बीज रोपे और अपनी संतति को उनकी माताओं के कुटुंबों में ही रहने दिया। बाकी के एक के बाद्र एक मरकर खत्म हो गए। अब केवल एक ही बलूची वहाँ बचा था—क्वेटा का बयासी वर्षीय सईद आलम।

मैं उन वृद्ध महोदय के घर मिलने गया। उनके एक कमरे वाले घर के भीतर मुझे ले जाया गया। देखा, एक बूढ़ा जर्जर आदमी अपने बगीचे में काम कर रहा था।

"सलाम अलैकुम," मैंने जोर से कहा।

सईद आलम खड़ा हो गया और मेरी ओर अविश्वसनीय निगाहों से देखने लगा।

"सलाम अलैकुम," मैंने फिर दोहराया।

उसने अपने गाँठोंवालें हाथों से मेरी बाँह थाम ली, "सलाम, सलाम, किधर से आया?"

"हिंदुस्तान से।"

"हमारा वतन से!" मुझे भींचते हुए वह हैरान होकर बोला।

उसकी मंददृष्टि को आँसुओं ने और भी धुँधला दिया। "वॉट यू डूइंग इन एलिस?" उसने अंग्रेजी में पूछा, "एह, वॉट यू डूइंग इन एलिस (एलिस में क्या कर रहे हो)?"

"आपको मिलने आया हूँ!"

"मुझे मिलने?" उसने जिज्ञासा प्रकट की, "तब तो डिनर तक रुकना पड़ेगा। हाँ! रोटी-शोटी खाकर जाना!"

वह अपने कमरे में मुझे ले गया। उसने मेरे हाथ को कसकर जकड़ रखा था। किसी नौसैनिक की तरह वह मुझे अपने जीवन की पूरी कहानी सुनाए बिना छोड़नेवाला नहीं लग रहा था। वह कहने लगा, "मेरे सारे साथी मर चुके हैं। सिर्फ कुछ एक मिली-जुली नस्लवाले बाकी बचे हैं।" उसने घृणा से थूका और आगे बोला, "अल्ला जब मुझे बुलाएगा, मैं भी चला जाऊँगा। पर यहाँ मेरी मौत पर फ़ातिहा पढ़नेवाला कोई नहीं होगा।"

एक ही बात सईद आलम को सता रही थी कि उसकी मौत के बाद उसे मुस्लिम रीति से दफ़नानेवाला वहाँ कोई नहीं था।

''आप अपने घर क्यों नहीं लौट जाते, हिंदुस्तान या पाकिस्तान ?'' मैंने सलाह दी, ''आप अपने लोगों के बीच तो होंगे !''

सईद के चेहरे पर आक्रोश की एक लहर-सी दौड़ गई, ''यही मेरा घर है । यही मेरे लोग हैं । इसी जमीन ने मुझे रोटी दी । इसी जमीन पर मैं मरूँगा ।'' उसने मेरी आँखों में आँखें डालकर उग्रता से कहा, ''मैं नमक हराम नहीं हूं । मै एक सच्चा आस्ट्रेलियन हूँ ।''

मांडला की मेम साहब

पहाड़ के शिखर पर पहुँचकर डायसन अपने घोड़े से उतरा और दृश्य का निरीक्षण करने लगा। जंगल के बीचोंबीच साफ किए गए एक परिसर में लाल ईंटों का बना रेस्ट हाउस था। पहाड़ की ढलान पर चारों तरफ ऊँचे-ऊँचे पेड़ों का घेरा था। पेड़ों के तनों से लिपटी लताओं ने शाखाओं पर अपना मकड़जाल बुना हुआ था। कहीं कोई खाली जगह दिखाई देती थी तो बस उसे उस तरफ ही, जहाँ से होकर एक सड़क घाटी की तरफ जाती थी। घने जंगलों से भरी घाटी का विस्तार सैकड़ों मीलों तक था।

सामान तो पहले ही आ चुका था और बरामदे में पड़ा था। नौकरों के क्वार्टरों के पास कूल्हों के बल बैठे कुली एक छोटे-से मिट्टी के हुक्के को बारी-बारी से गुड़गुड़ा रहे थे। पास ही स्टील की कुर्सी पर बैठा ओवरसियर उनसे बतिया रहा था।

डायसन के पहुँचते ही हुक्का गुड़गुड़ाते कुली उठ खड़े हुए और ओवरसियर उससे मिलने को आगे बढ़ा।

"बड़ा प्यारा बगीचा है," डायसन ने ओवरसियर से कहा, "इसकी देखभाल कौन करता है?"

"एक बूढ़ा माली है, साब! जब से यह घर बना है, करीब पचास साल हुए होंगे, वह माली यहीं रहता है।"

एक दुबला-पतला बुड्ढा आदमी कुलियों के घेरे से निकल डायसन की तरफ बढ़ा और हाथ जोड़कर झुक गया, "गरीब परवर, मैं जब पंद्रह साल का था तब से यहाँ का माली हूँ। जीन मेम साब मुझे यहाँ लाई थीं। अब मैं साठ साल का हूँ। जीन मेम साहब यहीं मरीं और हजूर, मैं भी यही मरूँगा।"

''जीन मेम साब ? क्या कॉटन साहब की बीवी ?'' डायसन से ओवरसियर की तरफ मुखातिब होकर पूछा ।

''नहीं साब, उसके बारे में कोई भी कुछ खास नहीं जानता । कोई कहता है कि वह एक समाजसुधारिका थी, कोई कहता है कि टीचर थी । कोई-कोई तो कहते हैं कि वह मिशनरी थी । अब क्या जानें साब, असलियत क्या है ? हाँ, इतना जरूर है कि यह बँगला उसने ही बनवाया था और यहाँ बच्चों का स्कूल लगता था । फिर अचानक ही वह गुजर गई । किसी को उसके बारे में कोई भी पक्की जानकारी नहीं । बाद में सरकार ने इस बँगले पर अपना कब्जा कर लिया और इसे फारेस्ट अफसरों का गेस्ट हाउस बना दिया ।''

मिसेज डायसन और उसकी बेटी जेनिफ़र को पालकी में लेकर आ रहे कुलियों के शोरगुल ने बातचीत का क्रम तोड़ा ।

''यहाँ कभी मिशन स्कूल होता था,'' डायसन ने उन्हें बताया, ''जगह बुरी नहीं है ! क्यों ?''

पूरे परिवार ने चुपचाप वातावरण का निरीक्षण किया । बँगले को, उसके लॉन को, फूलों की क्यारियों और लताओं से आच्छादित सागवान के वन को अस्त होता सूरज अपनी स्वर्णिम आभा में रँग रहा था । वातावरण शांत था, थमा-थमा-सा । दूर कहीं घाटी में बहती नदी का कल-कल नाद साँझ की निस्तब्धता को और भी अधिक मुखरित कर रहा था ।

कुली और ओवरसियर सूर्यास्त से पहले ही घाटी के अपने गाँव की तरफ चल पड़े और डायसन परिवार अपने घर को व्यवस्थित करने में जुट गया । बैरों ने मिट्टी के तेल की लालटेनें जलाईं और बिस्तरों पर मच्छरदानियाँ लगाकर खाने की मेज़ सजा दी । मिसेज़ डायसन और उसकी बेटी जेनीफ़र कमरों का निरीक्षण करने लगीं । डायसन बरामदे में पड़ी केन की एक विशाल आरामकुर्सी पर पसर गया । उसने अपना पाइप जलाया और बैरे को स्कॉच लाने का आदेश दिया ।

वह आकाश की ओर ताकने लगा । डूबते सूरज ने मानसूनी बादलों को पहले चमकीले सुनहले रंग में ढाला, फिर तांबई लाल रंग में, फिर संतरी, गुलाबी, सफेद और अंततः उदासी भरे धूसर रंग में । गोधूलि वेला के रात्रि में परिवर्तित होते ही उस उष्ण प्रदेशीय जंगल पर एक रहस्यमय नीरवता छा गई । चिड़ियाँ अपने घोंसलों को चली गईं और देखते-देखते ही अँधेरा पूरी तरह

घिर आया। अब जंगल एक दूसरे ही तरह के शब्दनादों के साथ जागने लगा। कहीं से आ रही थी मेंढकों की टर्र-टर्र, तो कहीं से सियारों और लकड़बग्घों की आवाज़ें ! डायसन अपना पाइप पी रहा था और स्कॉच की चुस्कियाँ ले रहा था। लॉन में मँडराते जुगनू उसकी कुर्सी के करीब तक आकर जगमगाने लगे।

बैरे ने आकर बताया कि खाने की मेज लग चुकी थी। मेज पर मोमबत्तियाँ जली हुई थीं। मेंटल पीस पर पड़ी मिट्टी के तेल की लालटेन वक्त और बारिश से धुँधलाई धूसर दीवारों पर अपनी पीली मरियल रोशनी फेंक रही थी।

किसी ने कोई बात नहीं छेड़ी। वातावरण की दमघोटू चुप्पी को तोड़ रही थीं केवल प्लेटें और डोंगे लेकर आते-जाते बैरों के कपड़ों की सरसराहटें और काँच के बर्तनों तथा काँटे-छुरियों की खनखनाहटें। जेनिफ़र ज़रा बेचैन-सी लग रही थी। वह घर का मुआयना ही कर रही थी, जबकि बैरा उसे खाने के लिए बुलाने आ गया। अचानक उसने अपनी छुरी और काँटा तड़-से प्लेट में रख दिया– "मम्मी देखो, दीवार पर यह कैसी तसवीर है !"

मिसेज़ डायसन ने सिहरकर पीछे मुड़कर देखा। छत से टपकते बारिश के पानी के कारण दीवार का डिस्टैंपर जगह-जगह लंबी-लंबी लकीरों में बदरंग हुआ पड़ा था। दीवार पर तरह-तरह की टेढ़ी-मेढ़ी आकृतियाँ बनी हुई थीं, जो लालटेन की टिमटिमाहट में अलग-अलग रूप धर रही थीं।

"जेनिफ़र," मिसेज़ डायसन ने भर्राए गले से कहा, "मुझे इस तरह डराना बंद करो और चुपचाप अपना खाना खाओ।"

बाकी के भोजन के दौरान चुप्पी बनी रही। जब कॉफी आई तो जेनिफ़र सोने जा चुकी थी।

मिसेज़ डायसन ने दीवार की ओर एक बार फिर देखा। दीवार पर कुछ भी तो नहीं था।

"जॉन, मुझे यह जगह पसंद नहीं आई !"

डायसन ने कुछ सोचते हुए अपने पाइप में तीली के साथ दबा-दबाकर तंबाकू ठूँसा और उसे सुलगाया।

"जॉन, मुझे यह जगह अच्छी नहीं लग रही," मिसेज़ डायसन ने फिर दोहराया।

"तुम थक गई हो, डियर, बेहतर है, अभी सो जाओ।"

मिसेज़ डायसन सोने चली गई। डायसन भी कुछ देर बाद चला आया और

पल-भर बाद ही खर्राटे मारकर सोने लगा। पर मिसेज़ डायसन को नींद नहीं आ रही थी। उसने मच्छरदानी के डंडों के सहारे अपने तकिए टिकाए और बगीचे की ओर ताकने लगी। रात अँधियारी थी। ऊपर चाँद नज़र नहीं आ रहा था, पर आकाश साफ़ था और लॉन तारों के मद्धिम प्रकाश में आभासित हो रहा था। लॉन के पार ऊँची काली दीवार-सा खड़ा घना जंगल था। जंगल विभिन्न पशु-पक्षियों की आवाज़ों से मुखर हो रहा था। कहीं मेंढकों की टरटराहट तो कहीं झींगुर का स्वर, कहीं से आ रही थी लकड़बग्घे की आवाज़ें, तो कहीं से सियारों की हुआँ-हुआँ। मिसेज़ डायसन को पसीने छूटने लगे।

कई घंटे बाद जंगल के शीर्ष पर पीला-सा चाँद उगा और उसने बगीचे पर एक उदासी भरी आभा छिड़क दी।

मिसेज़ डायसन ने अपने मन की भीरुता को भगाने के लिए बगीचे में टहलने का निश्चय किया। वह नंगे पैर चलने लगी। उसके पैरों को ठंडी-ठंडी गीली घास का स्पर्श भला लग रहा था। चलते-चलते उसने देखा कि घास पर बिछी ओस की सफेदी पर जहाँ-जहाँ उसके पैर पड़ रहे थे, वहाँ-वहाँ पैरों के हरे-हरे निशान बनते जा रहे थे। उसने अपना सिर ऐसे झटका जैसे कोई भारी बोझ सिर से उतार रही हो। लंबी-लंबी साँसें भरकर उसने अपने-आपको काफी हल्का और तरोताजा महसूस किया। अब उसे बिलकुल भी डर नहीं लग रहा था।

मिसेज़ डायसन चाँदनी रात में भीगे लॉन पर काफी देर तक टहलती रही। तरोताजा महसूस करते हुए उसने फिर से सोने का निश्चय किया। बरामदे में कदम रखते ही वह सहसा ठिठककर रुक गई। थोड़ी दूरी पर ही उसे लॉन पर किसी के कदमों के निशान दिखाई दिए। अज्ञात पैरों के निशानों से लॉन पर एक पगडंडी-सी बन गई थी, जो लॉन के अंतिम छोर तक पहुँचती हुई जंगल में जाकर विलीन हो जाती थी। मार्गरेट डायसन को भय से हरारत-सी महसूस होने लगी और वह वहीं पर गिर पड़ी।

जब उसे होश आया तो सबेरा होने ही वाला था। सारा वातावरण चिड़ियों की कूज से अनुप्राणित हो रहा था। मिसेज़ डायसन बेहद थकी-थकी-सी धीरे-धीरे अपने बिस्तर की तरफ बढ़ी। जब बैरा चाय लेकर आया तो सूरज बरामदे के छोर पर चमकने लगा था। डायसन अपना नाश्ता करके बाहर जाने के लिए तैयार हो चुका था। लॉन के दूसरी तरफ ओवरसियर और कुली उसका

इंतजार कर रहे थे।

डायसन सूर्यास्त से कुछ पहले ही घर लौट आया। उसने अपनी स्कॉच और सोडा मँगवाया और बैरे के सामने जूतों के फीते खोलने के लिए उसने अपने पाँव पसार दिए। विहस्की के कुछ पैग गले के नीचे उतार वह काफी प्रसन्नचित्त लग रहा था।

''डिनर में क्या बन रहा है ? गंध से तो लग रहा है कि चिकेन करी बनी है···मुझे तो भूख लगने लगी है। सचमुच ऐसी खुली हवा का भी जवाब नहीं !''

परिवार के लोग चुपचाप खाना खाने लगे। डायसन को खाना स्वादिष्ट लग रहा था। तभी एक सियार लॉन को फलाँगता हुआ डायनिंग रूम के दरवाज़े के पास आ खड़ा हुआ और 'हुआ-हुआ' करने लगा। मिसेज़ डायसन के हाथ से काँटा छूट गया। डायसन के कुछ कहने से पहले ही वह बड़बड़ाई, ''जॉन, मुझे यह जगह अच्छी नहीं लग रही···''

''तुम्हारा जी अच्छा नहीं है। वैसे यह तो सियार ही था। इससे क्या डरना। एकाध को तो मैं शूट ही कर दूँगा। फिर वे तुम्हें परेशान नहीं करेंगे। घबराने की कोई बात नहीं। कल रात नींद तो आई ठीक से कि नहीं ?''

''हाँ-हाँ, थैंक्यू !''

जेनिफ़र ने जैसे तीर-सा छोड़ा, ''लेकिन मम्मी, मैंने तो तुम्हें रात लॉन में टहलते देखा···''

''तुम अपनी पुडिंग खत्म करो और सोने जाओ,'' मिसेज़ डायसन बोली।

''लेकिन मम्मी, मैंने तुम्हें रात को लॉन में सैर करते देखा था। तुमने सफेद रंग का गाउन पहना हुआ था। तुम मेरी मच्छरदानी के पास भी आई थीं, यह देखने कि मैं सो रही हूँ या नहीं ? मैंने तुम्हें देखा था, मम्मी !''

मिसेज़ डायसन का चेहरा पीला पड़ने लगा !

''बकवास मत करो, जेनिफ़र··· और सोने जाओ ! मेरे पास कोई सफेद गाउन नहीं है और यह बात तुम जानती भी हो,'' मिसेज़ डायसन ने जेनिफ़र को झिड़का और उठ खड़ी हुई। तभी डायसन भी कुर्सी से उठ खड़ा हुआ।

''रात को तुम्हें कुछ परेशानी हुई क्या ?''

''मैं बिलकुल ही नहीं सो पाई···पर जॉन, मेरे पास कोई सफेद रंग का गाउन नहीं है और न ही मैंने रात जेनिफ़र की मच्छरदानी के भीतर झाँका था।''

''अरे छोड़ो भी ! ये सब बेकार की बातें हैं। कम ऑन जेनिफ़र, अपनी

पुडिंग खत्म करो और सोने चलो। मैं अपनी बंदूक लेकर आता हूँ और इन सियारों में से एक न एक को निशाना बनाता हूँ। जेनिफ़र, फ़र कोट बनवाने के लिए सियार की खाल कैसी रहेगी ?'' डायसन ने उत्साहपूर्वक पूछा।

''नहीं, मुझे सियार अच्छे नहीं लगते।''

डायसन अपनी बंदूक ले आया और उसमें कारतूस भरकर उसने उसे अपने पलँग के पास दीवार के सहारे खड़ा कर दिया। उसने अपना पाइप जलाया और सोने के वक्त तक बातें करता रहा।

''अगर सियार की आवाज सुनाई दे तो मुझे जगा देना,'' उसने अपनी पत्नी से कहा, ''ज़रूर जगा देना मुझे, हाँ···''

''यस डियर···''

कुछ ही मिनटों में डायसन गहरी नींद में सो गया। जेनिफ़र भी सो चुकी थी। लेकिन मिसेज़ डायसन की आँखों में नींद कहाँ ? वह तो लगातार अपनी मच्छरदानी के बाहर लॉन को और जंगल के पेड़ों की घनी दीवार को ही निरख रही थी।

कोहरे के धुँधलके से सहसा ही सफेद ड्रेसिंग गाऊन में लिपटी एक नारी-आकृति प्रकट हुई। उसके बाल दो वेणियों में गुँथे उसके कंधों पर झूल रहे थे। उसके नैन-नक्श साफ़-साफ़ नहीं दीख रहे थे, पर उसकी आँखों में एक प्रकार की अमानुषिक चमक थी। मिसेज़ डायसन भय से ठंडी पड़ने लगी। उसने चीखना चाहा, लेकिन सिर्फ एक अवरुद्ध-सी बुड़बुड़ाहट ही उसके कंठ से बाहर निकली। जॉन डायसन अब भी खर्राटे मारता बेखबर सोया हुआ था।

मिसेज़ डायसन पर आँखें केंद्रित किए हुए वह मायावी आकृति बरामदे की ओर बढ़ने लगी। अभी वह आकृति लॉन के बीचोंबीच ही पहुँची थी कि एक सियार भागता हुआ आया और उसका रास्ता रोककर खड़ा हो गया। सियार ने अपना सिर उठाया और उसने ज़ोर से हूक लगाई। तुरंत ही और सियार भी उसके साथ आ मिले और एक सुर में हुआने लगे।

मिसेज़ डायसन की दबी हुई कराहें विक्षिप्त-सी चीखों में बदलने लगीं।

जॉन डायसन हड़बड़ाकर उठ बैठा और अपनी बंदूक की तरफ दौड़ा। इससे पहले कि वह स्थिति का जायजा ले पाता और अपना निशाना साधता, सियार अलग-अलग दिशाओं में दौड़ते हुए विलुप्त हो गए।

''हरामी भाग गए सब,'' डायसन अपने आप में ही बड़बड़ाया।

दूसरे दिन डायसन की व्यग्रता अधिक बढ़ गई लगती थी। ''माफ करना डियर, मैंने कल रात तुम्हें डरा ही दिया,'' डायसन अपनी पत्नी से बोला, ''पर आज मैं इन सियारों को नहीं छोड़ूँगा।''

''जॉन, तुमने क्या सियारों के सिवा कुछ और नहीं देखा?''

''कुछ और? क्या मतलब?''

''सफेद कपड़ों में लिपटी औरत! वह सीधे हमारी ही तरफ बढ़ी आ रही थी। जब तुमने बंदूक उठाई तो...''

''नानसेंस, मुझे तो सिर्फ यही दुख है कि मैं सियारों पर निशाना नहीं साध सका। तुम अपने-आपको सँभालो, मार्गरेट!''

''पर जॉन, तुम्हें मेरी बात का विश्वास करना पड़ेगा। पहली रात ही मैंने लॉन पर उसके पैरों के निशान देखे थे।''

मिसेज़ डायसन फिर उठ खड़ी हुई, ''मेरे साथ आओ, मैं दिखाती हूँ।''

वह डायसन को लॉन तक ले गई। लॉन पर अभी भी सफेद कोहरा छाया हुआ था जो हल्की धूप में चमक रहा था। पदचिन्ह सचमुच विद्यमान थे। उनका अनुसरण करता हुआ डायसन वहाँ तक पहुँचा जहाँ जमीन का एक टुकड़ा साफ़ किया हुआ था। उस खाली जमीन के बीचोंबीच एक कब्र थी। कब्र बहुत पुरानी और जीर्णावस्था में थी। ऊपर न कोई पत्थर जड़ा था, न ही कोई शिलालेख। उस पर चतुर्दिक काई उगी हुई थी और प्लास्टर की दरारों में घास-फूस उग आई थी।

डायसन घबड़ाया हुआ लग रहा था, पर उसने संयत दिखने का उपक्रम किया। ''समझ में नहीं आता कि...'' वह कुछ बुदबुदाया।

जब ओवरसियर काम पर आया तो डायसन ने उसे बुला भेजा और दरवाज़ा बंद करके पूछा, ''सुंदर लाल, तुम्हें इस घर की बाबत क्या-क्या मालूम है?''

''सर, कुछ खास नहीं,'' ओवरसियर सकपकाया, ''किस्से तो कई फैले हुए हैं आसपास के गाँवों में, सर! और ये अंधविश्वासी लोग उनमें विश्वास भी रखे हुए हैं। यह घर दरअसल कई सालों से खाली पड़ा हुआ था। यहाँ तक कि इस पर सरकार का कब्जा हो जाने के बावजूद कभी कोई हिंदुस्तानी अफसर यहाँ रहने को राजी नहीं हुआ। पर माली तो यहाँ हमेशा से रह रहा है और वह तो यहाँ से काफ़ी खुश है।''

''माली को बुलाओ।''

सुंदरलाल माली को लेकर वापस लौटा—''साहब इस घर की बाबत कुछ जानना चाहते हैं। साहब को सबकुछ बता दो, जो भी तुम जानते हो।''

''गरीब परवर,'' बूढ़े माली ने हिंदुस्तानी में बोलना शुरू किया, ''यह घर जीन मेम साब ने बनाया था। जीन मेम साब मांडला से आई रहीं। यहाँ वे बच्चों का स्कूल चलाती थीं। जमीन तो सरकार की थी, हुजूर? सो कई सालों की मुकदमेबाजी के बाद सरकार जीत गई और यह जमीन फिर से वापस सरकार के कब्जे में चली गई।''

''जीन मेम साब को क्या हुआ था?''

''हजूर, वे इसी घर में मरीं। असल में सरकार का कब्जा होने के बाद उन्होंने स्कूल बंद कर दिया। तभी वे बीमार पड़ गईं। बरसात के मौसम में भी बगीचे में घूमती-टहलती रहती थीं, सो एक रोज उनको मलेरिया ने धर लिया। दो-तीन अटैक के बाद वे गुजर गईं। रियाज़ उनका बैरा था, मुसलमान! उनकी मौत पर बस एक मैं पास था और एक वह बैरा। हम दोनों ने मांडला जाकर साहब लोगों से पता किया। लेकिन उनको वहाँ कोई जानता ही नहीं था। हम दोनों ने उनको जंगल में दफनाया। रियाज़ तो चला गया। मांडला में बैरे का काम करता है। मैं यहीं सरकार के लिए काम करने लगा।''

''उनकी मौत के बाद यहाँ कौन-कौन रहता था?''

''यहाँ तो कोई भी नहीं रहा, साहिब! अफसर लोग आते हैं, जाते हैं। लोग कहते हैं कि इस जगह पर जीन मेम साब का शराप है। लेकिन मुझे तो यहाँ पचास साल से भी ऊपर हो गए। मेरा तो कभी कोई अहित नहीं हुआ, हजूर!''

डायसन ने ओवरसियर और माली को वापस भेज दिया और अपनी पत्नी के पास चला गया।

''माली और ओवरसियर से मैंने बात की है,'' डायस्न ने लापरवाही के-से लहजे में उसे बताया, ''सब बकवास है कि कोई इस घर में रह नहीं सकता। माली तो यहाँ पिछले पचास सालों से रह रहा है। खैर, जो भी हो, मैं तो यहीं रहूँगा और इस प्रेत को हमेशा के लिए ठिकाने लगाकर ही दम लूँगा।''

उस रात भी डायसन ने अपनी बंदूक में दो गोलियाँ भरीं और उसका सेफ्टी-कैच उतार दिया। रात के खाने के बाद उसने कई कप ब्लैक कॉफी के पिए। अपने बिस्तर के पास उसने एक लालटेन रखवा ली और अलमारी से 'ब्लैकवुड्स मैगज़ीन' की पुरानी प्रतियाँ निकालकर बैठ गया। मिसेज़ डायसन

को आज कुछ तसल्ली हुई कि बत्ती जल रही थी और उसका पति जग रहा था। इसलिए उसे जल्दी ही बेधड़क नींद आ गई।

कुछ देर डायसन अपना पाइप पीता रहा। कुछ देर तक वह पढ़ता भी रहा। फिर उसने लालटेन कीं बत्ती तनिक धीमी की और पाइप पीने लगा। यह रात गत रातों से कहीं अधिक अँधेरी थी। आकाश पर बादल छाए हुए थे और भीगी-भीगी हवाएँ बारिश के आसार जतला रही थीं। आधी रात के कुछ देर बाद ही बिजली की गरज के साथ मूसलाधार बारिश शुरू हो गई। हवा के वेग से बारिश की फुहारें बरामदे से होती हुई मच्छरदानी तक पहुँचने लगीं। बिजली की कड़क के बावजूद मिसेज़ डायसन और जेनिफ़र गहरी नींद में सोई रहीं। ठंडी बौछारें डायसन को भी उनींदा-सा कर गईं। अपने तकिए के सहारे बैठा-बैठा ही वह ऊँघने लगा।

थोड़ी देर बाद एक सियार बरामदे के पास आया और 'हुआँ-हुआँ' करने लगा। झटके के साथ डायसन उठ बैठा। तभी लालटेन की बत्ती फड़फड़ाई और बुझ गई। मच्छरदानी के भीतर से डायसन ने एक मानव आकृति की छाया अपने पलँग के करीब खड़ी देखी। उसने देखा कि एक जोड़ी चमकीली आँखें उसकी ओर टकटकी बाँधे घूर रही हैं। अचानक बिजली चमकी और उसने उस आकृति को स्पष्ट देखा—सफेद रंग के कपड़ों में कंधों पर चोटियाँ लटकाए हुए एक नारी-आकृति। वह स्तब्ध-सा उसे वैसे ही ताकता रहा। बिजली की कड़क ने उसकी तंद्रा तोड़ी। भय-भरी चीत्कार के साथ वह अपने बिस्तर से कूदा और अपनी बंदूक की तरफ लपका। उसकी नज़र निरंतर अपने बिस्तर के बगल में खड़ी आकृति पर टिकी रही। उसने बंदूक का कुंदा अपने हाथ में पकड़ा और व्यग्रता से घोड़े (ट्रिगर) को टटोलने लगा। दो बार ज़ोर का धमाका हुआ और डायसन जमीन पर गिर पड़ा। बंदूक की गोलियाँ ठीक उसके माथे में लगी थीं।

दंगा

बसंत का मौसम था। साँझ के झुटपुटे में शहर साफ-सुथरा, धुला-धुला-सा लग रहा था। दुकानें बंद हो चुकी थीं। घरों-मकानों के दरवाज़ों की कुंडियाँ भीतर से उढ़की हुई थीं। सुनसान सड़कों पर खंभों पर लगी पीली मरियल बत्तियाँ जली हुई थीं। स्टील के टोप पहने पुलिस के कुछेक सिपाही कंधों पर बंदूकें लटकाए इधर से उधर गश्त लगा रहे थे। उनके ठकठकाते बूटों की आवाज़ें ही बस वातावरण की निस्तब्धता को भेद रही थीं।

शाम धीरे-धीरे रात में ढलने लगी। सुनसान गलियों पर अर्धचंद्र की चाँदनी तिरने लगी। हल्की-हल्की हवा में फुटपाथों पर फैलीं कागजों की चिंदियाँ उड़कर सड़क पर आतीं और फिर लौट पड़तीं। मौसम सुहावना था, ठंडा-ठंडा-सा, बसंत की ताज़गी से भरा-भरा।

एक अँधेरी गली से कुछ कुत्ते बाहर निकले और एक लैंप पोस्ट के गिर्द जमा हो गए। कुछ पुलिसवाले गश्त लगाते हुए उधर से निकले तो कुत्तों को देखकर अर्थपूर्ण ढंग से मुस्कराने लगे। उनमें से एक ने कोई भद्दा-सा मज़ाक किया। दूसरे ने एक कंकड़ उठाया और कुत्तों की तरफ़ दे मारा। कुत्ते हड़बड़ाकर गली के दूसरे छोर की तरफ भागे। सुरक्षित स्थान तलाशकर वे फिर अपने प्रेम-प्रसंगों में जा जुटे।

रानी एक लावारिस कुतिया थी। उसकी औलाद से शहर की गलियाँ पटी पड़ी थीं। शहर के अन्य लावारिस कुत्तों की तरह रानी भी देखने में सूखी-सड़ी, मरियल-सी लगती थी। उसके मटमैले बाल हड्डियों से चिपके पड़े थे। कहीं-कहीं फटा हुआ मांस भी झलक रहा था। टाँगों के बीच दुम दबाए रानी हमेशा डरी-डरी, सहमी-सहमी ही नज़र आती।

अगर हिंदू दुकानदार रामजवाया ने उसको आश्रय न दिया होता तो रानी अपने पहले प्रसव में आठ कतूरों को जनने के बाद ही भूख से तड़प-तड़पकर मर गई होती। पर रामजवाया ने अपने आँगन के एक कोने में उसको शरण दी थी। वहीं उसने अपने कतूरों को जना। जब तक कतूरे बड़े होकर गलियों में घूम-घूम अपनी खुराक खुद जुटाना नहीं सीख गए, दुकानदार का परिवार ही उनकी देखभाल करता रहा।

रामजवाया की उदारता के कारण रानी की प्रकृति दिन-ब-दिन परजीवी बनती जा रही थी। हर बरस, बसंत के आते ही रानी किसी-न-किसी बहाने रमजान की दुकान पर जा धमकती। रमजान की सब्जी-भाजी की दुकान थी। दुकान में लकड़ी के तख्ते बिछे हुए थे। तख़्तों पर सब्ज़ियों से भरी टोकरियाँ सजी रहतीं। तख्तों के नीचे ही रमजान का भारी-भरकम गदरैला कुत्ता मोती सुस्ताता हुआ पड़ा रहता था। रानी बस वहीं पहुँच जाती। पतझड़ शुरू होते ही रामजवाया का घर फिर से मोती से पैदा हुए आधा दर्जन कतूरों से भर जाता।

मोती न्यू फाउंडलैंड और स्पैनियल कुत्तों की संकर औलाद था। उसके झबरे बालों और बदमिजाज़ तबीयत पर रमजान को बड़ा नाज़ था। रमजान ने उसकी पूँछ और लंबे कानों को कतरवा दिया था। अपने हाथों खिला-पिलाकर उसे हट्टा-कट्टा बनाया था। शहर-भर के कुत्तों में मोती शाह माना जाता था। रानी के मुकाबले में मोती को चाहनेवाली कुतियों की कमी नहीं थी। पर साल-दर-साल रानी का खयाल मोती की ओर चला जाता और वह रमजान की दुकान के चक्कर काटने लगती।

इस बार भी बसंत आया। पर शहर को तो जैसे सांप्रदायिक दंगों और कर्फ्यू के डर से काठ ही मार गया हो। जब तक कर्फ्यू में ढील होती, लोग दस-बीस के जत्थों में गलियों के नुक्कड़ों पर खड़े खुसुर-पुसुर करते रहते। पर कर्फ्यू लगने के काफ़ी पहले ही दुकानें बंद हो जातीं और सड़कें सुनसान पड़ जातीं। लावारिस कुत्तों और पुलिसवालों के सिवा कोई भी बाहर नज़र न आता।

आज तो मोती का भी कहीं अता-पता नहीं था। दरअसल, जब से कर्फ्यू लगा था, रमजान उसे घर के भीतर ही चारपाई के पाये से बाँधकर रखने लगा था। गलियों में मटरगशती करने के बजाय घर की देखभाल करने का काम ज्यादा ज़रूरी था।

रानी रमजान की दुकान के पास आई। चारों ओर सूँघ-साँघकर देखा।

लगता था जैसे मोती काफ़ी दिनों से वहाँ नहीं आया था। रानी को बेहद निराशा हुई। लेकिन बसंत तो साल में एक बार ही आता है। फिर ऐसा मौका कहाँ मिल सकता था, जबकि सारे शहर पर अपना राज हो। न उत्सुकता से झाँक-झाँककर देखनेवाले बच्चे, न पत्थर फेंक-फेंककर भगानेवालें उनके माँ-बाप!

मोती की ओर से निराश होकर रानी रामजवाया के घर की ओर बापस चल पड़ी। चाहनेवाले कुत्तों की भीड़ उसके पीछे आ लगी।

रामजवाया की ड्योढ़ी के पास आकर रानी ने अपने आशिकों की ओर रुख किया। वे उसको पाने के लिए आपस में गुत्थमगुत्थी होते हुए एक-दूसरे पर गुर्रा रहे थे, झपट रहे थे। उनके फैसले की प्रतीक्षा में रानी चुपचाप निर्विकार-सी खड़ी थी। कुछ ही मिनटों में फैसला हो गया। बाजी उसी की जाति के एक मरियल-से काले कुत्ते के हाथ लगी थी। बाकी कुत्ते चुपचाप वहाँ से खिसक गए।

रमजान के घर में मोती चुपचाप-सा, उदास-सा मालिक की चारपाई के नीचे बैठा उसको घूर रहा था। कुछ दिनों से बसंत की भीनी-भीनी बयार ने उसे बेचैन किया हुआ था। गली में कुत्तों का गुर्राना उसने सुना। हवा में रानी की महक भी सूँघ ली। लेकिन रमजान था कि उसे घर से बाहर ही नहीं निकलने देता था। वह रस्सी छुड़ाने की कोशिश में लग गया। हारकर उसने रिरियाना शुरू कर दिया। रमजान ने उसे एक हाथ मारकर चुप करा दिया। थोड़ी देर बाद मोती ने फिर रिरियाना शुरू किया। रमजान पहरेदारी करते-करते कई रातों से सोया नहीं था। आज उसे जमकर नींद आई थी। वह खर्राटे मारता हुआ सो रहा था। मोती जोर-जोर से रिरियाने लगा। विश्वासघातिनी माशूका रानी का खयाल कर वह दर्दीले स्वर में गुर्राने भी लगा। उसने जोर लगाया और पट्टे को छुड़ाने की पूरी कोशिश में जुट गया। जब उसने भौंकना शुरू कर दिया। रमजान गुस्से में भरकर उसे मारने के लिए चारपाई से उठा। मोती चारपाई समेत दरवाजे की ओर दौड़ा। उझककर उसने दरवाज़ा खोल लिया और बाहर की ओर भागा। चारपाई रास्ते में अटक गई और रस्सी उसके गले पर कसने लगी। उसने भरपूर झटका मारा और रस्सी टूटकर अलग हो गई। मोती अब सड़क पर सरपट दौड़ रहा था। रमजान अपने कमरे के भीतर लौटा, कमीज के अंदर अपना छुरा छुपाया और वह भी मोती के पीछे-पीछे भागने लगा।

रामजवाया के घर के बाहर रानी और काले लावारिस कुत्ते का अवैध संबंध पूरा होने में देर नहीं थी। इतने में ही मोती का गठीला बदन नज़र में आया। गुस्से में फड़फड़ाया मोती रानी के प्रेमी पर टूट पड़ा। दूसरे कुत्ते भी एक-दूसरे को नोचते-झपटते पता नहीं कहाँ से फिर आ टपके और हंगामे में शामिल हो गए।

रामजवाया भी कई रातों से सोया नहीं था। पहरेदारी करते और मुसलमानों के खिलाफ जंग के नारे लगाते ही कई दिन बीते थे। थकान से चकनाचूर हुआ वह घोड़े बेचकर सोया पड़ा था। खटिए के नीचे उसने रोड़ों, कंकड़ों का ढेर लगाया हुआ था। एसिड से भरी सोडा वाटर की बोतलें भी करीब ही सजाकर रखी थीं। बाहर का शोरगुल सुनकर वह जाग पड़ा एक बड़ा-सा पत्थर हाथ में लिए वह दरवाजे की ओर बढ़ा। एक भारी-भरकम गाली के साथ उसने पत्थर कुत्तों की तरफ दे मारा। अचानक ही एक आदमजात न जाने किस कोने से निकल आ टपका। पत्थर कुत्तों के बजाय उसकी खोपड़ी में जा लगा।

वैसे रमजान को चोंट तो ज्यादा नहीं आई थी, पर इस तरह अचानक हुए वार ने उसको घबरा दिया।

"अरे खून हो गया, खून…," जोर-जोर से चिल्लाते हुए उसने छुरा अपनी कमीज से बाहर निकाल लिया। दुकानदार और कुँजड़े (रमजान) दोनों की नजरें चार हुईं और चिल्लाते हुए दोनों अपने-अपने घरों में वापस भागे।

पथराया हुआ शांत शहर पल-भर में ही हलचल से सराबोर हो गया। चारों ओर से चीखने-चिल्लाने की आवाज़ें आने लगीं। गुरुद्वारे में नगाड़े जोर-जोर से बज उठे। लड़ाई के नारों से वातावरण गूँज उठा।

लोग अपने-अपने घरों से निकलकर पूछापाछी करने लगे। तरह-तरह की बातें होने लगीं। कोई कहता—शायद किसी हिंदू पर हमला हुआ। किसी को किसी मुसलमान पर आक्रमण होने का अंदेशा था। शायद किसी को कोई उठाकर ले गया और अब जान से मार ही न दे। या फिर गुंडों का जत्था शहर पर हमला बोलने आया था, पर अचानक ही कुत्तों के भौंकने से भाग खड़ा हुआ। अरे नहीं, उन लोगों ने तो एक औरत की इज्जत पर हाथ डालने की कोशिश की थी। उन लोगों का मुकाबला करने के लिए तैयार हो जाना चाहिए।

और ऐसा ही हुआ भी। पाँच-पाँच के जत्थे दस-दस में जा मिले। दस-दस

के बीस-बीस में। थोड़ी ही देर में सैकड़ों की संख्या में लोग छुरों, भालों, फरसों और मिट्टी के तेल के कनस्तरों से लैस होकर रामजवाया के घर की तरफ बढ़ने लगे। पहुँचते ही उनके ऊपर पत्थरों और एसिड से भरी सोडा वाटर की बोतलों का भरपूर वार हुआ। उन्होंने भी कसकर जवाब दिया। मिट्टी के तेल के डब्बे अंधाधुंध लुढ़काए गए। खूब आगजनी हुई। रामजवाया के घर के साथ-साथ तमाम मुहल्ले के सारे हिंदू, सिख और मुसलमानों के घरों को लपेट में लेती आग की लपटें आकाश की ओर उठने लगीं।

पुलिस घटना-स्थल पर पहुँची। गोलाबारी हुई। दमकल की गाड़ियाँ आईं और आग को बुझाने में जुट गईं। आग शहर के दूसरे हिस्सों में भी जा लगी थी। दमकल के पास इतनी गाड़ियाँ भी नहीं थीं कि एक साथ सब जगह आग को काबू में लाया जा सकता। पूरी रात और दूसरे दिन तक ज्वाला धधकती रही। घर के घर ढह गए। सैकड़ों जानें गईं। रामजवाया का घर पूरी तरह जलकर ध्वस्त हो गया था। किसी तरह वह अपनी जान बचाकर भागा था। खंडहरों से कई-कई दिनों तक धुआँ उठता रहा। किसी वक्त जो एक बसता-बसाता शहर था, आज इमारतों की खाक का ढेर बनकर रह गया था।

कुछ महीनों बाद शांति फिर लौटी। रामजवाया अपने घर की हालत का मुआयना करने वापस आया। सबकुछ तहस-नहस हो चुका था। बस ईंटों का ढेर ही बाकी बचा था।

उसने देखा, जहाँ कभी उसका आँगन हुआ करता था, वहाँ जमीन का एक कोना साफ़ किया हुआ था। रानी अपने कतूरों के साथ वहाँ लेटी थी। कतूरे उसके सूखे हुए थनों में मुँह मार रहे थे। करीब ही अपनी हराम की औलाद की निगरानी करता खड़ा था मोती!

तितली

"मिलिए, मेरे मित्र चार्ल्स से," मैंने डाक्टर को उसका परिचय देते हुए कहा।

"नाम है रोमेश चंद्र..." चार्ल्स ने डाक्टर से हाथ मिलाते हुए कहा, "आपसे मिलकर खुशी हुई।"

यह सामान्य नियम था। उसके मित्र उसका परिचय चार्ल्स नाम से कराते और वह उनको ठीक करता, "नाम है रोमेश चंद्र।" लेकिन ऐसा भी नहीं था कि हमेशा ऐसा ही होता हो। वास्तव में जब मैं पहली बार चार्ल्स से मिला, मुझे यह शक भी नहीं हुआ था कि वह रोमेश चंद्र भी हो सकता है। वह शिमला के एक मिशन स्कूल से एंग्लो इंडियन लड़कों के बैच के साथ यूनिवर्सिटी में आया था। हम लोग उन्हें 'हम लोग फ़र्क हैं' के दल के नाम से पुकारते थे और उन्हें इस विशेषण पर कोई आपत्ति भी नहीं थी। इस दल में थे स्मिथ्स, स्टेंलीज़ और जॉनसंस! यहाँ तक कि इस गुट में शामिल हिंदुस्तानियों के नाम भी अंग्रेजी के थे, जैसे रोमेश चंद्र का चार्ल्स। चार्ल्स के अंतरंग मित्र उसे ओल्ड चार्ली कहकर बुलाते थे।

चार्ल्स का बनाव-ठनाव और पहनावा देखकर कोई उसे रोमेश चंद्र समझ ही नहीं सकता था। वह सिर पर तनिक टेढ़ा करके सोला हैट लगाता था। हैट के एक तरफ भूरे रंग का पंख खोंस लेता था। शायद कबूतर का पंख ही हो, पर कहता था कि वह पंख शुतुरमुर्ग नाम के एक विलक्षण पक्षी का है, जो भारत में तो पाया ही नहीं जाता। चार्ल्स की जैकेटों की कोहनियों पर अंग्रेजों की तरह चमड़े की चिप्पियाँ लगी होतीं। उसकी पतलूनों की क्रीज़ ब्लेड की धार सरीखी लगती। और जहाँ तक चार्ल्स के बात करने के लहजे का सवाल था, तो हम लोग जो देसी संस्थाओं से पढ़कर आए थे, यही सोचते थे कि शायद किंग्स

कालेज की अंग्रेजी ने अपना राजसी उपसर्ग किंग चार्ल्स के उच्चारण से ही ग्रहण किया होगा। चार्ल्स के द्वारा बोले गए कुछ शब्दों को तो हमने कभी सुना भी नहीं था। जो हमें सर्वाधिक प्रभावित करता था वह तो यह था कि यहाँ तक कि ऑक्सफोर्ड डिक्शनरी में भी ये शब्द नहीं मिलते थे। रुपयों को वह 'चिप्स' क़हता था, सिनेमा को 'फ्लिक्स' और कालेज के प्रिंसिपल को 'ओल्ड प्रिंसी'।

जब चार्ल्स विश्वविद्यालय में आया तो उसे हम हिंदुस्तानियों के साथ ही हमारे छात्रावास में रहना पड़ा। एंग्लो इंडियनों का अपना अलग छात्रावास था पर चार्ल्स की अंग्रेजियत के बावजूद उसे उस विशेष छात्रावास में दाखिला न मिल सका। लेकिन चार्ल्स अपनी वफादारियों का पक्का था। उसने शायद ही कभी हमसे बात की हो या हमारी मेस में खाना खाया हो, जब तक कि पैसों की बेहद तंगी न आन पड़ी हो और बेचारा अंग्रेजी रेस्तराओं में 'मिंट सॉस' के साथ 'लैंब चाप्स' न खा पाया हो। वह पूरा दिन अपने एंग्लो इंडियन मित्रों के साथ ही बिताता था। कालेज में वे साथ-साथ ही पढ़ते थे। मध्यांतर का समय अपने स्कूल के दिनों और स्थानीय एंग्लो इंडियन बस्तियों में की गई अपनी करतूतों की यादों को ताज़ा करने में बिताते थे। हम लोग भी ललचाए-से उन के चारों ओर मँडराते रहते, ताकि उनकी बातचीत की थोड़ी-बहुत भनक हमारे कानों में भी पड़ती रहे।

जब चार्ल्स शाम को देर गए छात्रावास में लौटता था तो हम लोग हमेशा उसे पटाने की ताक में रहते, ताकि वह हमें भी ऐंग्लो इंडियन बस्तियों के बारे में कुछ बताए। वह हमें ऐसे देखता था जैसे उसके पास कहने को तो बहुत कुछ था पर हम लोगों की समझ में कुछ घुसेगा, इसका भरोसा उसे कतई नहीं था।

कभी किसी दिन हम पूछते कि उसने उस दिन क्या-क्या मज़े किंए तो वह चुपचाप मुस्कुराकर टाल जाता। एक दिन वह बातें करने के मूड में लग रहा था। उसने हमसे पूछा कि क्या कभी हमने किसी गोरी औरत को हमबिस्तर किया है? हमने कहा, ''नहीं भई, गोरी क्या? हमने तो कभी किसी काली औरत को भी छू के नहीं देखा।'' लेकिन हम सब जानना चाहते थे कि गोरी औरतें कैसी होती हैं। चार्ल्स ने कोई जवाब नहीं दिया। उसने बस अपनी आँखों की पुतलियाँ घुमाकर ऊँची कर लीं और हमें अपनी आँखों की सफेदी दिखाने लगा। हमने उसके हाथ-पाँव जोड़े कि हमें कुछ तो बताए। तब उसने हमें किसी काम-कलाकार के चातुर्य से युक्त होकर सारा किस्सा विस्तारपूर्वक सुनाया।

अपने-अपने कमरों में जाते हुए हमारे बेचैन-उद्वेलित हृदयों में चार्ल्स के प्रति ईर्ष्या के बवंडर उठ रहे थे।

अचानक ही बिना किसी विशेष कारण के चार्ल्स के रंगढंग में बदलाव आने लगा। वह अपने एंग्लो इंडियन मित्रों की अपेक्षा हम लोगों में ज्यादा समय बिताने लगा। हमें बहुत खुशी हुई। उसने बताया कि वह हिंदुस्तानी था। अब 'ब्राइटन' के बदले वह अपना घर 'भेड़ा' में बताने लगा। उसने हमें यह गोपनीय बात भी तभी बताई थी कि उसका असली नाम रोमेश चंद्र था।

एक दिन चार्ल्स ने हमें धीमी-धीमी आवाज में गोरी औरतों के बारे में आंतरिक जानकारी दी। उसने बताया कि उन्हें ऐसे ही बढ़ा-चढ़ाकर मान दिया जाता है। हमारे कानों में फुसफुसाते हुए वह बोला कि गोरी चमड़ी के सिवाय उनमें कुछ खास नहीं होता। हमने कहा कि हम तो पहले से ही ऐसा अंदाजा लगाया करते हैं। अब हमें और भी यकीन हो गया, क्योंकि चार्ल्स तो गोरी औरतों को करीब से जानता है। खैर, हमें खुशी हुई कि चार्ल्स कम-से-कम हिंदुस्तानी औरतों को मान्यता देने की बात को लेकर तो देशभक्त कहला ही सकता है।

कुछ ही दिनों में हमें चार्ल्स की देशभक्ति का कारण पता चल गया। बेट्टी-ब्राउन से उसकी खासी निभ रही थी कि उसे पता चला कि बेट्टी का एक एंग्लो-इंडियन प्रेमी भी था—जेकब। हाल ही में जेकब की पुलिस में सार्जेंट की नौकरी लग गई थी। बेट्टी ने चार्ल्स को छोड़ दिया, क्योंकि चार्ल्स के पास न तो खाकी यूनीफॉर्म थी, न ही 'सैम ब्राउन' की भूरी बेल्ट और न ही उसके कंधों पर पंजाब पुलिस का शानदार बिल्ला था। उसके पास दो सीटोंवाली मोटर-साइकिल भी नहीं थी, जिस पर बेट्टी को पीछे बैठाकर हवा में उड़ाता। और फिर हर बात के बावजूद चार्ल्स उसके लिए 'निगर' (नीग्रो) ही तो था।

बात चार्ल्स के दिल को चुभ गई। लेकिन दिल को टूटने से पहले ही एक और सहारा मिल गया। रेतीले शाहपुर की बंजर जमीन से एक लड़की ने उस विश्वविद्यालय में दाखिला लिया। उम्र होगी करीब सोलह साल। लेकिन उसके सीने के उभारों से नारीत्व के लक्षण प्रकट हो रहे थे। किसी को अपनी ओर देखते ही उसकी नज़रें झुक जातीं, ऐसी छुईमुई-सी शर्माती थी। हमेशा चुपचाप, ठगी-ठगी-सी दिखाई देती। हाथ के बुने खद्दर की सफेद साड़ी ही पहनती और जनवरी के ठेठ-ठंडे महीने में भी चप्पलें पहने रहती। जब उस

लड़की ने हाथ जोड़कर शर्माते हुए चार्ल्स को धीरे-से नमस्ते की तो चार्ल्स का दिल थमा का थमा रह गया। चार्ल्स को लगा कि माँ के पास रखी सरस्वती की तस्वीर से यह लड़की कितनी मिलती-जुलती है। उसे बचपन से ही वह तस्वीर बहुत अच्छी लगती थी। बड़े-से गुलाबी कमल पर दिव्य श्वेतांबर में सज्जित सरस्वती और पीछे बर्फ से ढकी पर्वतमालाएँ। सामने की तरफ कोने में सूँड ऊँची करके नमस्कार करता गज युगल। चार्ल्स ने मन-ही-मन सोच लिया कि यह लड़की साक्षात् सरस्वती का प्रतिरूप है। माथे पर लगी नन्हीं-सी लाल बिंदी से लेकर गुलाबी अँगुलियोंवाले पैरों तक सरस्वती की प्रतिभा ही तो साकार हुई उसके सामने खड़ी थी। जैसे अभी-अभी वेदों से निकलकर प्रकट हुई हो। जैसे हिमाच्छादित कैलाश पर्वत से निकली गंगा की धार में भव्य कमल पर आसीन, तैरती हुई सरस्वती चार्ल्स के सम्मुख आकर विराजमान हो गई हो।

चार्ल्स अचानक स्वदेश-भक्त बन बैठा। जब उस लड़की के साथ न होता तो हमारे साथ रहता। अब वह अपने ऐंग्लो इंडियन दोस्तों को हरामी या लौंडेबाज कहने लगा था। कभी-कभी कहता कि साले दोनों है—हरामी भी और लौंडेबाज भी। हम मान लेते क्योंकि हम जानते थे कि वह उनके बारे में हमसे ज्यादा जानता है। चार्ल्स की वेशभूषा में भी बदलाव आया था। पहले उसके हैट से पंख उड़ा, फिर खुद हैट ही। उसकी भूरी पतलून भी नाटकीय रूप में विलुप्त हो गई और चमड़े की कोहनियोंवाली जैकेटें भी। दिसंबर की एक सर्द रात को हम लोगों के साथ वह नहर के किनारे-किनारे टहल रहा था। उसके पास पैसे नहीं थे और वह पैसों के लिए कोई सुरक्षित शर्त लगाने की ताक में था। आखिरकार उसने घोषणा की कि अगर हम उसे पाँच रुपए दे दें तो वह अपने कपड़ों समेत नहर में कूद पड़ेगा। चार्ल्स ने शर्त जीत ली और वह भीगे कपड़ों में काँपते हुए छात्रावास में लौटा। लेकिन उसके हाथ में पाँच रुपए का नोट चमक रहा था। चार्ल्स की इकलौती पतलून टखनों से छह इंच ऊपर चढ़ी हुई थी। उसे बहाना मिला हिंदुस्तानी कपड़े पहनने का। हाथ के बने खद्दर के कपड़े सस्ते पड़ते थे और वह हिंदुस्तानी लड़की भी तो हमेशा खद्दर की ही साड़ियाँ पहनती थी। सो सोला टोपी लगानेवाला सूटेड-बूटेड चार्ल्स अब खद्दरधारी बन गया था।

रोमेश ने अपनी नई भूमिका को गंभीरतापूर्वक लिया। इस परिवर्तन पर बल देने के लिए उसके नाम के आगे श्रीयुत् लगाया जाने लगा। हमें बताया गया

कि सच्चे भारतीय अपने नाम के पहले मिस्टर के बजाय श्रीयुत् लगाना ही ज्यादा पसंद करते हैं। हम लोगों के नाम के पहले अब भी मिस्टर ही लगता था। हम अपने-आपको उसकी तुलना में विदेशी महसूस करने लगे। रोमेश हमें और भी कई छोटी-छोटी बातों में अ-देशभक्त महसूस कराता रहता था। उसके हाथों में हमेशा उर्दू या हिंदी की किताबें ही दिखाई देतीं। वह अक्सर कालिदास, गालिब और मुंशी प्रेमचंद के बारे में बातें करता रहता और उन्हें विदेशी लेखकों से हर हालत में बेहतर बताता था। हम लोग कुछ नहीं बोलते थे, क्योंकि हमें कुछ पता ही नहीं था। लेकिन रोमेश की इस नवोपार्जित विद्वता के प्रति पतां नहीं क्यों, हमें शंका रहती थी।

रोमेश का देशभक्ति का सबसे बड़ा राज़ तो केवल कुछ ही लोगों को मालूम था। हम लोग अक्सर देखा करते कि वह अपने चमड़े के पर्स से एक मुड़ा-तुड़ा चर्मपत्र निकालकर बड़े ध्यान से पढ़ा करता। जब कभी हम उसके करीब चले जाते तो वह उसे झट-से वापस अपने बैग में डाल लेता, मानो वह कोई गुप्त पत्र हो। दरअसल वह था ही गुप्त पत्र और रोमेश महीनों से इस पर काम कर रहा था। अपने कुछ खास प्रशंसकों को उसने बताया कि वह अपने साथ उन अंग्रेजों की सची लिए घूमता है जिन्हें वह 'शूट' करने जा रहा है। उसने चर्मपत्र निकाला और हमारी प्रशंसापूर्ण नज़रों के सामने फैला दिया। हमने नज़दीक से इसका निरीक्षण किया। इसमें पुलिस और भारतीय सिविल सर्विस के कई महत्वपूर्ण अधिकारियों के नाम थे। अंत में था पंजाब पुलिस के इंस्पेक्टर जेकब का नाम। हमारे सुझाव से उस लिस्ट में और भी नाम सम्मिलित किए गए। रोमेश ने धीरे-से चर्मपत्र को तहाया और अपने बटुए में वापस रख लिया। उसके चेहरे के हाव-भावों को देखकर हम लोगों को उन अपराधी अफसरों के रिश्तेदारों के प्रति सहानुभूति हो आई।

कई दिनों तक हम नियत समय से पहले ही सोकर उठने लगे कि अखबार में रोमेश द्वारा कत्ल किए गए अफसरों के नाम पहले पढ़ सकें। लेकिन लगता था कि वह उन अपराधी अफसरों को अपना व्यवहार सुधारने के लिए कुछ दिनों की और मोहलत दे रहा था। जब हमने उससे पूछा तो उसने बताया कि सारी तैयारी हो चुकी है—बस उसे कुछ सहायकों की आवश्यकता है। स्वाभाविक ही था कि हम लोगों ने अपने-अपने पूर्वानुबंधों की आड़ लेकर उससे माफ़ी माँग ली। रोमेश हमसे ख़फ़ा हो गया और कहने लगा कि हम सब कायर हैं। हम

लोगों ने बदला लेने की नहीं सोची, क्योंकि हमें लगा कि उसकी बात में सच्चाई है। पर हममें से कुछ ने सोचा कि रोमेश शायद हमें ऐसे ही बनाने की कोशिश कर रहा है। क्यों न हम भी इसे ज़रा बनाएँ।

हम लोगों ने उससे कहा कि हमारा अपना भी पहले से ही एक उग्रवादी दल है। अगर वह चाहे तो हमारे दल में उसका स्वागत है। सुनते ही रोमेश का रंग पीला पड़ा गया, पर जिस तरह उसने हमें कायर कहकर लज्जित किया था, उसके पास और कोई चारा नहीं बचा था, सिवाय इसके कि चुपचाप हमारे दल में शामिल हो जाता। एक रात हमने उसकी आँखों पर पट्टी बाँधी और शहर के बाहर किराए पर ली हुई एक बरसाती में उसे ले गए। यहाँ पहुँचकर उसकी आँखों की पट्टी हमने खोल दी। आँखें खुलते ही उसने देखा कि उसके सामने टोपधारियों का एक दस्ता खड़ा है। रोमेश को गोपनीयता की शपथ दिलाई गई और लेनिन के बड़े चित्र के सामने उसने कसम उठाई कि वह सर्वहारा वर्ग के हितों की रक्षा अपने रक्त से करेगा और अगर वह अपने इस लक्ष्य में असफल रहा तो लेनिन के चित्र के ऊपर बड़े-बड़े अक्षरों में लिखी उस चेतावनी को स्वीकार करेगा अर्थात्–'गद्दारी की सज़ा मौत।'

शपथ उठाने के बाद रोमेश जोश में आया ही था कि कहीं से सीटी की आवाज आई। एक टोपधारी ने दौड़कर आकर सूचित किया कि किसी के गद्दारी करने की खबर मिली है। हमने अपनी-अपनी पिस्तौलें निकालीं और रोमेश के ऊपर तानकर उससे स्पष्टीकरण माँगा। वह हकलाने-तुतलाने लगा और पत्ते की तरह काँपने लगा। तभी हममें से किसी की हँसी छूट गई। बेचारा रोमेश स्वयं को बहुत अपमानित महसूस करता हुआ घर लौटा।

रोमेश के इस उग्रवादी जोखिम की कहानी दूर-दूर तक फैल गई और लोग उस पर हँसने लगे। यहाँ तक कि उस लड़की को भी यह घटना काफी मनोरंजक लगी। रोमेश को यह जानकर बेहद दुःख हुआ। कम-अज-कम उस लड़की से तो उसे ऐसी प्रत्याशा नहीं थी। यह तो ऐसा था जैसे सरस्वती अपनी गरिमा और संतुलन को ताक पर रखकर निम्न स्तर पर उतर आई हो। उसने उस पर हँसकर उसका अनादर किया था।

उसकी सरस्वती ने उसे एक बार और नीचे दिखाया। विश्वविद्यालय की पढ़ाई बीच में ही छोड़ उसने किसी तोंदू सरकारी अफसर से शादी कर ली।

रोमेश का दिल टूट गया था और वह एक बार फिर हताश-सा दिखने लगा

था। उसने लोगों से बात करना भी बंद कर दिया। दिन-भर पड़ा-पड़ा कार्ल मार्क्स, एंजिल्स, और लेनिन की किताबें पढ़ता रहता। रोमेश की तड़पती हुई आत्मा के लिए कम्युनिज्म ने मरहम का काम किया। इससे उसके भीतर उगे तमाम भयों को राहत मिली और उसकी आत्मविश्वास की भावना बुलंद हुई। उसके पहले से ही युयुत्सु व्यक्तित्व को इससे और भी अधिक मसाला मिला। कई महीनों तक 'लेफ्ट बुक क्लब' के तैयार किए गए भावनात्मक टॉनिक के सेवन के पश्चात वह स्वयं ओढ़े एकांतवास के पर्दे से एक नए व्यक्ति के रूप में प्रकट हुआ। हिंदी पढ़नेवाली प्यूपा अपने कोष को तोड़कर बाहर निकली थी और एक मार्क्सवादी तितली में प्रस्फुटित हो गई थी। श्रीयुत् रोमेश चंद्र मर गया था। कॉमरेड रोमेश चंद्र अथवा कॉमरेड चार्ली पैदा हुआ था।

पहले की भाँति इस बार भी चार्ल्स ने अपने काम को गंभीरतापूर्वक लिया था। वह कम्युनिस्ट पार्टी में शामिल हो गया। उसने ताँगेवालों और जमादारों की मजबूत यूनियनें बनाईं। उसके आदेश पर जमादारों ने हड़ताल की। सारा शहर गंदगी से बसाने लगा। उसके आदेश से ताँगेवालों ने ताँगे चलाने बंद कर दिए। लोगों का घर से निकलना रुक गया। वे मन-ही-मन मनाने लगे कि ईश्वर चार्ल्स को सद्‌बुद्धि दे और इसका मन कहीं और फेर दे। जो चार्ल्स को जानते थे, उन्होंने इसे गंभीरतापूर्वक नहीं लिया और हड़ताल के टूटने की प्रतीक्षा करने लगे।

चार्ल्स ने ताँगेवालों को हड़ताल का आदेश दिया हुआ था। हड़ताल के लिए बहाना ढूँढ़ना कोई मुश्किल नहीं होता, कभी भी ढूँढ़ा जा सकता है। कॉरपोरेशन ने उनका किराया बढ़ाने से इंकार कर दिया था। पुलिस हमेशा उनसे घूस माँगती रहती थी। मजिस्ट्रेट आए दिन अनुचित जुर्माना ठोंकते रहते थे। अतएव ताँगेवालों ने हड़ताल कर दी। शहर का आवागमन का इकलौता साधन ठप्प हो गया। चार्ल्स जीत की उमंग में इतराने लगा। उसने इसी खुशी में हमें बियर पिलाई।

अगले दिन प्रशासन ने कार्रवाई करने की सोची। ताँगेवालों की यूनियन को अवैध घोषित कर दिया गया और ताँगेवालों को आदेश मिला कि वे पुनः सड़कों पर लौट आएँ, अन्यथा उनके लाइसेंस जब्त कर लिए जाएँगे।

हम जानते थे कि इसका मतलब है मुसीबत; और चार्ल्स तथा मुसीबत का कोई साथ नहीं था। सबेरे-सबेरे ही एक ताँगा बड़ा-सा लाल झंडा लहराता

घूम-घूमकर शाम को होनेवाली ताँगेवालों की मीटिंग की घोषणा करने लगा। चार्ल्स ताँगे में नहीं था, न ही सभा को संबोधित करनेवाले वक्ताओं में उसका नाम आया। शाम को ढोल पर मुनादी करके एक सूचना दी गई कि प्रशासन ने इस सभा को गैर-कानूनी घोषित कर दिया था।

हम समझ गए कि क्यों चार्ल्स का नाम वक्ताओं की सूची में नहीं था। निश्चय ही वह किसी आवश्यक कार्य का बहाना बनाकर शहर के बाहर चला गया होगा या फिर पेट पकड़कर बिस्तर में पड़ा होगा। हमने उसे देखने जाने का निश्चय किया कि चलो कुछ दिल्लगी ही सही।

रेलवे स्टेशन के पास चौराहे पर भारी भीड़ जमा थी। इस उत्तेजित भीड़ से थोड़ा हटकर बीच की तरफ दो गुट अलग-अलग जमे हुए थे। एक गुट था करीब दो सौ ताँगेवालों का जो जमीन पर ही पसर कर बैठे हुए थे। उनके बीचोंबीच एक आदमी लाल रंग का झंडा थामे बैठा था। ताँगेवालों से करीब तीस गज दूर पुलिसवाले अपनी राइफलें थामें चार पंक्तियों में खड़े थे। एक-एक पंक्ति में करीब पचास पुलिसवाले थे। इनके सामने कई ऐंग्लो इंडियन सार्जेंट बेचैनी से टहल रहे थे। उन्हीं में जेकब भी था। वह अपने जैक-बूटों को अपने चमड़े से मढ़े सोटे के साथ बेचैनी से थपक रहा था, क्योंकि चार्ल्स उसके हाथों से बच निकला था।

तभी एक साँवला- सा, लंबा-सा आदमी ताँगेवालों के घेरे से निकला और लाल झंडे के पास आकर खड़ा हो गया। उसने बोलना शुरू किया। वातावरण में पूर्ण निस्तब्धता छा गई और लोगों ने उसको सुनने के लिए अपने कान खड़े कर लिए।

''कॉमरेडो, वह चिल्लाया, ''परीक्षा का क्षण आ गया है। हमें इसका मुकाबला करने के लिए तैयार हो जाना चाहिए। हम लोग मजदूर हैं और न्याय हमारे पक्ष में होगा।''

एक ऐंग्लों-इंडियन सार्जेंट ने घेरे के बीच पहुँचकर उसे आगे बोलने से रोका। पीले रंग का एक कागज दिखाते हुए उसने आदेश दिया कि पाँच मिनट के भीतर-भीतर सभा विसर्जित हो जानी चाहिए। उसने वक्ता को कॉलर से पकड़ा और अभद्रतापूर्वक पास खड़े कांस्टेबलों की ओर धकेला। कांस्टेबलों ने उसे हथकड़ी लगाकर पुलिस की वैन में ठूँस दिया।

अब ताँगेवालों का कोई नेता नहीं बचा था। हम लोगों ने उनकी बातें सुनीं

कि काम पर न जाने से उन्हें कितना नुकसान हो रहा था। वे यह भी कहते सुने गए कि अगर उन्हें जेल जाना पड़ा तो पीछे उनके बीवी-बच्चे भूख से तड़प-तड़पकर मर जाएँगे। नेता ने तो साथ छोड़ ही दिया था। कुछ लोग उठ-उठकर भागने लगे और भीड़ में जा मिले। 'शर्म करो, कुछ शर्म करो' की आवाज़ों के बावजूद और भी कई उनका अनुसरण करके भाग चले। ऐसा लग रहा था कि पाँच मिनट के भीतर-ही-भीतर सभा विसर्जित हो जाएगी।

तभी पता नहीं कहाँ से चार्ल्स एकाएक प्रकट हुआ। हमने उसकी दुबली-पतली आकृति को भीड़ और ताँगेवालों के बीच के रिक्त स्थान में चलते हुए देखा। उसने कुछ उत्तेजित होते हुए अपने बिखरे बालों को दोनों हाथों से दबाया। जैसे ही उसने ताँगेवालों के बीच जाकर लाल झंडे को थामा, भीड़ में से हर्षनाद की ध्वनि गूँज उठी।

उसने समन्वित लोगों पर चतुर्दिक एक दृष्टि दौड़ाई और चिल्लाने लगा, "कॉमरेडो!" फिर वह अपने दोनों हाथ ऊपर उठाकर कम्युनिस्ट पार्टी का अंतर्राष्ट्रीय गीत गाने लगा। उसके भयभीत साथियों में भी हिम्मत और बहादुरी की एक लहर-सी उभर आई।

पुलिस कमिश्नर जानता था अब उसे क्या करना चाहिए था। ज़रा-सा बल प्रयोग ही इनको तितर-बितर करने के लिए काफी था। उसने सिपाहियों को अपनी-अपनी संगीनें तैयार करने का आदेश दिया। डूबते सूरज की शिथिल आभा में स्टील की दो सौ संगीनें चमक उठीं। सिपाहियों ने अपनी-अपनी राइफलों पर उन्हें चढ़ा लिया। गाने का स्वर थम गया और बचे हुए ताँगेवालों में से कुछ और भी भागकर भीड़ में जा मिले। चार्ल्स वहीं खड़ा रहा। झंडा अब भी उसके हाथ में था। एक बार फिर उसकी आवाज गूँजी, "कॉमरेडो!" उसने फिर अपनी बाँहे ऊपर उठाईं और उसके गुट के बचे हुए लोगों ने एक सुर में 'लाल झंडे' का गीत गाना शुरू कर दिया।

"अटेंशन!"

"अपनी बंदूकों मे कारतूस भरो।"

"निशाना साधो!"

दो सौ संगीनयुक्त राइफलें कंधों पर चढ़ा ली गईं। उनकी बदशक्ल नोकें चार्ल्स और उसके साथियों की ओर तन गईं। हमारे शरीर का रक्त भय से जमने लगा और हम पसीना-पसीना हो गए। यह तो कोई कानून नहीं है कि सभा

में एकत्रित होने के कारण ही लोगों पर गोली चला दी जाए। लेकिन लगता था कि वे ऐसा ही करनेवाले हैं। कमिश्नर ने अपने हाथ का सोटा ऊपर उठाया हुआ था। उसने झटके के साथ उसे नीचे किया।

"फायर!"

राइफलों के मुँह आकाश की तरफ उठे और गोलियों की बौछार का भयंकर शब्दनाद वातावरण की शांति को चीर गया। केवल झंडे को ही निशाना बनाया गया था। वह लाल कपड़ा छलनी-छलनी हो गया था। गजब का शोर मचने लगा। भीड़ भयाक्रांत होकर इधर-उधर दौड़ने लगी। चार्ल्स के साथी भी उसे छोड़कर भाग लिए। इनमें से दो ने उसे भी अपने साथ पीछे खींचने की चेष्टा की, पर उसने उन्हें झटककर परे कर दिया।

अब उस विस्तृत चौराहे पर चार्ल्स अकेला खड़ा था। बड़े-से झंडे की बगल में खड़ी एक छोटी-सी काया। राइफलों के मुँह अब भी उसकी तरफ तने थे और उनकी नोकों से निकलता हुआ धुआँ उसकी तरफ बढ़ रहा था। माहौल पूरी तरह शांत था। कुछ मिनटों तक चार्ल्स वैसे ही चुपचाप खड़ा दृश्य का निरीक्षण करता रहा। उसके सामने वे पुलिस के लोग खड़े थे, जिन्हें वह तहेदिल से नफ़रत करता था।

उसके अपने देशवासियों ने उसका साथ छोड़ दिया था। पर लगता था चार्ल्स को कोई फर्क नहीं पड़ा था। उसने धीरे-से लाल झंडा ऊपर उठाया और उसकी अकेली आवाज ने वातावरण की भयाच्छादित शांति को तोड़ा, "हिंदी हम चालीस करोड़..." वह मस्ती से गाता हुआ धीरे-धीरे मार्च करता शस्त्रधारी पुलिस बल की ओर बढ़ने लगा।

पुलिस की पंक्ति से जेकब बाहर निकला और अपनी बाँह तानकर चार्ल्स का रास्ता रोक खड़ा हो गया। चार्ल्स तब तक आगे बढ़ता रहा जब तक कि उसका मुँह जेकब के चेहरे के बिलकुल करीब नहीं आ गया।

"शट अप," चार्ल्स के मुँह पर एक करारा तमाचा जड़ते हुए सार्जेंट चिल्लाया, "शट अप!" लेकिन चार्ल्स तब भी गाता रहा।

"ओ के, यू बास्टर्ड, तुमने खुद ही हमें उकसाया है।"

जेकब ने अपने डंडे के साथ चार्ल्स को इतना पीटा कि उसके मुँह से खून गिरने लगा। हमारी तितली की जमकर धुनाई हुई थी।

पुलिस ने चार्ल्स को अपने साथ ले जाने की जरूरत नहीं समझी। उसे

मार-पीटकर चौराहे पर ही बेहोशी की हालत में छोड़ दिया गया था। हम उसे उठाकर अपने साथ लाए और उसकी तीमारदारी में जुट गए। उसकी देखभाल के लिए हमने एक खूबसूरत-सी यूरोपियन नर्स तैनात की। वह पूरी रात बेहोशी की हालत में ही रहा। हम लोग काफी घबरा गए थे।

सवेरे तड़के जाकर उसे होश आया। हम सब चारों ओर से उसे घेरकर खड़े हो गए। हम सोच रहे थे कि वह दर्द से छटपटाता हुआ दिखाई देगा, पर चार्ल्स तो उस हालत में भी विजयी-सा मुस्करा रहा था।

हमें देखते ही वह चिल्लाया, "कॉमरेडो, मोर्चाबंदी का मुकाबला करो।"

उसने जोशीले स्वर में फिर दोहराया, "अपने गीतों के बम उन पर फेंको!"

"नाउ, नाउ, मिस्टर...," खूबसूरत नर्स ने कड़ाई से उसे अधिक बोलने से मना किया, "अपने-आपको ज्यादा एक्साइट मत कीजिए।"

अभी तक चार्ल्स का ध्यान उसकी तरफ नहीं गया था। अब उसने पहली बार उसकी तरफ देखा। वह मुस्कराया और बोला, "नाम है रोमेश चंद्र! छोटा नाम चार्ल्स! प्लीज़्ड टु मीट यू (आपसे मिलकर खुशी हुई)!"

जल-हिंदिया की प्रथम यात्रा

मैं जहाजों में पहले भी चढ़ चुका था लेकिन 'जल-हिंदिया' में सफ़र करने की जैसी उत्सुकता मुझे हो रही थी, वैसी पहले कभी नहीं हुई। ऐसा भी नहीं था कि यह जहाज समुद्र में पहली बार उतर रहा था। ब्रिटेन के मालवाहक पोत के रूप में यह पहले भी समुद्री यात्राएँ कर चुका था। पर यात्री-जहाज के रूप में निश्चय ही यह इसकी पहली यात्रा थी। अब इसे एक हिंदुस्तानी शिपिंग कंपनी ने खरीद लिया था और इसे मालवाहक के साथ यात्री-जहाज भी बना दिया गया था। इसके दूसरे नामकरण के लिए भारतीय उच्चायुक्त की पत्नी लंदन से आईं। नारियल तोड़कर उसने इसका नाम 'जल-हिंदिया' रखा। इसके मस्तूल पर विशाल तिरंगा फहराया गया और भारतीय नौसेना के बैंड पर राष्ट्रगान 'जन गण मन' गाया गया। बड़े गौरव का क्षण था। कइयों की आँखें भर आईं, "हमारा पहला यात्री-जहाज...!" एक पखवाड़े बाद ही 'जल-हिंदिया' लिवरपूल के डॉक में सुसज्जित खड़ा था।

एक छपी हुई यात्री-सूची श्रृंगार-मेज पर पड़ी थी। हैरानी हुई कि ज्यादातर नाम अंग्रेजों के थे। एक सपरिवार पाकिस्तानी राजनयिक भी था। प्रथम श्रेणी के बाकी सारे यात्री हिंदुस्तानी थे, सिर्फ एक को छोड़कर जिसका नाम बताता था कि वह अंग्रेज है पर उसने किसी हिंदुस्तानी से शादी की हुई है—श्रीमती मागदा ब्रॉनसिंह। निश्चय ही अकेली सफर कर रही थी। टूरिस्ट दर्जे के मुसाफिरों में यूरोप की यात्रा से लौट रहे पाकिस्तानी खिलाड़ियों की टीम थी। दो दर्जन के करीब सिंह थे। उनके नामों से ही मैं समझ गया था कि वे कामगर सिक्ख हैं जो लंदन के उपनगरों के लिए जाने-पहचाने चेहरे हैं। टूरिस्ट सूची के एक नाम ने मेरा ध्यान आकर्षित किया, क्योंकि उसके आगे लगी

उपाधियों की लंबी लाइन पूरे पृष्ठ तक फैली थी—डॉ. चक्कन लाल, एम. ए (इलाहाबाद), डी. लिट् (अंग्रेजी साहित्य, लीड्स)।

बड़ा दिलचस्प जन-समूह था— यूरोपियन, पाकिस्तानी, हिंदुस्तानी। धर्म-निरपेक्ष देश के पहले जहाज के लिए भिन्न-भिन्न धर्मावलंबियों व जातियों को ले जाने का शुभारंभ। लेकिन एक खतरा था—तनाव की स्थिति भी आ सकती थी। मैं डेक पर पहुँचा कि देखें क्या हो रहा था। लोगों को पहचानना मुश्किल नहीं था। एक कोना सिक्खों ने सँभाला हुआ था। बूढ़े तो उदास लग रहे थे, पर नौजवान अपने ट्रांजिस्टरों को थामे काफ़ी खुश नजर आ रहे थे। उनके करीब ही पाकिस्तानी बिल्लोंवाले ब्लैजरों में हॉकी-खिलाड़ी थे। पाकिस्तानी राजनयिक ने 'सैविल रो' में सिला सूट पहना हुआ था और सिर पर जिन्ना टोपी लगाई हुई थी। उसके अधीनस्थ अधिकारियों ने भी वैसे ही कपड़े पहन रखे थे और वे उसकी और उसके परिवार की चापलूसी में लगे थे। एक चुस्त और फुर्तीला, मुश्किल से पाँच फीट का, नाटा-सा आदमी मोटे फ्रेम का चश्मा पहने इधर से उधर घूमता जा रहा था और लोगों को अपना परिचय देते हुए अपने विजिटिंग कार्ड थमाता जा रहा था। यह मि. चक्कन लाल, एम. ए. इलाहाबाद, डी. लिट्, अंग्रेजी साहित्य, लीड्स के सिवा और कौन हो सकता था?

यूरोपियन दूसरी तरफ थे। स्पष्ट ही था कि ऊँचे तबके के लोग हैं—चाय बागानों के मालिक-वालिक होंगे। कुछेक खूबसूरत औरतों को छोड़कर बाकी सब रूखे-सूखे नीरस लग रहे थे। सबसे ज्यादा आकर्षित कर रही थी भारतीय सैनिक अफसरों की टोली, जो अपने से भी लंबी एक अंग्रेज औरत के इर्द-गिर्द मँडरा रहे थे। महिला ने ज़री के पाड़वाली नीले रंग की रेशमी साड़ी पहन रखी थी। बाल सुनहरे थे, बदन भरा-भरा। बैरा शैंपेन के गिलास लाया। अपने गिलासों को टकराते हुए अफसरों ने पक्के भारतीय फौजी अंदाज में "फॉर शी इज़ ए जॉली गुड फेलो" गाना शुरू कर दिया।

"कृपया ध्यान दें," लाउडस्पीकर गड़गड़ाया, "यह आखिरी बार कहा जा रहा है कि 'जल-हिंदिया' अब कूच करेगा, सभी मिलने आनेवालों से अनुरोध है कि वे जहाज छोड़कर चले जाएँ।" दो बार जोर का सायरन बजा। लोगों ने पंजाबी तरीके से एक-दूसरे को गले लगाया और अंग्रेजी ढंग से हाथ मिलाए और सुनहरे बालोंवाली ने अफसरों के गालों को दोनों तरफ यूरोपियनों की तरह चूमा।

मिलने आए लोग जहाज छोड़कर चले गए और किनारे से हाथ हिला-हिलाकर अलविदा कहने लगे। जहाज का लंगर खुला और वह डॉक से खिसकने लगा। बूढ़े सिक्ख कामगारों ने अर्धवृत्त बनाकर प्रार्थना करनी शुरू की। उस धरती को याद करते हुए उनकी दाढ़ियाँ आँसुओं से भीगने लगीं जो उन्हें इतने सालों से रोजी-रोटी देती रही थी। जहाज ने एक और भोंपू बजाया और वह खुले समुद्र की ओर बढ़ चला। मई की खुशनुमा दोपहर थी। सैकड़ों की संख्या में जलपक्षी आकाश में उड़ते हुए, डुबकियाँ लगाते हुए, चहचहाते हुए इसके साथ-साथ चलने लगे।

मैं अपने केबिन की तरफ जाने को मुड़ा तो देखा कि सुनहरे बालोंवाली मेम नीचे की ओर उत्सुकता से देखते हुए खड़ी थी। मैं उसके करीब से गुजरा तो मैंने लक्ष्य किया कि उसके आकर्षण का केंद्र वही नाटा ठिगना चश्मेवाला आदमी था, जिसे मैं डॉ. चक्कन लाल समझ रहा था। मेरा अंदाजा ठीक ही निकला था। उस अंग्रेज महिला को अपना कार्ड थमाते हुए मैंने उसे अपना नाम दोहराते हुए सुना।

चाय के वक्त मैंने प्रथम श्रेणी के यात्रियों को गौर से देखा। खाने के लिए मेज पर हमारा स्थान निर्धारित था। विशिष्ट लोगों को कैप्टेन की मेज पर सम्मानजनक स्थान मिला था। उनमें एक अंग्रेज दम्पत्ति थे। आदमी बिल्कुल खुश्क किस्म का लग रहा था। बाद में पता चला कि कलकत्ता की किसी शिपिंग कंपनी का मैनेजर था। पत्नी छरहरी-सी, नाजुक-सी, महिला थी। इसी श्रेणी में पाकिस्तानी राजनयिक, उसकी बीवी और बेटी तथा वह सुनहरे बालोंवाली मेम थी। मुझे जगह मिली थी रसोई के करीब लगी मेज पर। बगल में बैठा था एक दक्षिण भारतीय जोड़ा और बंबई का एक युवा बैरिस्टर। लग रहा था कि मेरे साथ बैठे लोगों को अफसोस हो रहा है कि कहाँ फँस गए—एक कामगार सरदार के साथ बैठना पड़ रहा है। सो मैंने उनका भ्रम दूर करने के लिए और उन पर धाक जमाने के लिए बड़े 'स्टाइल' से अंग्रेजी बोलना शुरू किया। समझ गया कि बंबई का युवा बैरिस्टर मीनू पटेल मुझसे खासा प्रभावित हो गया है। लोगों को परखने की समझ के कारण वह जान गया था कि उससे दोस्ती करने के एवज में उसके 'ड्रिंक' के बिलों का भुगतान मैं सहर्ष ही कर दूँगा।

पहली शाम को प्रथम श्रेणी के लाउंज में डिनर के बाद डांस हुआ।

यूरोपियनों ने अपनी डिनर जैकेटें पहनीं। कुछ हिंदुस्तानियों ने शेरवानियाँ पहनीं। सुनहरे बालोंवाली मेम ने नीला ब्लाउज और चटख लाल रंग की साड़ी पहन रखी थी। मिसेज़ टायसन थीं मोतियों-जड़ी सफेद पोशाक में। दोनों महिलाओं के बीच का विरोधाभास देखते ही बनता था। एक जूनों की तरह मांसल लग रही थी तो दूसरी डायना की संगमरमर की मूर्ति की तरह सौम्य।

हम लोग डिनर के बाद डांस के लिए लाउंज में इकट्ठे हुए। लाउंज खचाखच भरा हुआ था। पाकिस्तानी हॉकी टीम के खिलाड़ी अभी भी अपने ब्लेजरों में एक तरफ के सोफ़ों पर बैठे थे। दूसरी तरफ थे सिक्ख मर्द और औरतें अपनी रंग-बिरंगी पगड़ियों और सल्वार-कमीजों में। बाकी सीटों पर टूरिस्ट श्रेणी के अन्य मुसाफिर बैठे थे–कोई धोतियों में तो कोई फट्टीदार पजामों में।

बैंड बज रहा था, पर कोई भी 'डांस फ्लोर' पर आने की पहल नहीं कर रहा था। कैप्टेन विस्मित-सा लग रहा था। उसने जन-समूह को ज़ोर से संबोधित करके कहा, ''किसी को तो पहल करनी ही होगी।'' तभी भीड़ में से एक महीन-सी मर्दानी आवाज उभरी, ''मे आई हैव दप्लैजर? (अनुमति हो तो…)''

यह आवाज थी प्रोफेसर चक्कन लाल की जो अपनी डिनर-जैकेट में 'टिप-टॉप' लग रहा था। संबोधित कर रहा था उसी सुनहरे बालोंवाली गदराई हुई मेम को। मेम के जवाब देने के पहले ही कैप्टेन ने उसकी तरफ से हामी भर दी,. ''ब्रेवो, कम एलांग, सब लोग डांस फ्लोर पर आइए।'' प्रो. चक्कन लाल डांस-फ्लोर पर पहुँचकर अपनी संगिनी का इंतजार करने लगा। मेम कुर्सियों और सोफों के बीच से निकलती हुई उसकी तरफ बढ़ी आ रही थी। उसके आते ही प्रोफेसर ने अपनी बाँहें फैला दीं। मेम ने प्रोफेसर का एक हाथ अपने हाथ में लिया और दूसरा उसके कंधे पर रख दिया। प्रोफेसर ने अपना दायाँ हाथ मेम के भारी-भरकम कूल्हों पर टिकाया और सिर टिका लिया उसके गदराए सीने पर। परमानंद में आँखें मूँदे, नाचते-नाचते वह उसे छोटे-बड़े 'स्टेप्स' लेते हुए बड़े सुचारू रूप से 'डांस-फ्लोर' के एक कोने से दूसरे कोने तक घुमाने लगा।

भीड़ हक्की-बक्की हुई देख रही थी–उस नाटे-से, छोटे-से आदमी का यह दुस्साहस! धीरे-धीरे और जोड़े भी 'फ्लोर' पर आने लगे। टायसन दम्पत्ति भी। धीमे सगीत पर तो लोग अच्छी तरह नाचते रहे। जब तक 'टैंगो' शुरू हुआ, प्रोफेसर मेम पर अपनी धाक जमा चुका था। वह भी खुश नजर आ रही

थी। लंबी होने के कारण अक्सर लोग उसके साथ नाचने को तैयार नहीं होते थे। लेकिन 'टैंगो' ने तो तहलका ही मचा दिया। प्रोफेसर की विषयासक्त हरकतों को देख-देखकर सिक्ख कामगार और हॉकी खिलाड़ी तो हँस-हँसकर दोहरे हुए जा रहे थे। वे संगीत की धुन पर चुटकियाँ बजाते हुए अपनी जाँघों को थपथपाने लगे। टायसल दम्पत्ति खीझकर 'फ्लोर' छोड़कर चले गए। बाकी के जोड़ों ने भी वही किया। सिर्फ आँखें मूँदे प्रोफेसर और उसकी संगिनी ही मदमस्त होकर नाचते रहे। उनकी तंद्रा तो लोगों की जोरदार तालियों की आवाजें सुनकर ही टूटी। प्रोफेसर इतना भद्र पुरुष था कि उसे किसी प्रकार की भी अश्लीलता को लक्ष्य करने का ख्याल ही नहीं आया। मेम का हाथ पकड़कर वह उसे 'बार' तक ड्रिंक के लिए ले गया।

दूसरे दिन नृत्य का कार्यक्रम टूरिस्ट लाउंज में था। मेम ने फिर प्रोफेसर का आमंत्रण स्वीकार कर लिया और लोगों की हँसी-मजाक से बेखबर उसके साथ नाचती रही। इसके बाद जहाँ भी नृत्य होता, चाहे टूरिस्ट श्रेणी में या प्रथम में, वे दोनों साथ-साथ ही देखे जाते। अपनी ठिगनी डील-डौल को लेकर हुए मखौलों को प्रोफेसर नज़रअंदाज करता रहा। मेम भी अपने नाटे साथी को सुरक्षा का कवच ओढ़ाती रही और दूसरों के साथ नाचने के प्रस्तावों को ठुकराती रही। 'जल-हिंदिया' ने 'ज़िब्राल्टर के स्ट्रेट' को पार किया, तब तक सब लोगों को उन्हें साथ-साथ देखने की आदत पड़ चुकी थी।

'जल- हिंदिया' ने भूमध्य सागर के चमकीले नीले जल में प्रवेश किया। मर्दों ने स्लेटी पतलूनें उतारकर हाफ-पेंटें पहन लीं, औरतों ने सूती कपड़े। मिसेज़ टायसन और मेम बिकनियों में नज़र आने लगीं। जहाज पर सारी सुविधाएँ थीं– ताश खेलने की, डेक-टेनिस की और कैन्वास के स्विमिंग पूल में तैरने की। शांत समुद्र और सुगंध-भरी हवाएँ रोमांस का आलम जगा रही थीं, खासकर प्रोफेसर चक्कन लाल-जैसे रोमांटिक प्रवृत्ति के लोगों के लिए। उसके पास प्रेमसंबंधी कविताओं का एक बड़ा पुलिंदा था, जिसमें से चुन-चुनकर वह समय-समय पर मेम को अपनी कविताएँ सुनाता रहता था। मेम की अंग्रेजी खास अच्छी नहीं थी, फिर भी वह उसके काव्य-उद्गारों की सिर हिला-हिलाकर सराहना करती रहती थी।

एक दिन नृत्य के बाद प्रोफेसर मेम को लेकर ताजी हवा खाने डेक पर गया। रात अँधेरी थी। प्रोफेसर ने कहा, "लेकिन आकाश की छत तो सुनहले

सितारों से भरी है।"

मेम ने पूछा, "तुम तारों के बारे में जानते हो?"

प्रोफेसर ने विनम्रतापूर्वक जवाब दिया, "नॉट मच, थोड़ा-बहुत ही जानता हूँ। मैं शुक्र तारे को पहचान सकता हूँ—यह प्रेमियों का पवित्र नक्षत्र है। पर अभी तो बहुत देर हो गई है, दिखाई नहीं देगा। शाम को दिखता है।"

"तब तुम मुझे कल शाम जरूर दिखाना," उसकी संगिनी ने उसके कंधे पर हाथ रखते हुए कहा। प्रोफेसर की रगों में पुलकन हुई, "विद प्लेज़र!" ऊपर की ओर संकेत करते हुए वह बोला, "यह जो तारों का समूह देख रही हो न, इसमें से अगर तुम छः भी गिन दो तो मान जाऊँ कि तुम्हारी आँखें ठीक हैं।"

"कहाँ?"

"वहाँ," उसने मेम का हाथ अपने हाथ से ऊपर उठाते हुए पूछा, "कितने गिन सकती हो तुम?"

"वन, टू, थ्री, फोर, फाइव," जब तक वह गिनती रही, उसने उसका हाथ थामे रखा। प्रोफेसर ने उसके बाद भी उसका हाथ नहीं छोड़ा। मेम अपने में खोई हुई तारों को देखने में व्यस्त थी। उसे आभास भी नहीं था कि किसी ने उसका हाथ थाम रखा है। प्रोफेसर ने अपनी अँगुलियाँ उसकी अँगुलियों में फँसा लीं। वह अब भी वैसे ही अनजान बनी रही। पर प्रोफेसर ने सोचा कि उसने अपनी ओर से प्रेम का इज़हार कर दिया है और दूसरी ओर से कोई प्रतिवाद भी नहीं हुआ है। तो हो न हो मेम भी उसे···

'जल-हिंदिया' के टूरिस्ट लाउंज से उभरता संगीत का स्वर डेक में सुनाई दे रहा था, पर प्रोफेसर ने नीचे जाने की जल्दी नहीं की। सुनहरे बालोंवाली ने दोस्ताना तरीके से उसका हाथ पकड़ा हुआ था, "कम एलांग प्रोफेसर वन लास्ट डांस एंड देन गो टु बैड (चलो, एक आखिरी डांस और फिर सोने चलें)।"

"···और फिर सोने चलें!" प्रोफेसर का सिर चकराने लगा। उसका मतलब क्या है? वह उसके साथ लाउंज तक गया। पूरे वक्त वह किंकर्तव्यविमूढ़-सा हुआ नाचता रहा। माथे पर पसीने की बूँदें उभरती रहीं। आखिर उसका मतलब क्या है? संगीत थमा। करतल-ध्वनि के बाद नर्तक एक-एक कर 'फ्लोर' से लौटने लगे। प्रोफेसर ने अपने रूमाल से पसीना पोंछा। सबके सामने कैसे पूछता? पर जब वे 'बार' के अँधेरे हिस्से में पहुँचे, उसने अपना हाथ मेम के हाथों में डाल दिया। अभी ही मौका था पूछने का।

उसने अच्छी तरह देख लिया कि कोई सुन नहीं रहा था। सारी हिम्मत बटोरकर पूछा, "तुम्हारे केबिन का नंबर क्या है?"

"टवेंटी वन, बोट डेक," मेम ने जवाब दिया।

प्रोफेसर पीठ के बल लेटा था। अब भी डिनर जैकेट उतारी नहीं थी। उसने अपनी बेड लाइट जलाई और पढ़ने की कोशिश करने लगा। थोड़ी-थोड़ी देर पर घड़ी की ओर देखता जाता। उसने अपनी किताब के कोने से देखा कि उसके केबिन के दो अन्य सहयात्री, जो विद्यार्थी थे, अब भी पढ़ रहे थे। उनमें से एक ने अपनी बत्ती बुझाई और पूछा, "प्रोफेसर, आप कपड़े नहीं बदल रहे?" चक्कन लाल ने जवाब नहीं दिया। लगता था, उसे अच्छा नहीं लगा था।

"प्रोफेसर साहब हैज़ ए डेट," दूसरे ने हिम्मत करके कहा, और दोनों निर्लज्जता से खिलखिलाने लगे।

इनको कैसे पता चला? प्रोफेसर को मन में बहुत मलाल हुआ कि नाहक ही विद्यार्थियों, कामगारों और हॉकी-खिलाड़ियों के साथ टूरिस्ट क्लास में सफर कर रहा है। उसे भी चाहिए था फर्स्ट क्लास में ही जाना। पर अपने मामूली वेतन के साथ करता भी क्या?

उसने फिर अपनी घड़ी देखी। अभी सिर्फ ग्यारह बजकर पाँच मिनट हुए थे। बर्थ से उठकर अपनी टूथपेस्ट और टूथब्रश उठाकर जेब में धर लिया। देखा कि लड़कों की नजर उस पर ही थी, फिर भी बिना परवाह किए वह डेक की तरफ चल दिया। बेचारा हक्का-बक्का-सा रह गया, जब देखा कि डेक लोगों से भरा है। लोग अपने-अपने तकिऐ उठाए खुले में सोने के लिए जगह तलाश कर रहे थे। क्या पहले दर्जे के मुसाफिर भी यही कर रहे होंगे?

उसने ऊपर आकाश की ओर देखा। तारों से भरा था। समुद्र बिना सिलवटों की काली चादर-सा प्रतीत हो रहा था। कुछ दूरी पर एक और जहाज जा रहा था। दोनों जहाजों के रेडियो ऑपरेटर आपस में सिग्नल दे रहे थे। प्रोफेसर ने दूसरे जहाज को दूर गुजर जाने दिया। टूरिस्ट लाउंज के मुसाफिर भी निद्रामग्न हो चुके थे। घड़ी में देखा— मध्यरात्रि का समय हो गया था, दो प्रेमियों की पूर्व-निर्धारित मुलाकात का समय!

धड़कते दिल से प्रोफेसर ने प्रथम श्रेणी के लाउंज की ओर बढ़ना शुरू किया। वह बिलकुल स्वाभाविक ही दिखने का यत्न कर रहा था। रास्ते में कोई पूछेगा तो कह देगा कि किसी को एस्प्रिन देने जाना था। नहीं, नहीं, तब लोग

पूछेंगे 'किसको ?' अगर कहे कि 'नाचते वक्त मेरा कफलिंक कहीं गिर गया था वही ढूँढ़ने जा रहा हूँ ?' हाँ, यह ठीक रहेगा। लेकिन स्टीवर्ड अपने काम में इतना व्यस्त था कि उसने उसके उधर से गुजरने पर ध्यान ही नहीं दिया।

प्रोफेसर ऊपर पहुँच चुका था। पर यह तो उसे पता ही नहीं था कि किस तरफ कौन-सा केबिन है ? अगर किसी ने उसे बरामदे में भटकते देख लिया तो ? सीढ़ियाँ चढ़कर वह बोट डेक के पास पहुँचा। मन भय और शंका से घिरा था—उसने क्या कहा था ? ट्वेंटी वन ?…क्या पता उसने किस बात के जवाब में कहा था। उसकी अंग्रेजी भी तो अच्छी नहीं थी। कहीं यह सोचकर तो नहीं कहा था कि मैंने उसकी उम्र पूछी है। अब क्या पता ?

प्रोफेसर ने बेकार के खयालों को नज़र अंदाज कर हिम्मत बाँधी। 'केवल प्रथम श्रेणी के यात्री' के बोर्ड को तो वह पार कर आया था, पर गैलरी के दोनों तरफ केबिनों की दो श्रेणियाँ थीं। केबिनों में हवा के लिए डेक की तरफ खुलते हुए गोल पोर्ट-होल (झरोखे) बने थे। गैलरी की बत्तियाँ बुझी हुइ थीं। सिर्फ नीले रंग की हल्की-सी बत्तियाँ जल रही थीं। प्रोफेसर को केबिन नं 21 की सही स्थिति जाननी थी। कैसे पता चलाता ? पोर्ट-होलों में झाँक-झाँककर देखने के सिवा कोई और चारा नहीं था, ताकि जान पाता कि वह किस केबिन में है।

अँधेरे के बावजूद अंदर की बर्थों को देखना मुश्किल नहीं था। वह जानता था कि उसकी सुनहरे बालोंवाली मेम के पास 'सिंगल बर्थ' केबिन था। इसके अलावा कई केबिनों के भीतर बत्तियाँ भी जल रही थीं। आधे से ज्यादा केबिनों की जाँच उसने बिना किसी अड़चन के कर ली। कुछ लोग तो सोये पड़े थे, कुछ जो जागे थे उन्होंने भी उसे देखा नहीं था।

प्रोफेसर एक चार बर्थवाले केबिन के करीब पहुँचा। भीतर झाँकते ही उसकी नज़र हतबुद्ध-सी टकटकी में परिवर्तित हो गई। ऊपर की दो बर्थों पर बच्चे सो रहे थे। नीचे की एक बर्थ पर कोई मर्द सो रहा था। दूसरी पर मानो वीनस की जीती-जागती मूर्ति ही थी—दीवार की ओर मुँह किए लेटा था एक खूबसूरत नग्न नारी-शरीर। प्रोफेसर चक्कन लाल की दृष्टि उसके बिखरे बालों से होती हुई सीने, कमर, जाँघों और पैरों तक फिसलने लगी।

औरत ने करवट बदली और पीठ के बल लेट गई। प्रोफेसर का विज्ञ मस्तिष्क उसकी एक और पेंटिंग से तुलना करने लगा—'माजा न्यूड' से। लेकिन वह उसको पहचान गया था, 'मिसेज़ टायसन ?' वह मूक आश्चर्य में

खोया खड़ा रहा। पैर मानो जहाँ के तहाँ ही जम गए।

तभी भीतर से बच्चे के चीखने से उसका सम्मोहन टूटा। पुरुष भी जाग गया था। प्रोफेसर शीघ्रता से अँधेरे की ओट हो गया। भीतर से सुनाई पड़ा, "क्या बात है मेरी ?"

"डैडी, कोई पोर्ट-होल से झाँक रहा था।"

"पोर्ट-होल से ?" मि. टायसन ने पूछा, "पर मुझे तो कोई नहीं दिखाई दिया। तुमने सपना देखा होगा ?"

मिसेज़ टायसन ने पूछा–"वॉट टाइम इज़ इट, डियर ?"

"बारह-तीस !"

"गो टु स्लीप मेरी, इस वक्त कोई नहीं हो सकता। डर लगे तो डैडी के पास आ जाना। गुड नाइट डियर !"

"गुड नाइट, मम्मी !"

प्रोफेसर चक्कन लाल अपनी जगह जमा रहा। बाल-बाल बचा था। अब और धृष्टता करने की सोचेगा भी नहीं। तभी बिजली का फ्यूज़ उड गया और जहाज़ अँधेरे में डूब गया। तीन मिनट बाद बत्ती फिर आई। वे तीन मिनट प्रोफेसर के लिए तीन घंटों के समान भारी पड़ने लगे थे। बेचारा भ्रम में पड़ गया कि किन-किन केबिनों को देख आया है और किस तरफवाले देखने बाकी हैं। सो एक बार फिर नए सिरे से पता लगाना शुरू किया। उसने दोबारा अपने आप को टायसन के केबिन के सामने खड़ा पाया। देखा, अब वीनस पेट के बल सोई पड़ी है। प्रोफेसर जानता था कि वह कितना खतरनाक काम कर रहा है, पर क्या करता, पैर हिलने का नाम ही नहीं ले रहे थे। उसकी आँखें वीनस की संगमरमरी मूर्ति को सहला ही रही थीं कि भीतर से बच्चा फिर चीखा। इस बार टायसन गालियाँ देते हुए उठ खड़ा हुआ। इससे पहले कि चक्कन लाल वहाँ से खिसक पाता, उसने उसे पोर्ट-होल से झाँकते देख लिया। बत्ती जलाई और वह दरवाजे की तरफ दौड़ा, "अभी सबक सिखाता हूँ, इस सूअर को।"

प्रो. चक्कन लाल को समझ नहीं पड़ा कि किस तरफ दौड़े। भय से पैर काँपने लगे। घबराहट में वह रेलिंग के पास जाकर बाहर देखने लगा।

टायसन ने उसे कॉलर से दबोच लिया और पोर्ट-होल से आती रोशनी के पास ले गया "आई सॉ यू, डर्टी निगर। क्या झाँक रहे थे पोर्ट-होल से ?"

''आइ, आइ, आइ,'' प्रोफेसर हकलाने लगा, ''मैं नहीं था ¨ मैं मैं मैं तो यहाँ खड़ा था।''

''ओह नो, तुम नहीं थे, यू ब्लडी लायर !'' चिल्लाते हुए टायसन ने उसके मुँह पर जोर का एक थप्पड़ जड़ दिया। प्रोफेसर का चश्मा डेक पर गिरा और चूर-चूर हो गया।

एक के बाद एक अगल-बगल के केबिनों की बत्तियाँ जल उठीं। चारों ओर से पूछताछ होने लगी। प्रोफेसर ने सोचा, उसे अपनी प्रतिरक्षा में कुछ कहना चाहिए, ''हाउ डेयर यू हिट मी ? (तुम्हारी हिम्मत कैसे हुई मुझे मारने की ?)''

''मेरा तो जी कर रहा है तुमको उठाकर समुंदर में फेंक दूँ। यू डर्टी लिटिल रैट !'' टायसन चिल्लाया।

मिसेज़ टायसन ने समझाया, ''जाने भी दो, जॉन !''

''बात क्या है ?'' लोगों ने पूछना शुरू किया। पाकिस्तानी डिप्लोमैट और कुछ यूरोपियन भी अपने-अपने नाइट-गाउनों में आ पहुँचे। टायसन के पहले ही प्रोफेसर बोल पड़ा, ''मैं यहाँ खड़ा था और ये मुझे मारने लगे।''

''यू ब्लडी लायर,'' टायसन ने अपने दाँत पीसे, ''यू आस्क्ड फॉर इट (तुमने काम ही ऐसा किया था)।'' उसने प्रोफेसर के मुँह पर एक और करारा हाथ जमाया। चक्कन लाल लड़खड़ाता हुआ दूर जा गिरा। उसका सिर चर्खी के कोने से टकराया और वह बेहोश हो गया।

पाकिस्तानी का खून खौल उठा, ''तुम्हें कोई हक नहीं कि तुम किसी को इस तरह मारो। तुम कैप्टेन को बोलते। पर तुमने कानून को अपने हाथ में कैसे ले लिया ?''

टायसन भी फुफकारा, ''तुम से मतलब ?''

दूसरे यूरोपियन भी आ पहुँचे, ''वॉट्स अप, जॉन ? वॉट्स गोइंग ऑन हियर ?''

''ब्लडी रैट, मेरे पोर्ट-होल में से झाँक रहा था।''

''ओह, क्या सचमुच ?'' उनमें से एक ने हैरान होकर कहा और पाकिस्तानी का कॉलर पकड़ लिया, ''अब बताओ ?''

पाकिस्तानी गुस्से में काँपने लगा, ''मेरे ऊपर से हाथ हटाओ। समझे। मेरे साथ उलझे तो तुम्हें सीधे जेल पहुँचाकर छोड़ूँगा।''

जॉन टायसन ने उसे छुड़ाया और यूरोपियन को समझाया, ''वह नहीं, यह

था," नीचे गिरे पड़े प्रो. चक्कन लाल की ओर इशारा करके उसने कहा।

युवा अंग्रेज ने पाकिस्तानी डिप्लोमैट से माफ़ी माँगी, "सॉरी मिस्टर, मैं कैसे जानता कि कौन ? ..."

"सॉरी काफी नहीं है," पाकिस्तानी गुर्राया, "मैं तुमको कैप्टेन के पास लेकर चलता हूँ और तुम लोगों को सबक सिखाता हूँ।" उसके ऊँचे ओहदे का रोआब उसकी आवाज में झलक रहा था। किसी ने युवा अंग्रेज के कानों में फूँका, "जैक, यू सिली ऐस, यह तो कोई एंबैसेडर है। इसके साथ पंगा क्यों लिया ?"

"ऑवफुली सॉरी, ओल्ड चैप, आई डिंट मीन एनी हार्म टू यू। गलती हो गई।"

ड्रेसिंग गाउन में खड़ी मिसेज़ टायसन को देखकर लोगों का ध्यान बँटा। बगलवाले केबिन से सुनहरे बालोंवाली मेम भी आ पहुँची। मिसेज़ टायसन ने झुककर देखा कि उसके पति ने प्रोफेसर को बुरी तरह से पीट डाला है।

उसने प्रोफेसर को छूकर देखा। अँगुलियाँ खून से चिपचिपा गईं। वह चिल्लाई, "जॉन, यू हैव किल्ड हिम। तुमने इसे मार डाला।"

"माय गॉड माय गॉड," मेम भी अपने दोनों हाथों से अपना चेहरा थामे चिल्लाने लगी। पाकिस्तानी और अंग्रेज का झगड़ा थम चुका था। किसी ने प्रोफेसर के चेहरे पर टार्च की रोशनी फेंकी। उसके सिर से खून की धार बह रही थी।

मेम फिर चिल्लाई, "समबडी गेट द डाक्टर, क्विकली प्लीज! (कोई डाक्टर को लेकर जल्दी आए।)"

पाकिस्तानी राजनयिक से लड़नेवाले अंग्रेज ने खिसकने का मौका देखा। वह डाक्टर को बुलाने दौड़ पड़ा। जॉन टायसन का गुस्सा पल-भर में काफूर हो गया और उसका सिर चकराने लगा, "वॉट हैव आई डन गॉड, वॉट हैव आई डन ?"

पाकिस्तानी ने कठोर स्वर में कहा, "मैं बताता हूँ, तुमने क्या किया ? तुमने एक हिंदुस्तानी नेशनल को मार डाला है और तुम्हारे दोस्त ने पाकिस्तानी झंडे की तौहीन की है। तुम दोनों ने हम पूरब के लोगों के लिए अपमानजनक बातें कही हैं। चलो, पहुँचो तो सही कराँची, सबक सिखाते हैं, तुम्हें। और तुम्हारा दोस्त बंवई पहुँचे, उसका सबक उसको वहाँ सिखाया जाएगा। समझे!" और

वह अंग्रेजों की तरफ मुड़कर बोला, "अब आप लोगों को पता चल जाना चाहिए कि आपका ज़माना लद चुका है।"

कैप्टेन और डाक्टर को दाखिल करने के लिए प्रोफेसर के गिर्द भीड़ का घेरा थोड़ा खुला। लोग अपनी-अपनी व्याख्या देने लगे। कैप्टेन ने हाथ उठाकर सबको चुप रहने को कहा "कृपया डाक्टर को अपना काम करने दें। इसके बारे में बाद में देखेंगे।"

डाक्टर ने प्रोफेसर के चेहरे पर अपनी टॉर्च जलाई। जहाँ टायसन ने मुक्का मारा था, वहाँ चेहरा लाल हुआ पड़ा था। डाक्टर ने उसकी पलकें उठाकर देखा, नब्ज भी देखी। आँखों में चमक सलामत थी, नाड़ी भी आराम से धड़क रही थी। प्रोफेसर का सिर ऊपर उठाया। चर्खी से टकराने के कारण गोला पड़ गया था, पर खोपड़ी सही-सलामत थी। खून बहना भी थम चुका था। डाक्टर ने चैन की साँस लेकर कहा, "बहुत बुरा हो सकता था। मुझे थोड़ा ठंडा पानी दीजिए।"

"ही इज़ ऑल राइट? इजंट ही, डाक्टर?" मिसेज़ टायसन ने घबराकर पूछा, "कोई खतरा तो नहीं है?"

डाक्टर ने जवाब दिया, "ये अभी उठ जाएँगे। ठंडा पानी कहाँ है?"

"थैंक गॉड," सुनहरे बालोंवाली ने जोर की निश्वास ली।

टायसन अपने केबिन से ठंडे पानी का थर्मस लेकर लौटा। डाक्टर ने उसके चेहरे पर छींटे मारे और भीड़ को संबोधित किया, "ताज़ा हवा आने दीजिए, प्लीज़!"

कैप्टेन ने सबको अपने-अपने केबिनों में जाने का आदेश दिया, "प्रोफेसर अब ठीक हैं। इस घटना के बारे में बाकी बातें कल करेंगे। सब लोग अपने-अपने केबिनों में जाइए, प्लीज़!"

भीड़ थोड़ी दूर जाकर फिर मुड़ी। प्रोफेसर ने कराहना शुरू कर दिया था और वह पानी के छींटों से बचने के लिए अपने सिर को हिलाने लगा थो। डाक्टर ने धीरे से उसकी गालें थपथपाईं, "अब आप ठीक हैं, उठिए!"

प्रोफेसर चक्कन लाल ने अपनी आँखें खोलीं और सर्चलाइट की तरह चारों तरफ घुमाईं। दृष्टि सुनहरे बालोंवाली मेम पर जाकर थमी। उसने ड्रेसिंग गाऊन को सीने पर मुट्ठियों में कसा हुआ था। प्रोफेसर से दृष्टि मिलते ही उसने भीड़ में खोने की कोशिश की। लेकिन उससे पहले ही प्रोफेसर ने उसकी

ओर अँगुली से इशारा किया, ''इसकी जिम्मेदार तुम हो!'' आँखें बंद कीं और वह फिर बेहोश हो गया।

मेम हकबकाकर कहने लगी, ''आइ डोंट नो वॉट ही इज़ टॉकिंग अबाउट (ये क्या कह रहे हैं, मैं नहीं जानती), आइ हैव नथिंग टु डू विद हिम (हमको इनसे कोई वास्ता नहीं)।'' और वह अपने केबिन में दौड़ गई।

दूसरे दिन जल-हिंदिया' के मुसाफिरों ने अपने-आपको जाति और धर्म के अनुसार बँटा पाया। एक तरफ यूरोपियन थे, दूसरी तरफ पाकिस्तानी और हिंदुस्तानी थे। दोनों गुटों के बीच फँसा कैप्टेन उन्हें समझा-समझाकर हार गया कि अब वे ज़िद छोड़ें और जहाज को सही-सलामत बंबई पहुँचने दें।

इस जातीय द्वंद्व ने नए-नए नेताओं और नई-नई विचारधाराओं को जन्म दिया। टायसन की तो टाँय-टाँय फिस्स हो चुकी थी। वह हर तरह की क्षतिपूर्ति करने को तैयार था– टूटे चश्मे का बिल, डाक्टर की फीस, सबकुछ–यहाँ तक कि वह माफ़ी माँगने को भी तैयार था। इसी तरह जैक विल्सन भी पाकिस्तानी राजनयिक से समझौता करने को राजी था। लेकिन यूरोपियन गुट का कहना था कि चक्कन लाल के साथ कोई नाइंसाफी नहीं हुई थी, उसे तो सिर्फ अपने किए की सजा मिली थी। पिटाई तो बहुत थोड़ी सज़ा थी नंगी औरतों को पोर्ट-होल से झाँकने की। और यह पाकिस्तानी क्यों इतना तड़फड़ा रहा था? विल्सन ने उसे गलती से ही तो दबोचा था, अँधेरे में गलती तो किसी से भी हो सकती है। फिर वह माफ़ी भी तो माँग ही चुका है! और क्या चाहिए इन्हें? क्या इनके पैरों पर जाकर रेंगने लगें?

सारे यूरोपियन लाउंज के एक कोने में जमा हो गए। पाकिस्तानी और हिंदुस्तानी दूसरे कोने में अपने अभियान की योजना बनाने लगे। युवा सिक्ख कामगारों ने अपने कंधों पर स्टेनगनों की तरह ट्रांजिस्टर लटका रखे थे। पाकिस्तानी खिलाड़ी भी वहीं थे, कुछ के हाथों में उनकी हाकियाँ भी थीं। वे राजनयिक के चतुर्दिक खड़े थे, जो उनको रात की घटना के बारे में बता रहा था। बैरिस्टर मीनू पटेल पास बैठा अपनी डायरी में जरूरी-जरूरी बातें नोट करता जा रहा था। वह बीच-बीच में राजनयिक से अपनी व्याख्या को और अधिक स्पष्ट करने को कहता जा रहा था, '' जस्ट ए मिनिट! ज़रा बताइए तो ठीक कौन-सा शब्द उन्होंने प्रयोग किया था?'' या फिर ''एक बार फिर से बताइए तो ज़रा?'' पटेल जब पूछताछ करता और डायरी में नोट करता त

लोग उझक-उझककर देखने लगते। लगता था, वे उससे काफी प्रभावित हो गए हैं। जब राजनयिक ने अपनी बात पूरी की तो पटेल ने पेंसिल बीच में रखकर अपनी डायरी बंद की और पूछा, "हाँ, तो अब क्या करें?"

पाकिस्तानी राजनयिक ने नेतागिरी बैरिस्टर को सौंपते हुए कहा, "अब निर्णय तो आपको लेना है। लेकिन हम इन लोगों को ऐसे ही नहीं छोड़ेंगे।"

"मेरे ख्याल से हम सबकी यही राय है?" बैरिस्टर ने भीड़ की ओर सहमति के लिए प्रश्न फेंका। सबने सिर हिला दिया। बैरिस्टर ने पेंसिल फिर थाम ली, "अगर आप अपनी तरफ से मुझे आज्ञा दें तो मैं पहला काम यह करूँगा कि कैप्टेन को नोटिस भेजूँ कि दोनों अंग्रेजों को कत्ल करने के प्रयास तथा किसी पर हाथ उठाने के जुर्म में अरेस्ट कर लें। इन दोनों को भी नोटिस की एक-एक कॉपी भेज दूँगा।"

इन साहसिक शब्दों ने पटेल को तत्काल ही सबका हीरो बना दिया। फिर भी कुछ लोग इससे सहमत नहीं थे। ऑक्सफोर्ड की पढ़ी एक युवती ने बहुत ही शिष्ट शब्दों में कहा, "मैं सोचती हूँ कि अगर प्रोफेसर चक्कन लाल सचमुच ही पोर्ट-होल से झाँक रहे थे तो... आप जानते हैं... तो यह तो ठीक बात नहीं थी न?"

कुछ और लोगों ने भी हामी भरी, "नहीं, नहीं, यह तो किसी सभ्य व्यक्ति का काम नहीं है!" एक नौजवान कामगार सिक्ख भी पंजाबी लहजे में बोल पड़ा, "अगर जे कोई अंग्रेज साडियाँ भैनाँ-माँवाँ नू कपड़े बदलदे छुप-छुप के देखे ताँ असीं वीं उस नूँ जरूर मारांगे।"

अपने गुट में पड़ी दरार को बैरिस्टर ने लक्ष्य किया। उसने हाथ जोड़े, "भाई, अगर ऐसे ही आपस में बहस करते रहे तो हम कुछ नहीं कर सकेंगे। हमें क्या पता कि प्रोफेसर भीतर झाँक रहा था कि नहीं। यह तो टायसन का कहना है। फिर भी आप आते-जाते लोगों को पीट तो नहीं सकते, अगर उनकी नज़र खुली खिड़की में कपड़े बदलती आपकी औरत पर पड़ जाए। मिसेज़ टायसन अगर नंगी सोना चाहती थीं तो उसे पोर्ट-होल का पर्दा खींचकर रखना चाहिए था।"

ऑक्सफोर्ड मिस अब भी अपनी बात पर अड़ी थी, "मैं यह नहीं कहती कि दोनों अंग्रेजों से माफ़ी न मँगवायी जाए, पर यह जानना तो जरूरी है कि प्रोफेसर फर्स्ट क्लास में कर क्या रहे थे, जबकि वे टूरिस्ट क्लास के मुसाफिर हैं?"

पटेल ने बात सँभाली, "देखिए, मैं सर्जरी में जाकर खुद प्रोफेसर से पता लगाकर आता हूँ। लेकिन मैं सोचता हूँ कि यह इस समय उतना महत्त्वपूर्ण नहीं, जितना कि यह कि बिना बात के उन्होंने एक वरिष्ठ राजनयिक पर हाथ उठाया और किसी को जान से मारने की नीयत से उसकी इस बुरी तरह से पिटाई की। हम लोग इस मुद्दे पर लड़ेंगे। बाकी सब तो मामूली बातें हैं।" यह सुनकर ऑक्सफोर्ड मिस चुप हो गई और बाकी सब भी। अंग्रेजों के खिलाफ संयुक्त मोर्चा फिर जम गया।

मीनू पटेल शल्यकक्ष में जाकर प्रोफेसर से मिला, उसका एक तरफ का चेहरा नीला पड़ा हुआ था। बाईं आँख खुल नहीं पा रही थी। सिर पर चोट तो थोड़ी लगी थी, पर पट्टियाँ पगड़ी की तरह बँधी थीं। प्रोफेसर ने अपनी सफ़ाई दी कि वह उधर से गुजर रहा था कि टायसन ने उसे दबोच लिया। पटेल ने पूछा, "अगर आप बुरा न मानें तो मैं पूछना चाहूँगा कि आप आधी रात के समय वहाँ क्या कर रहे थे?"

प्रोफेसर चक्कन लाल काफी देर तक चुप रहा, फिर धीरे-से बोला, "यह मेरा निजी मामला है। इससे किसी को क्या मतलब?"

पटेल ने कानूनी नोटिस तैयार किया। जब दोनों गुट लाउंज में एकत्रित हुए—अंग्रेज एक तरफ और हिंदुस्तानी, पाकिस्तानी दूसरी तरफ तो पटेल ने एक स्टीवर्ड को बुलाकर दोनों चिट्ठियाँ टायसन और विल्सन को पहुँचाने के लिए उसे थमा दीं।

यूरोपियन गुटवाले एक साथ सिमटकर नोटिस को पढ़ने लगे। मर्दों ने आपस में विचार-विमर्श करना शुरू किया, औरतें उठकर चली गईं। गुट के नेता ने अपना पेन निकाला, पटेल की चिट्ठी पर कुछ लिखा और ट्रे में रखकर स्टीवर्ड को वापस ले जाने को कहा। स्टीवर्ड खीसें निपोरते हुए ट्रे पटेल के पास ले गया। उस पर नोटिस लिंगाकार मोड़कर रखे हुए थे।

यह आक्रामक संकेत सभी की समझ में न आया। पर पटेल और पाकिस्तानी राजनयिक समझ गए थे। ऑक्सफोर्ड मिस भी समझ गई थी। उसका चेहरा शर्म से लाल होने लगा। उसकी सही और गलत की शंका मिट गई और वह गुस्से में तड़प उठी, "अगर तुम लोग मर्द हो तो अभी इसका जवाब दो।"

पाकिस्तानी हॉकी खिलाड़ियों ने अपनी हॉकियाँ थाम लीं। सिक्ख

कामगारों ने पंजाबी की चुनिंदा गालियाँ देनी शुरू कीं। पटेल का पारा भी चढ़ गया, लेकिन वह हिंसात्मक तरीकों में विश्वास नहीं करता था। वह यह भी जानता था कि अगर मारपीट की नौबत आई तो ये यूरोपियन ही जीत जाएँगे। उसने हाथ उठाकर सबको शांत रहने के लिए कहा, "प्लीज, प्लीज, मुझे एक और मौका दीजिए। मैं इन बदमाशों को घुटनों के बल चलवाऊँगा। अगर मैं हार जाऊँ तो आप चाहे जो करना।" भीड़ छँट गई। पटेल और पाकिस्तानी राजनयिक मिलकर नया नोटिस बनाने में जुट गए।

पटेल दोपहर-भर अपने टाइपराइटर पर लगा रहा। उसके चेहरे पर विजय की चमक उभर आई। नया नोटिस न तो टायसन के नाम था, न विल्सन के और न ही कैप्टेन के नाम। यह 'पोर्ट-सेड' के मुख्य इजिप्शियन पुलिस चीफ़ के नाम था। टायसन, विल्सन और कैप्टेन के नाम नोटिस की कार्बन कापियाँ थीं। इसमें लिखा गया था कि कैसे यात्रा के दौरान जहाज पर दो अंग्रेजों ने एक हिंदुस्तानी को जान से मारने का प्रयास किया और एक पाकिस्तानी राजनयिक का अपमान किया। यह भी कहा गया कि कैप्टेन ने अभियुक्तों के खिलाफ़ कोई कार्यवाही न करके कैसी लापरवाही दिखाई है। अतः जहाज पर शांति-भंग होने का पूरा खतरा है।

"जल-हिंदिया" को 'पोर्ट-सेड' तक पहुँचने में दो दिन बाकी थे। पटेल ने चिट्ठी को सबके हस्ताक्षरों के लिए भेजा। पाकिस्तानी और हिंदुस्तानी मुसाफिरों ने बड़े जोशो-खरोश के साथ अपने-अपने दस्तखत किए। सौ से भी अधिक हस्ताक्षरों सहित नोटिस की प्रतियाँ टायसन, विल्सन और कैप्टन तक पहुँचा दी गईं।

कैप्टेन ने पटेल और राजनयिक को समझाया कि ऐसा न करें। पर उन्होंने कहा कि अगर अभियुक्त लाउंज में सबके सामने माफ़ी माँगें और प्रोफेसर को सारा हरजाना दें तभी वे अपने निर्णय पर पुनर्विचार करेंगे।

परेशान कैप्टेन यूरोपियन गुट के पास गया और देखा कि वे लोग घबराए हुए हैं। उनको कानून की कुछ समझ नहीं थी। वे सोच रहे थे कि पटेल बैरिस्टर है और जो भी कर रहा होगा कानूनन ही होगा। वे यह भी जानते थे कि कानून चाहे कुछ भी हो, इजिप्शियन लोग अंग्रेजों के खिलाफ हैं, उन्हें ऐसे ही नहीं छोड़ेंगे, पता नहीं पोर्ट-सेड पर उतार ही न दें। लेकिन फिर भी इज्जत का सवाल था। एकतरफा माफी तो बड़े शर्म की बात होगी। उनके चेहरे लटक

गए। कुछ ने सोचा कि मारो गोली इज्जत-विज्जत को और माफी माँगकर बात को रफ़ा-दफ़ा करो। बाकी के इससे इनकार करते थे। विल्सन, टायसन निरपेक्ष खड़े थे। तभी जेनिकर टायसन बोली, ''आई विल हैंडल दिस। यह आप मुझ पर छोड़ दें।''

मिसेज़ टायसन प्रोफेसर के पास शल्यकक्ष में गई। उसके घाव ठीक हो चले थे। वह तो वहाँ सिर्फ इसीलिए पड़ा था कि लोगों के प्रश्नों की बौछार से बचा रहे। मिसेज़ टायसन को देखकर वह द्रवित हो गया। मिसेज़ टायसन ने उससे हाथ मिलाया तो उसने गर्मजोशी से उसे थाम लिया। मिसेज़ टायसन ने उसके बालों में अँगुलियाँ फेरते हुए पूछा कि दर्द तो नहीं हो रहा। प्रोफेसर ने कृतज्ञतापूर्वक कहा, ''नहीं।''

मिसेज़ टायसन ने मौके का फायदा उठाया, ''डू यू वांट दिस सार्डिड बिजनेस टु गो ऑन, प्रोफेसर? (क्या आप चाहते हैं कि मामला बढ़े?)'' वह कुछ नहीं बोला। पटेल से सलाह किए बिना कैसे कुछ कह सकता था? वह फिर बोली, ''मुझे तो अपने आप पर फख्र हो रहा है कि मेरे कारण आपका ध्यान बँटा। पर उस रात आप मुझे देखने तो नहीं आए थे? इस तरह 'फ़िकल-माइंडेड (अस्थिर चित्तवाला) होना तो ठीक नहीं। आपकी फ्रेंड को कितना बुरा लगा होगा कि आप उसके बजाय मुझे इस तरह देख रहे थे?''

प्रोफेसर शर्मिंदगी से लाल हो गया। उसने मिसेज़ टायसन की ओर अपना हाथ बढ़ाया, ''फॉरगिव एंड फ़ॉरगेट, वी आर फ्रेंड्स (जो हुआ उसको भूल जाएँ, अब हम दोस्त हैं)।''

मिसेज़ टायसन पटेल और राजनयिक से मिलने भी गई। उसने कहा कि उसके पति माफ़ी नहीं माँगेंगे। पर अगर उन्हें मंजूर हो तो वह स्वयं अपने पति की तरफ से प्रोफेसर से सुलह कर लेंगी और विल्सन राजनयिक से माफी माँग लेगा। उसने एक शर्त रखी कि वे माफ़ी तभी माँगेंगे जब जहाज 'सुएज़ कैनल' को पार कर चुका होगा और इजिप्शियन इलाका भी गुजर चुका होगा। मिसेज़ टायसन की शर्त मान ली गई। एक तरह से बाजी तो जीत ही ली गई थी।

उस शाम टूरिस्ट लाउंज में विजय का उल्लास मनाया गया। हिंदुस्तानियों-पाकिस्तानियों ने एक-दूसरे के लिए शराब के दौर चलाए। प्रोफेसर चक्कन लाल को शल्यकक्ष से लाकर नायक का सम्मान दिया गया। सिर के चारों और लिपटी पट्टियों से वैसे भी वह किसी हीरो से क्या ही कम दिख रहा था?

'जल-हिंदिया' पोर्ट सेड में छः घंटों तक रुका रहा। पाकिस्तानी और हिंदुस्तानी 'ड्यूटी फ्री' चीजें खरीदने किनारे पर गए। यूरोपियनों ने जहाज के चतुर्दिक मँडराती नावों से खरीदारी की। सुएज़ कैनल में जहाज रात गए पहुँचा और सबेरे तक 'पोर्ट ट्रवेफिक' को पार कर लाल सागर में पहुँच गया। मुसाफिर राह देख रहे थे कि कब अंग्रेज माफ़ी माँगते हैं। साथ ही यह जानने की उत्सुकता भी बनी हुई थी कि प्रोफेसर आधी रात को 'प्रथम श्रेणी के डेक' में क्या करने गया था।

जल-हिंदिया' ने 'एडेन' में ईंधन लिया और कराँची जाने के लिए अरब सागर की ओर बढ़ने लगा। कैप्टेन ने प्रथम श्रेणी के लाउंज में 'फैंसी ड्रेस बॉल' की घोषणा की। उसने टूरिस्ट दर्जे के मुसाफिरों को भी हिस्सा लेने को आमंत्रित किया। पाकिस्तानी राजनयिक, चक्कन लाल, पटेल और सुनहरे बालोंवाली मेम तथा टायसन और विल्सन को अपने खास अतिथियों के रूप में न्यौता दिया। पटेल और मेम 'फैंसी ड्रेस बॉल' के निर्णायक बनाए गए।

एक ही झटके में सारी जातीय भावनाओं को कैप्टेन के इस प्रयास ने मटियामेट कर दिया, जिसने जहाज में इतनी देर से ज़हर फैलाया हुआ था। मुसाफिर खुद भी शर्मिंदा थे और एक-दूसरे से मेल-जोल करने के लिए उत्सुक हो रहे थे।

प्रतिस्पर्धी 'फैंसी ड्रेस बॉल' में तरह-तरह के भेष में आए। कोई साधु, कोई डाकू तो कोई महाराज-महारानी बने। किसी ने जागीरदार का रूप धरा तो कोई मेरी एन्टोनेट बनकर आया। नृत्य आधी रात तक चलता रहा। बैंड पर 'ब्लू डैन्यूब' की धुन चल रही थी। तभी एक अँधेरे कोने से प्रोफेसर चक्कन लाल का हाथ थामे हुए मिसेज़ टायसन प्रकट हुई। बहुत जोर की तालियाँ बजीं और डांस के साथ भी बजती रहीं। मुसाफिरों ने देखा कि टायसन उठकर चला जा रहा है। शायद उसे अपनी बीवी का प्रोफेसर के साथ नाचना अच्छा नहीं लगा होगा। नृत्य समाप्त हुआ तो जेनीफ़र टायसन जोर से बोली, "अब मैं प्रोफेसर से उसी तरीके से सुलह करूँगी, जिस तरीके से उन्हें सबसे ज्यादा पसंद है," और उसने तपाक से प्रोफेसर के दोनों गालों को चूम लिया। तालियों की गड़गड़ाहट से लाउंज गूँज उठा।

कैप्टेन ने कहा कि अब 'फैंसी ड्रेस बाल' का फैसला सुना दिया जाए। एक के बाद एक प्रतियोगी आने लगे। तालियों से उनका यथोचित स्वागत होता

गया। एक बार फिर जेनीफ़र टायसन उठी और माइक के पास गई, ''मि कैप्टेन, लेडीज़ एंड जेंटलमैन, इससे पहले कि जज अपना फैसला सुनाएँ, मैं बताना चाहती हूँ कि एक और प्रतियोगी अभी बाकी है। उसके आने पर आपको उस सवाल का जवाब भी मिल जाएगा, जो आप सबको काफी देर से परेशान किए हुए है।''

तभी जान टॉयसन ने प्रवेश किया। उसकी एक आँख नीली हुई पड़ी थी, जैसे पिटाई खाकर आया हो। कमीज़ किसी से झड़प में फटी हुई लग रही थी। बैसाखियों पर लँगड़ाते हुए वह 'डांस फ्लोर' के बीचोंबीच पहुँचा और धीरे-से अपनी एड़ियों के ऊपर घूमा। उसकी पीठ पर टँगे एक पर्चे में बड़े-बड़े शब्दों में लिखा था, ''केबिन गलत निकला!''

कुसुम

कुसुमकुमारी एक अच्छी लड़की थी। अच्छा बनने के लिए उसे कोई खास कोशिश भी नहीं करनी पड़ी थी। दरअसल अच्छा बनने के सिवाय वह कुछ कर भी नहीं सकती थी। उम्र में तो सिर्फ अठारह साल की थी, पर लगती थी पूरी अट्ठाइस की; चाल-ढाल और रख-रखाव से तो चालीसवें तक पहुँची किसी प्रौढ़ा-सी, नाटी-ठिगनी-सी, भारी-भरकम और गठीली। अंडाकार चेहरे की साँवली रंगत को चेचक के दाग और भी गहरा गए थे। गोल-मटोल नाक पर सुनहरे फ्रेमवाला चश्मा अटका रहता। चश्मे के मोटे लेंस के पीछे उसकी आँखें गाय की आँखों-सरीखी बड़ी-बड़ी दिखतीं। सिर पर मामूली-से बाल थे, वह भी लंबे नहीं। उन्हें भी तेल से चुपड़कर वह खोपड़ी से चिपका लेती। कसकर पीछे की ओर एक चोटी बनाती तो माथा फैलकर और भी बड़ा लगने लगता। भवें ऊपर की ओर धनुष-सी खिंच जातीं। रही कुसुम के जिस्मानी गठन की बात! शिष्टतापूर्वक कहें तो अच्छा-ख़ासा गदराया हुआ, भरा-भरा बदन था। कमर, कूल्हों और सीने में भेद करना भी कठिन था। सब मिलाकर एक गोल-मोल काया तैयार हुई थी, जिसे वह हमेशा सफेद साड़ी में छुपाए रहती।

लेकिन कुसुम ने यह सारी कमियाँ पूरी की थीं अपनी अच्छाई और समझदारी से। जी-जान से पढ़ाई करती और हमेशा अव्वल आती। किताबों में घंटों लगे रहने का ही नतीजा था उसका चश्मा और वह गोल-मटोल जिस्म! माँ-बाप को भी उसने कभी तंग नहीं किया। तड़के ही उठ जाती, तैयार होती और साइकिल उठा कालेज के लिए चल पड़ती। वैसे ही कालेज से वापस घर को लौट आती, बीच में कभी इधर-उधर ज़ाने का सवाल ही नहीं था। पढ़ाई-लिखाई के सिवाय कभी किसी चीज ने उसे आकर्षित ही नहीं किया, न ही कभी वह किसी को अपनी तरफ आकर्षित कर पाई।

नए-नए फैशनों से उसे कोई सरोकार नहीं था। न ही उसे लड़कों के प्रति कोई उत्सुकता थी। सेक्स की बातों से तो वह कोसों दूर रहती। मेक-अप और श्रृंगार की चीजों से उसका कोई लेना-देना नहीं था। भगवान ने जैसा उसे बनाया था, चेचक के दागोंवाला ही सही, उसी में उसे संतोष था। दया, धर्म और गुणों में आस्था रहे, बस अपना काम करते चलो और सही डगर पर चलते रहो। औरत की जगह तो रसोईघर में ही है। लड़कियों को बदन उघाड़कर चलने की भला क्या जरूरत। ज़रा तमीज़ से रहना चाहिए। बूढ़े मर्दों और औरतों में कुसुम का खासा उठना-बैठना था। वे लोग उसे पसंद भी करते थे। पर जवान-जहान छोकरे कुसुम की ओर ताकते तक नहीं थे। बेचारी करती भी क्या? क्रूर भाग्य ने गुणों का जो पुलिंदा उसे सौंपा था, उसी से संतुष्ट रहने की उसे आदत पड़ गई थी।

उसके उन्नीसवें जन्मदिन पर कुसुम को कालेज की सहपाठिनों ने एक लिपस्टिक और रूज़ की डिब्बी भेंट की। अपमान नहीं तो और क्या था यह उसका? श्रृंगार-मेज़ की दराज के कोने में दोनों चीजों को छुपाकर लड़कियों से कहा कि उसने दोनों चीजें खिड़की के बाहर फेंक दीं। आईने का मुँह भी उसने दीवार की तरफ मोड़ दिया। अब कभी अपने-आपको दर्पण में नहीं देखेगी वह।

कुसुम को कभी किसी ने हँसते हुए नहीं देखा था। अपने उन्नीसवें जन्मदिन के बाद तो उसने मुस्कराना भी छोड़ दिया। पहले से भी अधिक तत्परता से पढ़ाई में जुट गई। जानती थी कि वह दिन-पर-दिन और बदसूरत होती जा रही थी। पर और चारा भी क्या था! किसी मर्द ने आज तक उसकी ओर आँख उठाकर भी तो नहीं देखा था, फिर सजने-सँवरने से फायदा भी क्या था? सजती-सँवरती नहीं थी, इसीलिए कोई उसकी तरफ आकर्षित भी नहीं होता था।

अप्रैल में डिग्री की परीक्षाएँ समाप्त हो गईं। छात्र-जीवन के अंतिम दिन। दूसरी लड़कियाँ परीक्षा-भवन से निकलते ही दोस्तों-रिश्तेदारों के साथ मौज-मस्ती के लिए निकल गईं। कुसुम से मिलने कोई भी नहीं आया था। रोज की तरह उसने अपनी साइकिल उठाई और घर की तरफ चल पड़ी। दूसरी लड़कियों को तो डिग्री के बाद शादी-ब्याह की आस थी। कुसुम के लिए कुछ भी नहीं था, सिवाय उस छितरे-बिखरे कमरे के जहाँ एक ओर कोर्स की किताबों का

ढेर था और दूसरी तरफ दीवार की ओर मुँह किए खड़ा आईना।

कुसुम घर की तरफ बढ़ी जा रही थी। दिमाग बिल्कुल शून्य में तैर रहा था। सड़क थी निर्जन। तन्हा, अकेली चली जा रही थी कुसुम। कुछ भी सोचने की जरूरत ही कहाँ थी! सड़क के उलटी तरफ से उसने घर की तरफ साइकिल को मोड़ा। सँभल पाती, उससे पहले ही उसने पाया कि वह संतरों की टोकरी सिर पर लादे एक नौजवान खोमचेवाले से जा टकराई है। उससे भिड़ती हुई वह सड़क पर आ गिरी। चश्मा चूर-चूर हो गया, साइकिल फुटपाथ पर पड़ी थी। फेरीवाला थोड़ा हड़बड़ाया-सा लग रहा था, पर उसे चोट कतई नहीं आई थी। उसकी संतरों की टोकरी भी सही-सलामत ही लग रही थी।

फेरीवाला कुसुम को देखकर शरारत से मुस्कराया, "मिस साब, तोहके सड़क के अपनी तरफ नूँ चलना चाहिए रहा।"

गुस्सा तो था ही, खोमचेवाले के लहजे ने आग पर और भी तेल डाला। "अंधे हो गए हो क्या? दिखाई नहीं देता, किधर चल रहे हो?" वह गला फाड़कर चिल्लाई।

खोमचेवाले ने चारों तरफ नज़र दौड़ाई। सड़क सुनसान, बियाबान थी। उसकी मुस्कराहट में और भी शरारत छलक आई, "नाँही, मिस साब, अंधा त नाँही हईं। बाकिर आँख एक ही हय हमार। काना हईं!" एक आँख बंद करके उसने लंपटता से आँख मारी और होंठों से जोर से चूमने की आवाज की।

कुसुम का रंग सुर्ख पड़ गया। वह गुस्से से काँपने लगी। साइकिल उठाकर वह चलने को हुई। जाते-जाते उसने जोर से खोमचेवाले को गाली दी—

"पिग…ऐस।"

खोमचेवाले ने बुरा नहीं माना। बल्कि लगता था वह मौका-ए-वारदात का पूरा लुत्फ उठाने में लगा था।

"ऐस?" कामुकता से आँख मारते हुए उसने पूछा, "तुम कभी देखलू न का?" दाईं कोहनी के नीचे बायाँ हाथ रखकर हाथ हिलाते हुए वह भद्दा इशारा करने लगा। कुसुम के तो होशो-हवास ही उड़ गए।

वह घर की तरफ तेजी से दौड़ी। घर पहुँचते ही कमरे में घुसकर बिस्तर पर जा पड़ी और तकिये में मुँह गड़ाकर घंटों ऐसे ही पड़ी-पड़ी न जाने क्या-क्या सोचती रही। गुस्सा तो थम चुका था, पर आँखें मारते और भद्दे इशारे करते उस लंपट फेरीवाले की झलक अब भी खयालों में लरज रही थी। आज तक

कभी किसी ने उसके साथ ऐसा नहीं किया था। तो क्या खोमचेवाले को वह आकर्षक लगी थी ?

साँझ ढल चुकी थी। कमरे में छिटकती पीली चाँदनी में नहाती कुसुम अपने कमरे में अब भी बिस्तर पर लेटी थी। कुसुम को खोमचेवाले का खयाल फिर आया। इस बार ज़रा मीठा-मीठा-सा। थोड़ा मलाल भी हुआ उसके लिए।

वह अपने आप में ही बड़बड़ाने लगी, "हो सकता है, हो सकता है उसे मैं अच्छी···" झटके के साथ उठकर उसने दीवार से लगे शीशे का मुँह अपनी ओर किया। दराज खोलकर छुपाकर रखी लिपस्टिक और रूज़ की डिब्बी बाहर निकाली। फिर गालों पर धीरे-धीरे रूज़ मला। होंठों को तनिक बाहर की ओर निकालकर फैलाया और लिपस्टिक से रँग डाला। बालों को खोलकर पीछे की ओर झटकारा और कंधों पर बिखेर लिया। मेज पर पड़े फूलदान में से गुलाब की एक नन्हीं कली उठाई और बालों में खोंस ली। पीछे की ओर मुड़कर सिर को ज़रा-सा बल दिया और अपने आपको आईने में निहारने लगी—

"अरे ओ रे दर्पण, बता तो कौन है सबसे सुंदर ?"

काली कजरारी आँखोंवाली, गुलाब की कली से सजी और बिखरी-बिखरी जुल्फोंवाली एक खूबसूरत लड़की आईने से झाँककर मुस्करा दी—

"अरी, तू ही तो है !"

मरणोपरांत

सन् उन्नीस सौ पैंतालीस की एक शाम । मुझे बुखार है । मैं बिस्तर में पड़ा हूँ । पर कोई घबड़ानेवाली बात नहीं है, बल्कि बिल्कुल ही घबड़ानेवाली बात नहीं, क्योंकि मुझे मेरे हाल पर ही छोड़ दिया गया है । मेरे पास मेरी तीमारदारी के वास्ते कोई बैठा भी नहीं है । पर अगर मेरा बुखार अचानक ही बढ़ जाए ? अगर मैं मर ही जाऊँ ? तो मेरे दोस्तों का क्या होगा ? एक दो नहीं, सैकड़ों दोस्त हैं मेरे । इतना मानते हैं सब मुझको । पता नहीं, अखबारवाले भी क्या-क्या लिखेंगे मेरे मरने पर! यह कभी हो सकता है कि वे मेरे बारे में न लिखें । 'ट्रिब्यून' तो शायद अपने मुखपृष्ठ पर ही मेरी एक छोटी फोटो के साथ यह खबर छाप दे । सुर्खियों में छपा होगा—'सरदार खुशवंतसिंह का स्वर्गवास'—और फिर छोटे प्रिंट में शेष खबर इस प्रकार होगी—

''शोक के साथ बताना पड़ रहा है कि गत शाम 6 बजे सरदार खुशवंत सिंह का आकस्मिक निधन हो गया । अपने पीछे वे अपनी युवा पत्नी, दो छोटे बच्चों और अनगिनत मित्रों और प्रशंसकों को रोता-बिलखता छोड़कर चले गए । आपको याद दिला दें कि वे अपने स्थायी निवास-स्थान दिल्ली से लगभग पाँच वर्ष पूर्व लाहौर में आकर बस गए थे । इन्हीं सालों के दौरान उन्होंने न्यायालय तथा राजनीति में अपना एक विशेष स्थान बना लिया था । सारे सूबे में उनके निधन पर शोक मनाया जाएगा ।

''स्वर्गवासी सरदार जी के निवास-स्थान पर शोक व्यक्त करने के लिए आनेवाले लोगों में मुख्य थे—प्रधानमंत्री के निजी सहायक, मुख्य न्यायाधीश के निजी सहायक, अनेक मंत्री तथा हाई कोर्ट के न्यायाधीशगण ।

संवाददाताओं को दिए गए अपने वक्तव्य में माननीय मुख्य न्यायाधीश ने

कहा—'इस व्यक्ति के निधन से पंजाब ने भविष्य का एक चमकदार सितारा खो दिया'।"

खबर के नीचे एक घोषणा होगी—

"अंत्येष्टि आज सुबह दस बजे होगी।"

मुझे अपने दोस्तों और अपने आप पर तरस आने लगा। अपनी ही मौत पर बहते हुए अपने आँसुओं को मैं बमुश्किल रोक लेता हूँ। लेकिन अपने आप में एक अजीब-से गर्व का अनुभव भी कर रहा हूँ और चाहता हूँ कि लोग मेरा मातम मनाएँ। शाम हो गई है। अब तक सब अखबारवालों को मेरी मौत की खबर लग चुकी होगी। सो, मैं अपने मुर्दे में से निकलकर बाहर आता हूँ। घर की संगमरमर की ठंडी सीढ़ियों पर मरणोपरांत गरिमा में भरा लोगों की दृष्टि से ओझल हुआ बैठ जाता हूँ।

सबेरे अखबार मुझे अपनी बीवी से पहले ही मिल जाता है। छीना-झपटी के बखेड़े का सवाल ही नहीं था, मैं तो दरवाजे के बाहर ही बैठा हुआ था। वैसे भी मेरी बीवी को अखबार का खयाल ही कहाँ था? वह तो बेचारी मेरी लाश के चक्कर लगा रही थी।

'ट्रिब्यून' ने मेरे साथ बुरा किया। पृष्ठ तीन पर पहले कॉलम में सबसे नीचे अवकाशप्राप्त सरकारी अफसरों की मृत्यु-संबंधी सूचनाओं में एक छोटे-से कोष्ठक में मेरा नाम था, बस! मुझे बहुत गुस्सा आया। जरूर उस बकवासी, विशेष संवाददाता—शफी की करतूत होगी। उसे मैं कभी अच्छा ही कहाँ लगता था? पर इतना तो नहीं सोचा था कि मरने के बाद मुझे थोड़ी-सी अहमियत देने से भी कतरा जाएगा। जो भी हो, पूरे सूबे में मेरी मौत से फैली दुख की लहर को वह अपने अखबार तक पहुँचने से नहीं रोक सकेगा। मेरे दोस्त इसका पूरा बंदोबस्त करेंगे।

हाई कोर्ट के पास अखबार जल्दी पहुँच जाते हैं। मेरे वकील दोस्त कादिर के घर तो सुबह होने से पहले ही। ऐसा नहीं है कि कादिर लोग बहुत जल्दी उठ जाते हों। बल्कि, नौ बजे से पहले तो उस घर में कोई हिलता भी नहीं। पर कादिर उसूलों का पक्का है और अखबार उसके पास सबेरे-सबेरे पहुँच ही जाना चाहिए, भले ही वह उसे देखे या न देखे।

हमेशा की तरह कादिर और उसकी बीवी नौ बजे तक बिस्तर में ही थे। रात देर तक काम करता रहा था। बीवी को तो वैसे भी सोने का शगल था। ट्रे में

रखकर अखबार आई। साथ में गर्म नींबूपानी का गिलास भी। सिगरेट के कशों के बीच कादिर गर्म पानी की चुस्कियाँ लेता रहा। कब्ज की शिकायत के कारण यह उसका रोज का काम था। बिस्तर पर लेटे-लेटे ही उसने सुर्खियों पर नज़र डाली। असली अखबार तब पढ़ता था जब सिगरेट और नींबू अपना काम कर रहे होते। मेरी मौत की ख़बर उसके शौचालय जाने की मोहताज थी।

तो कादिर का शौचालय जाने का वक्त आ ही गया। एक हाथ में अखबार है, होंठों में सिगरेट दबी है। सीट पर आराम से बैठ गया है। अखबार पर अच्छी तरह नजर डालता है। पहले छोटी-मोटी खबरों पर ध्यान जाता है। पृष्ठ तीन के पहले कालम पर नजर पड़ते ही क्षण-भर को सिगरेट पीना रोक देता है। सोचता है कि क्या उठकर बीवी को ख़बर सुनाए? नहीं, नहीं। यह ठीक नहीं लगेगा। दिखावटीपन लगेगा। कादिर तर्कवादी इंसान था। शादी के बाद तो और भी हो गया था। बीवी जो भावुक और बात-बात पर तूफान उठानेवाली मिली थी। अब तो दोस्त बेचारा मर ही गया, किया भी क्या जा सकता है। बीवी को बताया तो अभी रोना-धोना मचा देगी। इसलिए उसे तो खबर इस तरीके से देनी होगी, जैसे कुछ खास न हुआ हो, बस एक मुकदमे में हार हो गई हो।

कादिर अपनी औरत को जानता था। उसने उसे सरसरी तौर पर बताया। जैसा उसे अनुमान था, सुनते ही वह ज़ोर-ज़ोर से रोने लगी। उसकी दस साल की बच्ची कमरे में भागी आई। माँ को रोता देख, बिना सोचे-समझे उसने भी रोना शुरू कर दिया। कादिर ने सोच लिया कि अब कड़ाई बरतनी पड़ेगी।

उसने जोर से कहा, "यह सब हो-हल्ला क्यों मचा दिया है? इससे क्या जानेवाला लौटकर आ जाएगा?"

बीवी को पता था कि उससे बहस करना बेकार है। जीत तो उसी की होनी थी। वह बोली, "सुनो, हमें अभी तुरंत उनके घर चलना चाहिए। उसकी बीवी बेचारी पर क्या गुजर रही होगी?"

कादिर ने कंधे झटका दिए, "भई, मेरे तो बस की बात नहीं। तसल्ली तो मैं भी देना चाहता हूँ उसकी बीवी को, यानी बेवा को, पर मेरे मुवक्किलों की तरफ मेरा फर्ज़ पहले आता है। मुझे कोर्ट में आधे घंटे के अंदर ही पहुँचना है।"

तो कादिर सारा दिन कोर्ट में रहा और उसकी बीवी घर पर।

शहर के बड़े पार्क के पास ही मेरा एक और दोस्त खोसला रहता है। ऊँचे तबके के मुहल्ले में मकान है। परिवार में बीवी, तीन बेटे और एक बेटी है। पेशे से जज है और दफ्तरशाही में खासा रोब-रुतबा और नाम है।

खोसला जल्दी उठनेवालों में है। जल्दी उठता है, क्योंकि यही एक वक्त है जो उसका अपना होता है। दिन-भर न्यायालय में काम करता है। शाम को टेनिस खेलना जरूरी है। इसी वक्त थोड़ी देर बीवी और बच्चों के साथ भी गुजारनी होती है। उसके यहाँ मिलने-जुलनेवाले भी बहुत आते हैं, काफी लोकप्रिय व्यक्ति है। महत्त्वाकांक्षी भी। बचपन मे ही उसे अपनी तेजतर्रारी का एहसास था। छोटी उम्र में ही उसके बाल झड़ने शुरू हो गए थे और माथा काफी दूर तक गंजा हो चुका था। शायद कुदरत ने उसके इस रूप के द्वारा उसके प्रतिभाशाली होने की पुष्टि की थी। जितना ज्यादा वह शीशे में अपने गंजे सिर को देखता, उतना ही अधिक आश्वस्त होता रहता है कि वह जीवन में कुछ असाधारण करनेवाला है। इसलिए वह कसकर मेहनत करने लगा। उसने छात्रवृत्तियाँ जीतीं। प्रशासनिक सेवाओं की परीक्षा में सबसे अव्वल आया। देश में होनेवाली कड़ी-से-कड़ी प्रतियोगी परीक्षाओं में ऊँचे-ऊँचे स्थान प्राप्त कर उसने अपने आत्मविश्वास को और भी पुष्ट कर लिया। कुछ सालों तक वह अपनी नौकरी और अपने आप से पूर्ण संतुष्ट होकर जीता रहा। यहाँ तक कि उसे पूरा भरोसा हो चुका था कि वह अपने जीवन में पूरी तरह सफल सिद्ध हुआ है। लोग तो ऐसा कहते ही थे।

कुछ सालों बाद उसे लगा कि यह सब महज एक फरेब था। जितनी बार वह अपने गिने-चुने बालों में कंघी करता और अपने गंजे सिर पर हाथ फेरता, उसे महसूस होता कि अभी काफी कुछ बाकी है, जो वह हासिल न कर सका था। उसके जैसे हजारों प्रशासनिक अधिकारी थे। सभी अपने-अपने जीवन में सफल कहलाते थे। सिविल सर्विस ही सबकुछ नहीं थी। उसे कुछ और भी करना चाहिए। वह लिखना शुरू करेगा। उसे मालूम था कि लिखने की काबलियत उसमें है। सो खोसला ने लिखना शुरू कर दिया। अच्छा लिखने के लिए उसने पढ़ना भी शुरू किया। एक बड़ा-सा पुस्तकालय जमा कर बाकायदा दफ्तर जाने से पहले कुछ वक्त वहाँ बिताने लगा।

आज सुबह भी खोसला लिखने के मूड में लग रहा था। उसने अपने लिए एक कप चाय बनाई और आराम से अपनी कुर्सी में बैठ गया। पेंसिल मुँह में

दबाकर सोचना शुरू किया। समझ में नहीं आ रहा था कि क्या लिखे। तब सोचा, चलो अपनी डायरी ही लिख डाले। कल का दिन एक जरूरी मुकदमे की सुनवाई में बीता था। मुकदमा कुछ दिन और चलनेवाला था। अदालत ठसाठस भरी हुई थी और लोगों की निगाहें उसी पर जमी थीं। यह विषय ठीक जम रहा था। उसने इसी विषय पर लिखना शुरू कर दिया।

अखबार लेकर आए नौकर के खटखटाने से उसका क्रम टूटा। अखबार खोला—चलो, व्यावहारिक जीवन की सच्चाइयों पर भी कुछ नज़र डाल लें।

खोसला को राष्ट्रीय और अंतर्राष्ट्रीय महत्त्व के विषयों से ज्यादा रोचक लगती थीं सामाजिक किस्म की ख़बरें, शादी-ब्याह, जन्म-मृत्यु वगैरह की सूचनाएँ। उसने सीधे ही पृष्ठ तीन खोला। पहले कालम पर नज़र पड़ते ही वह तनकर बैठ गया।

नोटबुक में पेंसिल फँसाकर, खाँसते हुए उसने अपनी श्रीमती जी को खबर सुनाई। जंभाई लेकर श्रीमती जी ने अपनी लंबी स्वप्निल पलकें खोलीं।

"तब तो आज हाई कोर्ट बंद रहेगा," वह बोलीं।

"हाई कोर्ट ऐसे ही छोटी-मोटी बातों पर बंद नहीं होता। मैं जा रहा हूँ। अगर मुझे वक्त मिला तो रास्ते में उनके यहाँ थोड़ी देर हो आऊँगा या फिर हम लोग इतवारवाले दिन चले चलेंगे।"

खोसला लोग नहीं आए। और भी कितने ही दोस्त-यार मेरी मातमपुर्सी के लिए नहीं आए। और मैं था कि यही सोच-सोचकर बेहाल हुआ जा रहा था कि बेचारे मेरी मौत की खबर सुनकर कितने दुखी हुए होंगे।

दस बजे के करीब मेरे घर के सामने थोड़ी-सी भीड़ इकट्ठी हो गई। इसमें ज्यादातर ऐसे लोग थे, जिनके आने की मैंने कल्पना नहीं की थी। अदालत के लिबास में कुछ वकील थे और बाकी के थे तमाशबीन। मेरे दो दोस्त भी आए हुए थे, पर वे भीड़ से थोड़ा दूर होकर खड़े थे। एक तो कलाकार-सा दिखता था, पतला-सा—लंबा-सा। एक हाथ में सिगरेट थामे था और दूसरे से अपनी लंबी जुल्फों को बार-बार पीछे कर रहा था। लेखक आदमी था। अंत्येष्टि वगैरह में हिस्सा लेने जैसी बातों पर उसकी कोई आस्था नहीं थी। पर सामाजिक दायित्वों को निभाने के लिए ऐसे मौकों पर शक्ल तो दिखानी ही पड़ती है। वह नाक-भौं सिकोड़ रहा था। मुर्दे से दूर ही रहना चाहिए, कहीं छूत-वूत लग जाए तो! सो लगातार सिगरेट पीते हुए उसने अपने और बाकी लोगों के दरमियान

धुएँ की दीवार खड़ी कर ली।

दूसरा दोस्त कम्युनिस्ट था, नाटा-सा, घुँघराले बालोंवाला, खुर्राट-सी किस्म का इंसान। उसे देखकर लगता नहीं था कि भीतर कितना बड़ा ज्वालामुखी दबाए रखते हैं ये लोग। वह हरेक चीज को मार्क्सवादी नज़रिए से देखने का आदी था। भावनाओं की उसके लिए कोई अहमियत नहीं थी। मौत वगैरह तो बिल्कुल गैर-मामूली किस्म की बातें थीं। जो बात अहमियत रखती थी, वह थी किसी चीज का उद्देश्य। उसने धीरे-से लेखक से पूछा—

"तुम कहाँ तक साथ चलोगे?"

"मैं तो सोचता हूँ कॉफी हाउस तक चला चलूँ। तुम्हारा क्या खयाल है? क्या श्मशान घाट तक जाओगे?"

"नहीं, यार," कम्युनिस्ट बोला, "असल में मुझे तो दस बजे एक मीटिंग में जाना था। मैं तो सोच रहा था यहाँ से साढ़े नौ बजे तक फ़ारिग हो जाऊँगा। पर तुम जानते हो, हमारे देश के लोगों को वक्त की ज़रा भी कद्र नहीं है। अच्छा फिर, अभी तो मैं अपनी पार्टी के दफ्तर में जा रहा हूँ। साढ़े ग्यारह के करीब तुमको कॉफी हाउस में मिलता हूँ। अगर मौका मिले तो, यार, ज़रा मुर्दागाड़ीवाले ड्राइवर से पूछना कि वह ताँगेवालों की यूनियन का मेंबर है कि नहीं? चलता हूँ..."

थोड़ी देर बाद मुर्दागाड़ी मेरे दरवाजे पर आ पहुँची। सींकिया-सा भूरे रंग का घोड़ा जुता हुआ था। घोड़े और उसके मालिक को मौके की गंभीरता से कोई सरोकार नहीं था। कोचवान पान चबाता आराम से बैठा था और भीड़ को ताक रहा था। अंदाजा लगा रहा था कि इनमें से किसी से बख्शीश वगैरह मिलने की उम्मीद है कि नहीं? घोड़े ने वहीं पर मूतना शुरू कर दिया। ईंटों के फर्श पर छितरती धार के छींटो से बचने के लिए भीड़ थोड़ी छितर गई।

लोगों को ज़्यादा देर तक रुकना नहीं पड़ा। मेरा शव सफेद कपड़े में लपेटकर नीचे लाया गया और शवयान में रख दिया गया। कुछ थोड़े-से फूल भी अर्थी के ऊपर डाल दिए गए। अब जुलूस कूच के लिए तैयार था।

हमारे रवाना होने से पहले एक और दोस्त अपनी साइकिल लेकर पहुँचा। देखने ही से लग रहा था कि कोई धीर-गंभीर प्रोफेसर है। रंगत में थोड़ा साँवला, जिस्म से ज़रा थुलथुल। साइकिल के कैरियर पर कई किताबें दबी हुई थीं। अर्थी से युक्त शवयान को देखते ही वह साइकिल से उतर गया। मृतकों के

लिए उसके मन में बड़ी श्रद्धा थी और वह बेखटके जाहिर भी करता था। साइकिल को हॉल कमरे में रखकर उसे चेन लगा दी। फिर निश्चित होकर भीड़ में आ मिला। जब मेरी पत्नी मुझे आखिरी बार विदा करने आई तो बेचारे की आँखें भर आईं। अपनी जेब से एक छोटी-सी किताब निकालकर उसके पन्ने पलटने लगा और भीड़ को छाँटता हुआ मेरी पत्नी की ओर बढ़ा। भीगी आँखों से उसने वह किताब मेरी बीवी को भेंट कर दी—

"मैं आपके लिए गीता की यह प्रति लाया हूँ। इससे आपको शांति मिलेगी।"

भावनाओं के वशीभूत हो अविरल बहते आँसुओं को पोंछने के लिए वह पीछे हुआ और आह भरते हुए अपने आप में ही बुदबुदाने लगा—

"यही मानव-जीवन का अंत है। यही सत्य है।"

सामान्य उक्तियों को दोहराते रहने का उसे शौक था। लेकिन उसकी नजर में बार-बार दोहराई जानेवाली इन सामान्य उक्तियों की भी अपनी अहमियत थी, अपनी अलग ही मौलिकता।

वह मन-ही-मन बोला, "मानव-जीवन पानी के बुलबुले के समान है। बुलबुले की तरह ही क्षणिक!"

'लेकिन कोई मरकर समाप्त नहीं हो जाता। पदार्थ कभी अपदार्थ नहीं होता। केवल रूप बदलता है। गीता में कितने सुंदर तरीके से कहा है—

वासांसि जीर्णानि यथा विहाय, नवानि गृहणाति नरोपराणि।

तथा शरीराणि विहाय जीर्णानि, अन्यानि संयाति नवानि देही।।'

प्रोफेसर अपने ही ध्यान में खोने लगा। सोच रहा था कि उसके मित्र ने अब कौन-सा नया कपड़ा पहना होगा।

तभी पैरों के बीच उसे कुछ हलचल महसूस हुई। एक छोटा कुत्ता प्रोफेसर के पैरों के बीच फुदकता हुआ उसकी पतलून को चाट रहा था। आदमी दयालु किस्म का था। उसने झुककर कुत्ते को थपथपाया और अपने हाथ चटवाने लगा।

प्रोफेसर बेचैन-सा लगने लगा। उसका मन फिर भटक रहा था। उसने लाश को देखा और फिर पैरों के बीच खेलते छोटे झबरैले कुत्ते को। आखिर यह कुत्ता भी तो ईश्वर की ही सृष्टि है···

'वासांसि जीर्णानि यथा विहाय···'

'नहीं, नहीं। ऐसा नहीं हो सकता। उसे अपने मन में ऐसे ख्याल नहीं लाने चाहिए। फिर भी पता नहीं क्यों बार-बार ऐसे अशोभनीय विचार उसके मन में उठ रहे हैं? यह कोई अनहोनी बात नहीं है। गीता में तो कहा भी है...' वह फिर नीचे झुका और कुत्ते को अतिरिक्त स्नेह के साथ थपथपाने, दुलराने लगा।

जुलूस आगे बढ़ रहा था। शीशे के शवयान में लेटा मैं सबसे आगे था। पीछे-पीछे कोई दर्जन-भर लोग चल रहे थे। जुलूस नदी की ओर बढ़ चला।

मुख्य मार्ग को पार किया तो देखा, सारे लोग मेरा साथ छोड़ चले गए हैं। वकील तो हाई कोर्ट के पास ही मुड़ गए। मेरा लेखक मित्र सिगरेट पीता हुआ कॉफी हाउस के पास जाकर रुका। स्थानीय कॉलेज के पास पहुँचकर प्रोफेसर ने भी मुझे आखिरी बार मोहभरी दृष्टि से देखा और कक्षा की ओर जाती डगर पर बढ़ गया। बाकी बचे हुए भी ज़िला-अदालतों तक पहुँचते-पहुँचते अदृश्य हो गए।

मैं अपने आपको नगण्य महसूस करने लगा। मुझसे भी गये-बीते लोगों के जनाजे में भीड़-की-भीड़ जाती है। म्यूनिसिपैलिटी की गाड़ी में लदी हुई भिखारी की लाश को कम-से-कम दो जमादार खींचकर ले जाते हैं। मुझे खींचनेवाला सिर्फ एक ही ड्राइवर था और वह भी उस व्यक्ति के अस्तित्व की महानता से बेखबर, जिसकी लाश को वह उसकी अंतिम यात्रा के लिए ले जा रहा था। और रही घोड़े की बात! तो घोड़े की गुस्ताखी का बखान न ही करें तो अच्छा।

श्मशान भूमि का रास्ता दुर्गंध के विभिन्न मुकामों से होकर गुजरता था। चरम सीमा तो तब आई जब मुख्य सड़क को छोड़कर श्मशान घाट की तरफ जानेवाली सँकरी सड़क पर पहुँचे। शहर की तमाम गंदगी और मैले से भरा इकलौता नाला इसी सड़क के साथ-साथ बहता था। नाले की थमी हुई काली-गंदी सतह पर लगातार बुलबुले उठ रहे थे।

खुशकिस्मती से मुझे मौका दिया गया कि मैं अपनी मौत के बाद मिलने वाले महत्त्व के संबंध में अपनी गलतफ़हमियों पर एक बार फिर विचार कर लूँ। ड्राइवर ने श्मशान घाट की ओर मुड़नेवाली सड़क पर एक विशाल पीपल के पेड़ के तले मुर्दागाड़ी को जा रोका। यह ताँगों का अड्डा है। यहाँ घोड़ों के पानी पीने के लिए एक नाँद भी है। घोड़े को पानी पीने के लिए छोड़कर ड्राइवर दूसरे ताँगेवालों के पास बीड़ी सुलगाने चला गया।

ताँगेवालों ने अर्थी के पास आकर घेरा डाला और ताक-झाँक करने लगे। एक ने कहा, "अमाँ, अमीर आदमी लगता है।" दूसरे ने पूछा, "इसके साथ तो कोई भी नहीं है? अरे, क्या यह भी कोई अंग्रेजी रीति-रिवाज है कि जनाज़े के साथ कोई न जाए?"

अब तक मैं पूरी तरह से तंग आ चुका था। मेरे पास तीन रास्ते थे। एक तो था कि सीधे श्मशान घाट चला जाऊँ और वहाँ पहुँचनेवाले बाकी लोगों की तरह अपने आपको लपटों के हवाले कर दूँ। जलकर हमेशा के लिए नेस्तनाबूद हो जाऊँ या फिर शायद किसी अन्य योनि में जन्म मिल जाए।

दाईं ओर से निकलती एक दूसरी सड़क शहर की तरफ जाती थी। इस सड़क पर वेश्याओं और अन्य बदनाम लोगों की बस्ती थी। शराबी, जुआरी ओर वेश्यागामी किस्म के इन लोगों की अपनी एक अलग ही दुनिया थी--तरह-तरह की सनसनीखेज अनुभवों से भरी।

तीसरा रास्ता था वापस अपने घर की ओर मुड़ जाने का। फैसला करना मुश्किल लग रहा था। ऐसे मौके पर सिक्का उछालकर 'टॉस' (निर्णय) करना ही काम आता है। इसलिए मैंने सिक्का उछालकर ही फैसला करने का निर्णय लिया। सीधा पड़ा तो मैं इस दुनिया को छोड़ दूसरी दुनिया की तरफ चल दूँगा। उलटा पड़ा तो सनसनीखेज अनुभवों की खोज में बदनाम बस्ती का रुख लूँगा। अगर न सीधा पड़ा, न उलटा और सिक्का अपने किनारे पर खड़ा ही हो गया तो मैं फिर अपनी उसी नीरस घिसी-पिटी ज़िंदगी में वापस लौट जाऊँगा जिसमें न तो कोई जोखिम है और न ही जीने के प्रति कोई उमंग या उत्कंठा।

● ●